KB027410

월드클래식 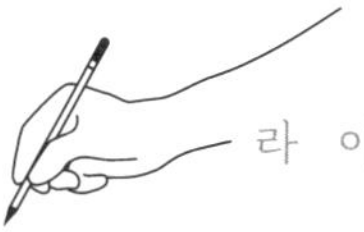 라이팅북

필사의 힘

스콧 피츠제럴드처럼 【위대한 개츠비】 따라 쓰기

20___년 ___월 ____________ 필사하다

월 드 클 래 식 라 이 팅 북

필사의 힘

스콧 피츠제럴드처럼 【위대한 개츠비】 따라 쓰기

미르북
컴퍼니

"오늘도 일곱 자루의 연필을 해치웠다.
필사하십시다, 지금 당장!"

어니스트 헤밍웨이

필사는 "손가락 끝으로
고추장을 찍어 먹어 보는 맛!"

시인 안도현

필사의 힘
위대한 개츠비 따라쓰기

미국을 대표하는 문호, 피츠제럴드는 1925년 《위대한 개츠비》를 발표하면서 일약 미국 문단의 총아로 인정받았습니다. 그만큼 《위대한 개츠비》를 빼놓고 미국 현대 소설을 이야기하기란 불가능하기 때문입니다. 1920년대의 미국은 청교도적인 경건함이 무너지면서 허황된 물질주의와 도덕적 해이와 쾌락만을 쫓는 사회적 분위기, 부와 지위에 집착하는 허영심 등 혼란과 무질서의 시대였습니다.

혼돈의 소용돌이 속에서 그의 소설 《위대한 개츠비》는 아메리칸드림의 자화상을 여과 없이 드러냈습니다. 피츠제럴드도 《위대한 개츠비》를 "자신이 영어로 쓴 소설 중에 최고라고 자부할 수 있는 작품"이라고 말할 만큼 이 작품에 대한 애정을 드러냈습니다. 《위대한 개츠비》는 그의 세계관을 대표하는 작품으로 현재까지도 부동의 스테디셀러로 자리잡고 있습니다.

그럼 이제 연필이나 펜을 손에 쥐어 봅시다. 스콧 피츠제럴드가 되어, 스콧 피츠제럴드처럼 간결한 문체와 가벼운 유머로 예리하게 그려 내는 문장을 한 글자 한 글자 꾹꾹 눌러 써 내려가다 보면 가슴이 먹먹해질 것입니다.

뛰어난 창조력으로 만들어 낸 스콧 피츠제럴드 특유의 문체를 따라 써가며 암울한 시대를 밝히는 이 소설이 내포하고 있는 상징과 이미지, 표현력에 대해 생각해 봅시다. 그리고 손으로 기억하고 싶은, 마음으로 기억하고 싶은 스콧 피츠제럴드의 《위대한 개츠비》 속 명문장으로 당신 안의 빛과 같은 감성과 열정, 긍지와 희망을 일깨우게 되시기 바랍니다.

이렇게 따라 써 보세요

눈으로 읽고 손으로 한 글자 한 글자 또박또박 써 내려 갑니다. 문장을 천천히 음미하면서 읽어 보세요. 그리고 자신이 피츠제럴드가 되었다고 생각하고 천천히 따라 써 보세요. 《위대한 개츠비》를 따라 쓰며 내 삶의 노예가 아닌, 내 삶의 주인으로 사는 용기를 내 보세요. 필사의 힘을 온몸으로 느낄 수 있습니다. 따라 쓰다가 무척 마음에 드는 문구가 나오면 밑줄을 그어도 좋습니다. 지금 바로 한 페이지를 채워 볼까요?

1

어렸을 적에 나는 지금보다 훨씬 더 여리고 유약했다. 그래서인지 아버지는 여린 나에게 충고를 해 주셨는데 언제나 그 조언을 마음속에 되새기고 있다.

"누군가를 비판하고 싶어지면 이 말을 명심해라. 세상 사람들이 모두 다 너처럼 혜택을 누리고 사는 건 아니란다."

아버지는 더 이상 긴 말씀은 하지 않으셨지만 나는 그 말에 깊은 뜻이 있음을 충분히 알 수 있었다. 그건 우리 부자 사이의 오랜 의사소통 방식이었다. 그 결과 나는 웬만하면 사람을 쉽게 판단하지 않는 성격으로 자랐는데, 그 때문에 괴짜들이 다가와 속마음을 털어놓았고, 유별난 이들의 말동무를 해 주느라 엄청난 곤욕을 치르기도 했다. 괴짜들은 보통 사람에게서 특이한 성향을 발견하면 즉시 낌새를 알아차리고 달라붙기 마련이다. 의도는 그렇지 않았지만 괴짜들과 날라리들의 속 얘기를 들어 주다 보니, 나는 어느새 캠퍼스의 정치꾼이라는 비난을 듣기도 했다. 사실 나는 별로 친하지도 않은 껄렁한 놈들의 얘기에는 관심도 없었기 때문에 그런 비난을 듣는 것이 억울하기도 했다.

2

웨스트에그와 뉴욕의 중간쯤에는 차도와 철도가 만나 400미터 정도를 나란히 달리는데, 어느 황량한 지역을 피하기 위해서다. 이곳은 '잿더미 계곡'으로 쓰레기들이 밀과 보리처럼 자라서 산등성이와 언덕을 이루다가 마침내 기괴한 정원으로 변하는 환상적인 농장이다. 여기에서 재는 집과 굴뚝, 그리고 굴뚝에서 피어오르는 연기 모양을 하고 있다가, 마침내 회색빛 인간의 형상으로 나타나 뿌연 공기 속에서 희미하게 움직이다가 땅바닥으로 꺼져 내린다. 잿빛 차량들은 일렬로 늘어서 앞이 잘 보이지도 않는 길을 따라 기어가다가, 소름 끼치는 소리를 내며 갑자기 멈춰 선다. 그러면 회색빛의 인간들이 삽을 들고 몰려와 자욱한 먼지와 뿌연 구름을 만들며 시야에서 사람들의 흔적을 완전히 지워 버린다.

잿빛 땅과 끝없이 요동치는 먼지 더미 위로 시선을 옮기면, 닥터 T. J. 에클버그의 큰 눈이 보인다. 푸르고 거대한 에클버그의 눈은 망막의 높이만 90센티미터에 이른다. 얼굴 없는 큰 눈동자가 노란 안경을 쓰고 마을을 내려다보고 있다. 어느 익살맞은 안과 의사가 돈을 벌려고

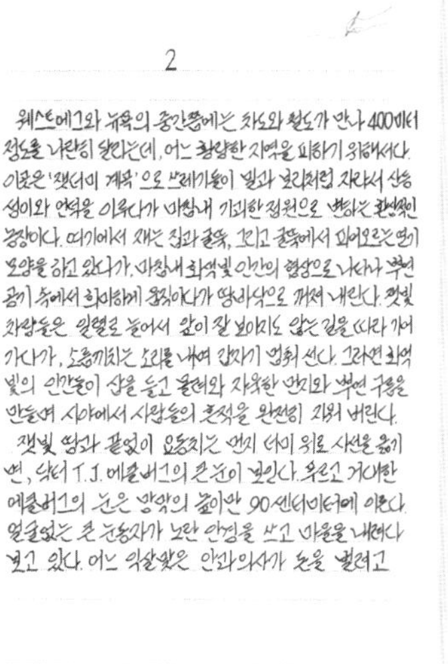

Q 따라쓰기를 하면 글쓰기 능력이 향상되나요?

A 네. 그렇습니다. 전반적으로 글쓰기 능력이 향상됩니다. 따라쓰기를 미술에 비유하자면 마치 화가 지망생이 명화를 따라 그리는 것과 같다고 생각하시면 됩니다.

뛰어난 문학 작품을 처음부터 끝까지 따라쓰게 되면 글쓴이가 사용한 어휘, 문장 부호, 문체 그리고 이것들이 모여 이루어진 문장을 자연스레 익히게 됩니다. 그러므로 글쓰기에 대한 자신감은 물론이고 전체적인 내용을 구성하는 능력까지 키울 수 있게 됩니다.

Q 소설 전체를 따라쓰는 것과 일부를 따라쓰는 것 중 어떤 것이 더 효과적인가요?

A 이번에도 미술에 비유해 보겠습니다. 요하네스 베르메르의 〈진주 귀걸이를 한 소녀〉를 좋아하는 화가 지망생이 그림 전체가 아닌 그림 일부분만을 따라 그렸다고 상상해 보십시오. 이 그림이 수백 년 동안 사랑받고 있는 이유는 소녀의 눈망울이 몹시 매혹적이기 때문입니다. 하지만 그림 전체가 아니라 소녀의 눈만 그린다면 눈 아래의 오뚝한 코와 부드럽게 빛나는 붉은 입술은 볼 수 없을 테고 당연히 그림에서 깊은 감흥을 느낄 수 없습니다.

따라쓰기도 마찬가지입니다. 소설 전체를 따라 써야 문장의 장단점을 파악해 장점을 극대화하고 단점을 걷어 낼 수 있습니다. 특정 단락의 문장이 뛰어나다고 해도 그것은 어디까지나 완성된 한 편의 작품 속에서 다른 단락들과 조화를 이루어야 더욱 빛나는 것입니다.

Q 어떤 분이 이르기를 따라쓰기는 자신의 색깔을 잃을 수 있으니 지양해야 한다고 하는데 이 부분에 대해서 조언을 듣고 싶습니다.

A 뛰어난 문장가들의 문장을 따라쓰다 보면 비슷한 유형의 문장을 자신의 글을 쓸 때에도 쓰게 되는 경우가 생길 수 있습니다. 하지만 그것은 짧은 시기에 불과할 뿐이고 끊임없이 글쓰기 연습과 독서를 병행하면 자신만의 색깔을 찾을 수 있습니다.

Q 따라쓰기를 하면 정말 마음이 가라앉고 힐링이 되나요?

A 컬러링북에 색깔을 채워 나가다 보면 마음이 고요해지고 그것에 더욱 몰입할 수 있게 됩니다. 따라쓰기도 마찬가지입니다. 다만 한 가지 더 좋은 점이 있다면 글쓰기 능력도 향상된다는 것입니다.

Q 작가가 되고 싶은데 어느 정도로 따라쓰기를 해야 할까요?
하루에 얼마나 시간 투자를 하면 되는지 궁금합니다.

A 따라쓰기는 순전히 각자의 역량에 맞춰 할 수 있는 작업입니다. 그러니 너무 지치지 않을 정도로 쓰는 게 좋습니다. 다만 하루도 빠짐없이, 5분이라도 시간을 투자해서 매일 쓰는 것이 좋습니다. 이런저런 사정을 핑계로 띄엄띄엄 쓴다면 곧 지루해지고 중간에 포기할 가능성이 높아집니다.

Q 한국 작품이 아니라 외국 작품의 번역물을 선택해도 상관없는 건가요?

A 우리가 외국 작품을 읽을 때 번역본을 읽는 것처럼, 따라쓰기도 원문을 따라쓰기 어렵다면 번역본을 따라쓰는 것도 훌륭한 방법입니다. 다만 여러 개의 번역본을 비교해 보고, 쉽게 읽히거나 문체가 마음에 드는 번역본을 선택하는 것이 좋습니다.

위대한 개츠비

1

어렸을 적에 나는 지금보다 훨씬 더 여리고 유약했다. 그래서인지 아버지는 여린 나에게 충고를 해 주셨는데 언제나 그 조언을 마음속에 되새기고 있다.

"누군가를 비판하고 싶어지면 이 말을 명심해라. 세상 사람들이 모두 다 너처럼 혜택을 누리고 사는 건 아니란다."

아버지는 더 이상 긴 말씀은 하지 않으셨지만 나는 그 말에 깊은 뜻이 있음을 충분히 알 수 있었다. 그건 우리 부자 사이의 오랜 의사소통 방식이었다. 그 결과 나는 웬만하면 사람을 쉽게 판단하지 않는 성격으로 자랐는데, 그 때문에 괴짜들이 다가와 속마음을 털어놓았고, 유별난 이들의 말동무를 해 주느라 엄청난 곤욕을 치르기도 했다. 괴짜들은 보통 사람에게서 특이한 성향을 발견하면 즉시 낌새를 알아차리고 달라붙기 마련이다. 의도는 그렇지 않았지만 괴짜들과 날라리들의 속 얘기를 들어 주다 보니, 나는 어느새 캠퍼스의 정치꾼이라는 비난을 듣기도 했다. 사실 나는 별로 친하지도 않은 껄렁한 놈들의 얘기에는 관심도 없었기 때문에 그런 비난을 듣는 것이 억울하기도 했다.

그래서 분위기상 은밀한 얘기가 나올 것 같으면 일부러 자는 척하거나 딴청을 피우거나 또는 냉정하게 무시하기도 했다. 그들이 고백을 하고 마음속 이야기를 털어놓을 때에는 어디선가 미사여구를 베껴 온 것 같은 말투를 쓰거나, 감정을 지나치게 숨기는 티가 나기 때문이다. 판단을 보류한다는 건 사람에 대한 희망을 저버리지 않겠다는 뜻이기도 하다. 사람으로서의 품위나 예의를 누구나 다 똑같이 가지고 태어나는 것은 아니라고 아버지는 점잖게 말씀하셨는데 나 역시 그렇게 생각했다. 마치 우리 집안 정도면 고매한 품격을 가지고 태어난 사람으로 생각하고 싶었으니까 말이다. 이 말은 지금도 여전히 잊어버려서는 안 될 말이다. 그걸 잊어버리면 인생에서 뭔가 중요한 것을 놓치는 것 같다.

한동안 나의 관대함을 자랑했지만 그 너그러움에도 한계가 있음을 인정할 수밖에 없었다. 사람의 행동이란 단단한 바위에 기초할 수도, 축축한 습지에 근거를 둘 수도 있겠지만 일정 단계가 지나고 나면 처음의 토대는 그다지 중요하지 않다. 작년 가을, 동부를 떠날 때 나는 세상이 도덕성을 잃지 않고 반듯하게 살아가기를 바랐다. 그것도 아주아주 영원히 말이다. 더 이상 특혜를 받은 자의 삐딱한 시선으로 사람들을 들여다보고 싶지 않았다.

다만 이 책의 제목이 되어 준 남자, 개츠비만이 이런 삐딱한 시선을

비껴간 유일한 사람이었다. 그는 내가 진실로 경멸하는 것들과 전혀 맞닿지 않은 인물이었다. 인간의 개성이 성공적인 몸짓의 끊임없는 연속선이라고 한다면, 개츠비는 화려하면서도 민감한 감수성을 지니고 있었다. 1만 6천 킬로미터 밖에서도 지진을 탐지해 내는 세밀한 기계처럼 그는 인생에서 희망을 감지하는 무언가를 갖고 있었다. 이런 감수성을 '창조적 기질'이라고 그럴듯하게 포장하기도 하지만 그에게는 그것과 전혀 다른 차원의 탁월한 천부적 재능이 엿보였다. 그것은 결코 희망을 저버리지 않는 비범한 자질을 뜻한다. 나는 지금까지 그런 사람을 만나 본 적이 없다. 그리고 앞으로도 만나지 못할 것이다. 아마도 이 세상에서 결코 만날 수 없는 낭만적인 자질일 것이다. 결국 개츠비는 훌륭한 인물로 판명이 났다. 그러나 개츠비를 희생시킨 것들, 그의 낭만적인 꿈이 깨진 후에 남겨진 더러운 잔해들 때문에 나는 한동안 사람들의 슬픔과 기쁨에 전혀 흥미를 느끼지 못했다.

우리 집안은 삼대째 이 중서부 도시의 명문가로 알려져 있다. 우리 캐러웨이 가문은 제법 뼈대 있는 집안으로 버클루 공작의 후손이라는 전설도 내려오지만 사실상 우리 가문을 일으킨 사람은 바로 나의 큰할아버지이다. 그는 1851년에 중서부로 와서 정착했다. 남북전쟁이 발발하자 다른 사람을 대신 전쟁에 내보내고 살아남아 철물 도매업을 시작했는데, 지금은 아버지가 이 사업을 이어받아 경영하고 있다. 큰

할아버지를 뵌 적은 없지만 나는 그분을 닮았다고 한다. 특히 아버지 사무실에 걸린 큰할아버지의 초상화를 보면 정말 그렇다.

나는 1915년, 아버지보다 딱 이십오 년 늦게 뉴헤이븐에 있는 예일대를 졸업했고 얼마 지나지 않아 독일 민족의 대이동, 즉 제1차 세계대전으로 알려진 전쟁에 참가했다. 전쟁 중 미국의 반격 작전을 너무 즐긴 탓에 나는 제대 후에도 흥분을 가라앉힐 수 없었다. 중서부 지역이 더는 세상의 따뜻한 중심지가 아니라, 초라한 변두리로 보였다. 그래서 나는 동부에서 증권을 배우기로 결심했다. 마침 주변 사람들 대부분이 증권업에 종사하고 있어서 나 하나쯤이야 밥은 먹겠지 하는 생각이 들었다. 집안 어른들은 마치 내가 다닐 학교를 선정하는 듯한 태도로 이 문제를 논의했고, 걱정을 하면서도 결국 마지못해 승낙했다. 마침내 아버지는 매우 엄숙한 표정으로 "괜찮겠지?"라고 말했다.

아버지는 일 년 동안 경제적으로 지원해 줄 것을 약속했다. 여러 가지 문제로 출발이 연기되었지만 드디어 1922년 봄에 나는 아주 눌러앉을 생각으로 동부에 들어왔다.

원래는 시내에 방을 구하려고 했는데, 동료 한 사람이 기차로 통근이 가능한 교외에 같이 집을 얻는 것이 어떠냐고 제안했다. 마침 따뜻한 계절이었고 푸른 초록이 펼쳐지는 시골에서 살았던 나는 단박에 동의했다. 집은 동료가 구했는데, 여기저기 풍상을 겪어 바랜 월세 80

달러짜리 허름한 판잣집었다. 그러나 정작 이사할 때가 되자 동료는 워싱턴으로 전근을 갔고, 결국 그 집에는 나 혼자 들어가게 되었다. 며칠 후 도망가 버린 개 한 마리와 낡은 닷지 자동차 한 대, 핀란드인 가정부 한 사람이 내 재산의 전부였다. 가정부는 식사와 잠자리를 준비해 주곤 했는데, 전기난로 옆에서 핀란드 속담을 중얼거리곤 했다.

며칠을 외롭게 지내던 어느 날 아침, 거리에서 나를 부르는 사람이 있었다. 나보다 더 늦게 이 마을에 이사 온 사람이었다.

"웨스트에그는 어느 쪽으로 가야 합니까?"

막막한 표정으로 그가 물었다. 질문에 답하고 길을 걷는데 더는 쓸쓸하지 않다는 느낌이 들었다. 나는 이 마을의 안내자이자 길잡이, 그리고 오랜 주민인 셈이었다. 우연하게도 그의 질문이 나에게 이 동네의 시민권을 부여했다.

나는 마치 영화에서 시간이 빨리 지나가는 것처럼 햇살을 받고 무성하게 자라나는 나뭇잎을 바라보며, 이 여름과 함께 새로운 삶이 시작되고 있다는 확신에 사로잡혔다. 읽어야 할 책이 무척 많았고, 맑고 신선한 공기를 마시며 몸도 건강하게 만들어야 했다. 은행, 신용, 투자 등에 관한 책을 열 권도 넘게 샀다. 책들은 조폐 공사에서 갓 발행한 화폐들처럼 현란한 색채를 드러내며 서가에 꽂혔고, 그 모습이 미다스[1], 모건[2], 마이케나스[3] 등의 대가들이나 알 만한 비밀을 알려 주겠다

고 약속하는 듯했다. 이외에도 폭넓은 독서를 하겠다는 야무진 꿈도 가졌다.

대학 시절에 나는 꽤 문학적이었다.《예일 뉴스》에 아주 진중하면서도 명료한 논설을 기고한 적도 있었다. 이제는 그런 재능을 모아서 전문가들 중에서도 정말 흔치 않은 전문가가 되고 싶었다. 인생이란 결국 한 우물을 파야만 훨씬 더 성공적으로 보이는 법이다. 이것은 결코 빈말이 아니다.

북아메리카 중에서도 아주 특이한 이 마을에 집을 얻은 것은 또 하나의 기회였다. 마을은 뉴욕에서 동쪽으로 곧장 쭉 뻗은 좁고 시끌벅적한 섬에 자리하고 있었다. 거기엔 진풍경도 많았는데 특히 독특한 두 지형이 있었다. 시내에서 32킬로미터 떨어진 곳에 있는 달걀 모양의 두 지형은 쌍둥이처럼 똑같은 모습이었는데, 만(灣)이라고 부르기에도 뭣한 만이 두 지형을 갈라놓고 있었다. 두 달걀 모양의 지형은 서반구에서 가장 잘 개발된 롱아일랜드 해협으로 툭 튀어나와 있었다. 그 모습이 완전한 타원형은 아니고 콜럼버스의 달걀처럼 끝 부분이 평평해서 서로 맞닿아 있었다. 생김새가 매우 닮아서 그 위를 나는 갈매기들조차 신기해할 것 같았다. 그러나 날개 없는 인간의 눈에는 두 지역이 모양과 크기 외에 닮은 점이 없었다.

내가 살던 웨스트에그는 이스트에그에 비해 덜 화려한 곳이었다.

사실 두 지역은 상당히 다르고 대조적이라 이런 비교는 피상적일 뿐이다. 나의 집은 해협에서 약 45미터밖에 떨어지지 않은 달걀 모양의 끝자락에 위치했고, 한철 임대료만 1만 2천에서 1만 5천 달러를 줘야 빌릴 수 있는 거대한 두 저택 사이에 끼어 있었다. 오른쪽 저택은 여러 가지 면에서 거대한 규모였다. 노르망디 시청을 모방한 집으로, 한쪽에는 신축 탑이 솟아 있고 그 탑에는 얇은 담쟁이덩굴이 엉켜 있었다. 마당에는 대리석 수영장과 4만 9천 평이 넘는 잔디밭과 정원이 펼쳐졌다.

이 집이 바로 개츠비의 저택이다. 아니, 그때는 개츠비를 몰랐으므로 그런 이름을 가진 사람이 사는 집이라고 하는 것이 더 적절하겠다. 그런 저택에 비하면 내가 사는 집은 남루해서 눈에 거슬릴 수도 있었지만 워낙 작은 집이라 사람들은 우리 집이 있는 줄도 몰랐다. 아무튼 나는 단돈 80달러의 월세로 바다도 보고 대저택의 정원도 구경하면서 백만장자들과 가까이 산다는 심적 허세도 부릴 수 있었다.

작은 만의 건너편에 위치한 화려한 이스트에그에는 궁전 같은 하얀 저택들이 해변을 따라 반짝거리고 있었다. 톰의 부부와 함께 저녁을 먹기 위해 이스트에그로 차를 몰고 간 저녁, 그날부터 그해 여름의 이야기는 시작된다. 톰의 아내인 데이지는 나의 친척 동생이고, 나와 톰은 대학 동창이다. 전쟁 직후 시카고에 있는 톰의 집에 이틀을 묵은

적도 있었다.

톰은 운동 신경이 탁월했는데 특히 예일대 럭비팀의 엔드[4]로서 전에 없었던 매우 훌륭한 선수였다. 스물한 살에 탁월한 재능을 보여 일종의 국민 스타로 절정에 도달했는데, 그 후로는 오히려 내리막길 인생을 사는 것 같았다. 원래 집안이 엄청나게 부자라서 대학 시절에도 돈을 물 쓰듯했고 그 때문에 동창들의 빈축을 사기도 했다. 시카고에서 동부로 이사를 갈 때에도 지나친 호사스러움으로 사람들의 입방아에 오르내리곤 했다. 이를테면 레이크 포레스트에서 경주용 말을 한 떼나 끌고 와서 폴로 경기를 하겠다는 식이었다. 아무리 부자라도 우리 나이 치고는 지나친 허세라고나 할까?

톰의 부부가 왜 동부로 이사를 했는지는 잘 모른다. 동부로 오기 전에는 별 이유 없이 프랑스에서 일 년을 지냈고, 그 후 폴로 경기가 열리거나 부자들이 모이는 곳이라면 어디든지 돌아다녔다. 이사를 할 때마다 데이지는 마지막이라고 말했지만 나는 믿지 않았다. 데이지의 속은 모르겠지만 톰은 럭비 선수 시절의 영광을 찾아다니면서 한없이 방황하는 것 같았다.

산들바람이 불던 어느 날 저녁, 나는 속을 알 수 없는 이들 부부를 만나러 이스트에그로 갔다. 톰의 집은 예상했던 것보다 훨씬 더 화려했다. 활기찬 붉은색과 흰색으로 배색되어 쾌적해 보이는 저택은 바

다가 내려다보이는 곳에 자리 잡고 있었다. 해변에서 시작된 잔디밭은 대문까지 400미터나 길게 펼쳐졌고, 해시계들과 벽돌로 장식된 산책로, 저녁노을을 받은 정원의 꽃들은 그 황홀경을 잇는 듯 넝쿨을 타오르고 있었다. 저택의 정면은 프랑스식 창문이 한 줄로 이어졌는데, 창들은 저녁노을에 반사되어 황금빛으로 반짝이며 따뜻한 바람을 향해 활짝 열려 있었다. 현관 앞에는 승마복을 입은 톰이 다리를 벌리고 서 있었다.

톰은 대학 시절과는 사뭇 달라 보였다. 이제는 서른 살의 제법 폼나는 남성으로, 다갈색 머리에 거친 말투와 사람을 아래로 깔보는 교만한 태도를 지니고 있었다. 거만한 눈빛에 몸을 앞으로 기울여 공격성을 취하는 지배적인 인상을 풍겼다. 대체로 승마복은 사람을 부드럽게 보이게도 하건만 톰의 거만한 인상과 자태를 감추기에는 역부족이었다. 번들거리는 승마 신발에 두 발이 꽉 맞아서 신발 끈은 팽팽해져 있었고, 어깨가 움직일 때마다 얇은 외투 속에서 근육질의 몸이 꿈틀거리는 것을 알 수 있었다. 엄청난 힘이 솟구칠 것만 같은 단단한 체격이었다.

목소리까지 거칠고 톤이 높은 쉰 목소리여서 신경질적인 인상을 더욱 거칠어 보이게 했다. 심지어 그의 목소리에는 자기가 좋아하는 사람에게도 가부장적인 말투로 숨 막히는 분위기를 자아냈다. 대학 시

절에도 톰의 거들먹거리는 태도를 싫어하는 친구들이 있었다.

'내가 너희들보다 힘이 세고 남자답다고 해서 다 옳은 말만 하는 건 아니야. 그러니까 내 의견을 전적으로 받아들이지 말고 생각해서 들어.' 그는 이렇게 말하는 듯했다.

우리는 4학년 때 같은 동아리에 속해 있었는데, 톰이 워낙 사납고 도전적이어서 그다지 친하지 않았지만, 나에게는 호감을 보이며 관심을 받고 싶어 하는 눈치였다.

우리는 햇살을 받으며 현관에서 잠시 이야기를 나눴다.

"여긴 참 살기 좋지."

톰은 쉴 새 없이 주위를 두리번거리며 말했다. 그리고 한쪽 팔로 내 몸을 잡고 휙 돌리더니 큰 손을 들어 집 앞에 펼쳐진 풍경을 가리켰다. 손이 가리킨 곳에는 지면보다 낮은 곳에 자리한 이탈리아식 정원이 있었다. 그리고 넓이가 600평에 달하는 진한 향기가 나는 장미 정원과 물결에 흔들리는 모터보트 한 대가 눈에 들어왔다.

"이 집은 석유 재벌이었던 드메인의 소유였어."

그는 정중했지만 느닷없이 나를 다시 돌려세우며 말했다.

"그만 안으로 들어가지."

천장이 높은 복도를 지나 밝은 장밋빛 홀에 들어가니, 프랑스식 창문이 집의 가장자리를 장식하고 있었다. 조금 열린 창문은 집 방향으

로 자란 잔디를 배경으로 하얗게 반짝이고 있었다. 산들바람에 커튼이 안팎으로 휘날리다가 웨딩 케이크 모양의 천장 장식을 향해 펄럭이며 날아오르기도 했다. 마치 바닷바람에 의해 바다에 잔물결이 이는 것처럼, 포도주 빛 카펫에도 그림자의 흔들림이 잔잔하게 드리웠다.

방 안에서 움직이지 않게 고정된 거라고는 긴 안락의자밖에 없었다. 커다란 의자에는 젊은 여자 두 명이 애드벌룬을 탄 것처럼 둥실 뜬 채 앉아 있었다. 둘 다 하얀 원피스를 입었는데 마치 비행이라도 하는 것처럼 치맛자락을 나풀거리고 있었다. 커튼은 휙휙거리며 펄럭였고 벽에 걸린 액자도 삐거덕거렸다. 나는 한동안 그런 풍경 속에 멍하니 서 있었다. 마침내 톰이 창문을 닫는 소리가 들렸고, 실내의 바람이 잠잠해지면서 커튼도, 카펫도, 두 여자도 천천히 차분하게 내려앉았다.

어려 보이는 여자는 처음 보는 얼굴이었다. 의자 한편에 머리와 어깨를 기대고 온몸을 쭉 편 채 꼼짝도 하지 않았다. 마치 금방이라도 떨어질 것 같은 물건을 턱 위에 올려놓고 균형을 잡으려고 애쓰는 것 같았다. 곁눈질로 나를 봤을까? 그건 잘 모르겠지만 어쨌든 조금의 미동도 하지 않았다. 오히려 내가 더 놀랐으며, 불쑥 들어와 죄송하다고 작은 소리로 사과할 뻔했다.

또 한 여자는 데이지였다. 데이지는 나를 보고 의자에서 일어서려

고 하다가, 몸을 약간 앞으로 기울이며 상냥한 표정으로 묘하게 매력적인 웃음을 지었다. 나도 따라 웃으며 안으로 들어갔다.

"지금 무척 행복해서 몸이 얼어붙는 것 같아요."

데이지는 스스로 아주 재치 있는 말을 했다는 듯 웃고는, 잠시 내 손을 잡더니 빤히 쳐다보면서 세상에서 가장 보고 싶었던 사람이라고 말했다. 데이지는 늘 이런 식이었다. 데이지가 옆의 여자는 베이커라고 속삭이며 알려 주었다. 상대를 자기 쪽으로 다가오게 하려면 일부러 속삭이는 귓속말을 한다는 얘기를 데이지에게서 들은 적이 있다. 꼭 맞는 말은 아니지만 귓속말은 정말 그런 매력을 지닌 것 같다.

아무튼 베이커는 입술을 실룩거리며 고개를 까딱하더니 재빨리 다시 머리를 기댔다. 아마도 균형을 잡고 있던 자세가 약간 흔들려 놀랜 모양이다. 또다시 사과의 말이 나의 머리를 스쳤다. 자기 충만과 완벽한 자부심에 가득 찬 사람을 보면 나는 습관적으로 경의를 표하는 버릇이 있다.

데이지는 작고 떨리는 목소리로 이런저런 질문을 던지기 시작했다. 데이지의 말소리는 오르락내리락 음조가 고르지 못해서 다른 사람은 따라 하지도 못할 것 같았다. 얼굴에 수심이 보이긴 했지만, 열정적으로 빛나는 눈동자와 반짝이는 입술은 여전히 사랑스러웠다. 데이지를 사랑해 본 남자라면 결코 잊을 수 없는 특이한 목소리도 가지고 있었

다. 콧노래가 절로 나올 것 같은, '자, 들어 봐요'라고 유혹하는 달콤한 속삭임, 지금까지 즐겁고 좋았으나 앞으로도 흥분되고 신나는 일이 기다린다고 약속하는 듯한 목소리였다.

나는 동부로 이사 오는 길에 시카고에서 하룻밤을 머물렀는데, 데이지의 안부를 묻는 사람들이 많았다고 일러 주었다.

"나를 보고 싶어 한다고?"

데이지는 신나는 듯 말했다.

"네가 없는 거리는 정말 황량했어. 자동차들은 검정 바퀴로 슬픔을 표현하고, 네가 살던 노쇼어에서는 밤마다 통곡 소리가 끊이질 않던 걸."

"우와, 정말? 톰, 우리 돌아가. 내일이라도!"

그러고 그녀는 엉뚱한 말을 덧붙였다.

"우리 아기를 봐야죠."

"응, 보고 싶네."

"지금은 자요. 세 살이에요. 아직 한 번도 보지 못했죠?"

"응."

"그러니까 봐야죠. 우리 아기는……."

톰이 불안하게 방 안을 서성이다가 걸음을 멈추더니 내 어깨에 손을 얹었다.

"닉, 무슨 일해?"

"응, 증권 일을 하고 있어."

"어느 회사에서?"

나는 회사 이름을 말해 주었다.

"그런 회사는 잘 모르겠는데."

그는 단정적으로 말했다. 나는 그 말에 기분이 좀 상했다.

"계속 동부에 살면 알게 될 거야."

나는 짧게 답했다.

"그럼, 동부에 계속 살지. 걱정 마."

뭔가 다른 일을 꾸미는 듯한 표정으로 데이지를 힐끔 쳐다보고는 다시 내게로 눈길을 돌리며 말했다.

"다른 데로 가는 일은 절대로 없어."

바로 그때, "물론이죠!"라며 베이커가 갑자기 말하는 바람에 순간 움찔했다. 그녀는 내가 방에 들어온 뒤 처음으로 입을 열었다. 순간 자기도 놀랐는지 하품을 늘어지게 하고 사뿐히 몸을 일으켰다.

"하루 종일 소파에만 계속 드러누워 있었더니 몸이 뻣뻣해졌나 봐."

베이커가 투덜거렸다.

"왜 날 쳐다보는 거야? 오후 내내 너를 뉴욕으로 데려가려고 얼마

나 애썼는데……."

데이지가 삐딱하게 말했다.

베이커는 부엌에서 가져온 넉 잔의 칵테일을 쳐다보며 심드렁하게 말했다.

"아니, 됐어요. 나는 지금 트레이닝에 집중하고 있어요."

톰은 믿을 수 없다는 듯 베이커를 쳐다보았다.

"아, 그렇죠."

톰은 잔을 들더니 술이 한 방울밖에 남지 않은 것처럼 칵테일을 쭉 들이켰다.

"그대가 뭘 하든 알 바 아니지."

나는 베이커가 어떤 일을 하는지 생각해 보았다. 베이커를 구경하는 게 재미있었다. 날씬하고 가슴이 작았는데, 마치 사관생도처럼 어깨를 뒤로 쫙 펴고 있었기 때문에 자세가 아주 곧아 보였다. 베이커는 햇빛에 눈이 부셔 살짝 뜬 잿빛 눈으로 나를 쳐다보았고, 나도 정중하게 호기심 어린 표정을 보였다. 베이커의 얼굴은 예뻤지만 무표정하면서도 세상을 비웃는 불만스러움이 엿보였다. 문득 어디선가 본 것 같은, 아니면 사진에서라도 본 것 같은 낯익은 느낌이 들었다.

"웨스트에그에 산다면서요?"

그녀는 깔보는 듯한 어조로 물었다.

"내가 아는 사람도 거기 살아요."

"나는 아직 아무도 몰라요."

"개츠비도 몰라요?"

"개츠비? 개츠비라고?"

데이지가 물었다.

바로 옆집이라고 말하려는 참인데 저녁 식사가 준비되었다는 소리가 들렸다. 톰이 억센 팔을 내 겨드랑이 아래로 단단히 끼우더니, 마치 체스 판에서 말을 옮기듯이 나를 살짝 들어 끌고 나갔다. 앞장선 베이커와 데이지는 팔을 가볍게 엉덩이에 댄 채 나른하고 느릿한 걸음으로 장밋빛 베란다로 향했다. 저녁노을이 깔린 베란다에는 네 개의 촛불이 잔잔한 바람 속에서 하늘거렸다.

"웬 촛불?"

데이지가 이맛살을 찌푸리며 손가락으로 촛불을 살짝 눌러 껐다.

"이제 이 주만 있으면 일 년 중에 낮이 가장 긴 날이에요."

그녀가 얼굴에 생기를 띠며 말했다.

"여러분도 늘 그날을 기다리다가 정작 그날엔 모르고 지나치나요? 내가 그래요."

"계획을 좀 세워야겠어요."

베이커는 잠자리에 들 것처럼 늘어지게 하품을 하며 말했다.

"그래, 좋아. 뭘 계획하지? 다른 사람들은 어떤 계획을 세우나요?"

데이지는 도움을 청하는 시선으로 나를 바라보았다.

내가 대답하기도 전에 겁에 질린 데이지는 자기 손가락을 쳐다보았다.

"아, 다쳤잖아!"

데이지가 울먹였다. 다들 데이지의 손가락을 쳐다보았더니 손가락 관절에 멍이 들어 있었다.

"톰, 당신이 이랬잖아. 일부러 그런 건 아니라도 어쨌든 당신이 그랬어. 이게 다 저 야수 같은 인간이랑 결혼해서 그래. 몸집이 짐승처럼 거대하고 괴물 같은 사람과 결혼한 탓이지."

"농담이라도 괴물 같다는 말은 하지 말랬지!"

톰이 소리치며 말했다.

"덩치가 큰 건 사실이잖아요."

데이지는 계속했다.

데이지와 베이커는 가끔씩 이야기를 나누긴 했지만, 주제넘게 나서거나 말 같지도 않은 대화여서 수다라고 하기도 뭣했다. 두 사람의 이야기는 그들의 흰 드레스처럼 아무런 욕망도 없고, 감정도 없는 시선처럼 냉랭한 것이었다. 그저 자리를 지키며 예의를 차리고 있을 뿐이었다. 잠시 후면 식사와 모임이 끝나고, 아무 일도 없었다는 듯이 그렇

게 모든 것이 지나간다는 것을 알고 있었다. 서부와는 전혀 다른 분위기였다. 서부에서는 한 마디가 끝날 때마다 아쉬운 마음에 조급해지고, 그렇기 때문에 순간순간을 지나칠 정도로 소중히 여긴다.

"데이지, 네 이야기를 듣고 있으려니까 내가 야만인 같다는 생각이 들어. 농작물 재배나 뭐 좀 다른 이야기는 없니?"

나는 코르크 냄새가 나지만 맛이 꽤 괜찮은 포도주를 두 잔째 마시며 말했다. 별 뜻 없이 한 말이었는데, 그 말은 의외의 방향으로 튀었다.

"문명은 이제 끝이야. 난 지독한 비관론자로 변했어. 고다드의 《유색 인종 제국의 발흥》이란 책을 읽어 봤나?"

톰이 갑자기 격렬하게 말했다.

"아니."

나는 톰의 말투에 좀 놀랐다.

"아주 훌륭한 책이야. 너들 읽어 봐. 백인들이 정신 차리지 않으면 세상이 망할 거라는 내용인데, 상당히 과학적인 근거가 있어."

"요즘 톰은 점점 심각해져요. 어휘도 어렵고 내용도 심오한 책들만 봐요. 그게 무슨 단어였지? 우리가……."

데이지는 우울하게 말했다.

"과학적인 근거가 있다니까. 백인들이 정신을 차려야 한다는 거야.

그렇지 않으면 다른 인종이 세계를 지배하게 될 거야."

톰은 참을 수 없다는 듯 데이지를 쳐다보며 언성을 높여 말했다.

"다른 인종은 밟아 버려야 해요."

데이지는 태양에 눈이 부신 듯 사납게 눈을 치켜뜨며 말했다.

"두 사람은 캘리포니아에 살아야 하는데……."

베이커가 말을 하는데 톰이 자세를 바꾸며 말을 가로챘다.

"중요한 건 우리가 북유럽 인종이라는 거야. 나도, 너도, 당신도, 그리고……."

잠시 망설이더니 가볍게 고개를 끄덕이고 데이지도 포함시켰다.

"이 모든 문명을 바로 우리 민족이 만들어 냈다는 거지. 과학과 예술, 그 밖의 모든 것들을 말이야. 무슨 말인지 알겠어?"

데이지는 나를 향해 눈을 깜박였다.

원래부터 있었던 톰의 자기만족 성향이 한층 더 심해져 열을 올리는 모습이 애처로워 보였다. 바로 그때, 전화벨이 울렸고 집사가 베란다에서 사라진 틈을 타 데이지는 내 쪽으로 몸을 기울였다.

"우리 집의 비밀 하나를 말해 줄까요?"

데이지는 신이 나서 속삭였다.

"우리 집사의 코에 관한 건데요, 어때요? 듣고 싶어요?"

"음, 좋아. 재밌겠는데."

"있잖아요, 저 사람은 원래는 집사가 아니었어요. 뉴욕에서 아침부터 밤까지 이백 명분의 은그릇 닦는 일을 했대요. 결국 그 일이 코에 영향을 미쳐서……."

"상태가 점점 나빠진 거지."

베이커가 끼어들며 말했다.

"응, 그래서 결국 그만둘 수밖에 없었나 봐."

마지막 석양이 데이지의 얼굴에 낭만적인 빛을 드리웠다. 데이지의 말소리에 나도 모르게 몸을 앞으로 기울였다. 해가 지기 시작하면 뛰놀던 거리를 뒤로하고 떠나야 하는 아이들처럼, 황혼이 그녀의 얼굴에서 주저하다가 아쉬움을 남기며 사라져 갔다.

집사가 돌아와 톰에게 귓속말을 소곤거리자, 톰은 얼굴을 찌푸리며 의자를 박차고 일어나 거실로 들어갔다. 톰이 자리를 뜨자, 낯빛이 어두워진 데이지는 몸을 앞으로 숙이며 상기된 목소리로 말했다.

"오빠, 이렇게 우리 집에서 같이 식사하게 되어 반가워요. 오빠를 생각하면 장미, 순수한 장미가 떠올라요. 안 그래?"

그녀가 베이커 쪽으로 몸을 돌려 동의를 구했다.

"진짜 완벽한 장미 같지?"

그건 사실이 아니었다. 내가 생각해도 나에게 장미를 닮은 모습은 한 군데도 없었다. 그저 즉흥적으로 한 말이었지만 그녀의 말투에는

진심 어린 따뜻함이 배어 있었다. 숨 가쁘게 떨리는 한마디 말속에 데이지의 숨겨진 진심이 튀어나오는 것 같았다. 그러더니 느닷없이 냅킨을 식탁에 던지며 실례한다고 말하고 집 안으로 들어갔다.

베이커와 나는 의식적으로 별 의미 없는 시선을 주고받았다. 내가 막 입을 열려는 순간, 베이커가 재빨리 "쉿!" 하며 경고하듯 말했다. 방 안쪽에서 감정을 억누르며 나지막하게 다투는 소리가 들렸고, 베이커는 뻔뻔하게 몸을 앞으로 기울여 엿들으려고 했다. 속삭이는 목소리는 들릴 듯 말 듯하며 흥분되고 격앙된 어조로 오르락내리락하더니 이내 잠잠해지면서 사라졌다.

"아까 당신이 말한 개츠비요, 우리 옆집에 살아요."

나는 다시 입을 열었다.

"조용히 하세요. 무슨 일인지 들어 봐야죠."

"무슨 일이 있어요?"

내가 물었다.

"정말 몰라요? 다들 아는 얘긴데."

오히려 베이커가 놀라면서 말했다.

"전혀 모르는데요."

내가 대답했다.

"음…… 뉴욕에 톰의 여자가 있어요."

베이커가 주저하면서 말했다.

“여자요?”

나는 멍하니 되풀이했다.

베이커가 고개를 끄덕였다.

“식사 중에는 전화를 하지 말아야지. 그 정도 예의는 지켜야 하는 거 아니에요?”

미처 그녀의 말을 알아듣기 전에, 드레스 자락이 펄럭거리는 소리와 부츠가 저벅거리는 소리가 들리면서 톰과 데이지가 돌아왔다.

“죄송해요.”

표정이 굳은 데이지가 명랑한 척하며 말했다. 그녀는 자리에 앉아 베이커와 나를 번갈아 보며 표정을 살피더니 말을 이었다.

“밖을 보니 아주 낭만적이에요. 잔디밭에 새 한 마리가 앉았는데, 외항선을 타고 온 나이팅게일이 틀림없어요. 계속 지저귀다가 날아갔어요. 톰, 정말 낭만적이지?”

데이지는 노래를 부르는 것처럼 맑게 말했다.

톰은 “그래, 그러네”라고 짧게 대답하고, 나에게 침울하게 말했다.

“저녁 식사가 끝나고도 날이 환하면 마구간을 보여 주고 싶은데…….”

그때 안에서 다시 전화벨이 울렸고, 데이지가 톰을 노려보며 단호

하게 고개를 저었다. 그 순간, 마구간 얘기를 비롯한 모든 화제가 허공으로 날아갔다. 그날 저녁 식사의 마지막 오 분 동안 기억에 남는 일은 쓸데없이 촛불을 다시 켠 것뿐이었다. 사람들을 똑바로 쳐다보고 싶었지만 애써 시선을 피하고 있었다. 나는 톰과 데이지가 무슨 생각을 하는지 알 수 없었다. 아무리 지독한 상황에서도 버틸 것 같은 베이커조차 불청객의 다섯 번째 전화벨은 온전히 무시할 수 없었나 보다. 이런 상황을 재미있게 즐길 수 있는 사람도 있겠지만, 나는 경찰을 부르고 싶은 심정이었다.

물론 마구간 이야기는 그 후 다시는 입에 오르지 않았다. 톰과 베이커는 어스름 속에서 몇 걸음 떨어진 채 느릿느릿 서재로 들어갔다. 마치 시체 옆에서 밤샘이라도 할 듯한 굳은 모습이었다. 나는 못 들은 척하며 재미있게 보이려고 애쓰면서 데이지를 따라 정문으로 나갔다. 우리는 나무 의자에 나란히 앉았다.

데이지는 자신의 예쁜 얼굴을 직접 느껴 보겠다는 듯 두 손으로 얼굴을 감쌌다. 서서히 그녀의 시선은 어두운 밖을 향했다. 격한 감정에 사로잡혀 있는 것 같았다. 나는 데이지를 진정시키려고 딸아이에 대해 물었다.

"오빠, 우리는 친척이라도 서로에 대해 잘 모르잖아요. 오빠는 내 결혼식에도 오지 않았잖아요."

"전쟁에서 돌아오기 전이었어."

"그랬군요. 나는 너무 힘들었어요. 그래서 아주 냉소적으로 변했죠."

데이지가 머뭇거리며 말했다. 그럴 만한 이유가 분명히 있는 것 같았다. 계속 말하기를 기다렸지만 데이지는 더 이상 아무 말도 하지 않았다. 나도 맥이 풀려 데이지에게 딸 이야기를 다시 물었다.

"이젠 말도 하고 밥도 먹고, 다 잘하지?"

"그럼요. 아기를 낳았을 때, 내가 뭐랬는지 알아요?"

데이지는 멍하니 나를 바라보았다.

"뭐랬는데?"

"그 말을 들으면 내 기분을 알 거예요. 매사에 왜 이렇게 냉소적으로 변했는지 알 수 있어요. 아기가 태어난 지 한 시간도 되지 않았는데 톰이 없어진 거예요. 마취에서 깨어났을 때 정말 버림받은 기분이었죠. 즉시 간호사에게 아기가 딸인지 아들인지 물어봤어요. 간호사는 딸이라고 했고, 나는 고개를 돌리고 울었어요. '괜찮아, 딸이라서 다행이야. 그리고 아이가 커서 바보가 되었으면 좋겠어. 이런 세상에서 여자로 사는 길은 바로 아름다운 바보가 되는 거야'라면서 스스로를 위로했죠."

"나는 세상이 싫어요. 다들 그렇게 살잖아요. 의식 있는 사람들도

다를 바가 없어요. 이제 다 알아요. 안 가 본 데도 없고, 못 본 것도 없고, 안 해 본 일도 없어요. 그야말로 산전수전 다 겪었어요. 닳아빠진 여자라고요!"

데이지는 위압적인 눈빛으로 주위를 훑어보았는데, 그 모습이 어딘지 톰과 닮아 있었다. 그러고는 섬뜩한 경멸의 웃음을 지었다.

내 주의를 끌거나 신뢰를 얻으려는 노력 없이 그녀가 입을 다문 순간, 나는 그녀의 말에 의구심이 생겼다. 그리고 이 저녁 시간이 나로 하여금 자신에게 유리한 쪽으로 공감하게 하려는 일종의 계략처럼 느껴져 마음이 불편했다. 조금 기다려 보니 아니나 다를까, 데이지는 귀여운 얼굴에 교활한 미소를 띠며 나를 바라보았다. 마치 자기네 부부가 유명한 비밀 단체의 회원임을 자랑이라도 하려는 듯한 미소였다.

집 안에 들어서자 방 안은 꽃이라도 핀 것처럼 진홍빛 불빛이 가득했다. 톰과 베이커는 의자 양 끝에 앉아 있었고, 베이커는 톰에게 《새터데이 이브닝 포스트》를 읽어 주고 있었다. 억양 없이 단조로운 어조로 분위기는 차분하게 가라앉아 있었다. 전등 빛은 톰의 부츠와 베이커의 금발 머리를 살짝 비추고, 그녀의 가녀린 팔이 책장을 넘길 때마다 종이까지 불빛에 반사되어 반짝거렸다.

우리가 들어서자 베이커는 손을 들어 잠시 조용히 해 달라는 신호

를 보냈다. 그리고 "다음 호에 계속됩니다"라고 말하면서 잡지를 탁자 위에 던졌다. 베이커는 가만히 있지 못하고 무릎을 들썩이더니 결국 일어섰다.

"열 시예요. 숙녀들은 잠자리에 들 시간이죠."

그녀는 천장에 걸린 시계를 보며 말했다.

"조던은 내일 골프 경기가 있어요. 웨스트체스터에서요."

"아하, 당신이 바로 조던 베이커로군요."

비로소 그녀의 얼굴이 낯익었던 이유를 알 수 있었다. 유쾌하면서도 남을 내려다보는 저 표정을 애쉬빌, 핫 스프링스, 팜비치 등의 경기 사진에서 여러 번 본 적이 있었다. 베이커에 대해 유쾌하지 않은 소문을 들은 적이 있었지만 오래전 일이라 기억나지 않았다.

"잘 자요. 내일은 여덟 시에 깨워 줘요."

베이커가 부드럽게 말했다.

"깨워서 일어나면."

"일어나야지. 닉도 안녕히 가세요. 또 만나요."

"또 만나야지."

데이지가 당연하다는 말투로 말했다.

"오빠, 우리 집에 자주 들르세요. 사실은 두 사람을 엮어 줄까 해요. 뭐랄까, 옷장에 둘을 밀어 넣고 잠그거나 배에 태워 바다로 실어 보내

는, 그런 방법으로 말이에요."

"잘 자요. 나는 아무 말도 못 들은 거예요."

베이커가 계단에서 소리쳤다.

"멋있는 여자야. 그렇지만 저렇게 전국을 돌아다니게 두면 안 되지."

바로 뒤에서 톰이 말했다.

"누가 그러면 안 된다는 거예요?"

데이지가 쌀쌀맞게 물었다.

"가족들이지."

"가족이라곤 천 살 정도 먹었을 늙은 숙모 하나뿐이야. 그리고 이제는 오빠가 봐줄 거예요. 그렇죠? 올여름에는 베이커도 우리 집에 자주 올 거예요. 내 생각에는 우리 집의 가족적인 분위기가 좋은 영향을 줄 것 같아요."

데이지와 톰은 잠시 동안 묵묵히 서로를 쳐다보았다.

"베이커는 뉴욕 출신이야?"

내가 재빨리 물었다.

"루이빌 출신이에요. 나와 같이 자랐어요. 특히 아름다운 미혼 시절을 함께 보냈어요. 아름답고 순수했던 소녀 시절……."

"데이지, 아까 베란다에서 닉한테 좀 털어놨어?"

톰이 불쑥 물었다.

"그랬던가? 기억이 안 나요. 하지만 북유럽 인종에 관한 얘기를 했어요. 그래요. 그 이야기가 갑자기 떠올랐는데……."

"닉, 무슨 말을 들었는지 모르겠지만 다 믿지는 마."

톰이 충고했다. 나는 아무 말도 못 들었다고 가볍게 대꾸하고 집에 가려고 일어섰다. 둘이 함께 문 앞까지 배웅을 나와 사각형 불빛 아래에 나란히 섰다. 자동차에 시동을 걸고 떠나려고 하는 순간에 데이지가 갑자기 소리를 질렀다.

"잠깐! 물어볼 게 있었는데, 깜빡 잊었어요. 중요한 일이에요. 오빠가 약혼을 했다는 소문이 있던데……."

"아, 맞아. 나도 들었어."

톰이 친절하게도 데이지의 말을 거들었다.

"헛소문이야. 난 돈도 없는걸."

"아니야, 분명히 들었어요. 그것도 세 사람한테나 들었다니까요. 그러니까 사실인 거죠?"

자신의 말이 맞다고 주장하는 데이지의 얼굴은 꽃처럼 다시 화사하게 피어올랐다. 나도 그 소문을 알고 있었다. 그러나 사실 나는 약혼 근처에도 못 가 봤다. 내가 동부로 오게 된 이유 중 하나도 그 소문 때문이었다. 소문으로 인해 옛 친구를 잃을 수 없었고, 그렇다고 소문난

김에 결혼할 수는 더더욱 없었다.

톰 부부의 작은 관심에 나는 약간 감동했고, 그들이 그렇게 엄청난 부자가 아니라는 생각도 들었다. 그럼에도 불구하고 집으로 돌아오는 심정은 착잡하고 불쾌했다. 내 생각에는 당장이라도 데이지가 그 집에서 아이를 안고 뛰쳐나와야 할 것 같은데, 정작 그녀는 그럴 생각이 추호도 없는 것 같았다. 또 하나 톰에게 다른 여자가 있다는 사실보다 더욱 놀라운 것은, 단지 책 한 권 때문에 톰이 우울해한다는 사실이었다. 자기만족으로 똘똘 뭉친 톰이 더 이상 그런 자신을 감당하기 어려웠는지, 책의 사상에 의존해서야 겨우 스스로를 추스르는 것 같았다.

여관의 지붕들과 붉은색 새 휘발유 펌프들이 불빛을 받으며 서 있는 길가의 주유소에는 벌써 여름이 한창이었다. 나는 웨스트에그의 집에 도착해서 차고에 주차를 하고 마당에 널브러진 잔디 기계 위에 한참 동안 앉아 있었다. 바람은 잔잔했고, 나뭇잎들은 서로 부대끼며 흔들렸고, 자연이 빚어내는 멜로디가 끊임없이 울려 퍼지며 개구리에게 생명을 불어넣고 있었다. 지나가는 고양이 한 마리가 달빛에 아른거렸다. 그것을 보려고 고개를 돌렸을 때, 나는 비로소 혼자가 아님을 깨달았다.

15미터 정도 떨어진 옆집 그림자 속에서 한 사람이 나타나 두 손을 호주머니에 찌른 채, 은하수를 수놓은 듯 총총히 박힌 별을 바라보고

있었다. 느긋한 움직임과 잔디밭을 꾹 밟고 서 있는 안정된 자세로 미루어 볼 때, 바로 하늘의 어디까지가 자기 몫인지를 살펴보려고 나온 개츠비란 걸 알 수 있었다.

베이커에게 들은 이야기만으로도 충분한 소개의 연결 고리가 될 것 같아 개츠비를 부르려다 그만 멈칫했다. 그에게서 혼자 있고 싶다는 느낌을 받았기 때문이다. 개츠비는 어두운 바다를 향해 두 팔을 쭉 뻗었는데, 멀리 떨어져 있어 보이진 않았지만 몸을 떨고 있는 게 분명했다. 나도 어느덧 바다를 바라보고 있었다. 멀리서 희미하게 깜빡이는 초록 불빛을 빼고는 아무것도 보이지 않았다. 아마도 부두의 끝을 알리는 경계 표시 같았다. 내가 다시 돌아보았을 때 개츠비는 이미 사라지고 없었다. 바람 소리가 요란한 어둠 속에서 나는 또다시 혼자가 되었다.

2

웨스트에그와 뉴욕의 중간쯤에는 차도와 철도가 만나 400미터 정도를 나란히 달리는데, 어느 황량한 지역을 피하기 위해서다. 이곳은 '잿더미 계곡'으로 쓰레기들이 밀과 보리처럼 자라서 산등성이와 언덕을 이루다가 마침내 기괴한 정원으로 변하는 환상적인 농장이다. 여기에서 재는 집과 굴뚝, 그리고 굴뚝에서 피어오르는 연기 모양을 하고 있다가, 마침내 회색빛 인간의 형상으로 나타나 뿌연 공기 속에서 희미하게 움직이다가 땅바닥으로 꺼져 내린다. 잿빛 차량들은 일렬로 늘어서 앞이 잘 보이지도 않는 길을 따라 기어가다가, 소름 끼치는 소리를 내며 갑자기 멈춰 선다. 그러면 회색빛의 인간들이 삽을 들고 몰려와 자욱한 먼지와 뿌연 구름을 만들며 시야에서 사람들의 흔적을 완전히 지워 버린다.

잿빛 땅과 끝없이 요동치는 먼지 더미 위로 시선을 옮기면, 닥터 T. J. 에클버그의 큰 눈이 보인다. 푸르고 거대한 에클버그의 눈은 망막의 높이만 90센티미터에 이른다. 얼굴 없는 큰 눈동자가 노란 안경을 쓰고 마을을 내려다보고 있다. 어느 익살맞은 안과 의사가 돈을 벌려고

설치한 것 같다. 그러나 그 뒤로는 자기가 눈이 안 보이게 되어 방치해 두었거나 아니면 광고판을 잊어버리고 떠난 모양이다. 오랜 세월 햇빛과 비바람에 시달리고 페인트칠도 벗겨져서 바래고 낡았지만, 두 눈만은 살아 있는 것처럼 장엄한 골짜기를 응시하고 있었다.

골짜기 한편으로는 작고 지저분한 강이 흐르고 있었다. 화물선을 통과시키기 위해 도개교가 올라갈 때마다 멈춰 선 기차 안의 승객들은 삼십 분가량은 주변의 음침한 풍경을 바라볼 수밖에 없었다. 그렇지 않아도 언제나 최소한 일 분은 정차하기 마련인데, 바로 그 때문에 나는 그곳에서 처음 톰의 여자를 만날 수 있었다.

톰에게 여자가 있다는 사실은 알 만한 사람은 다 아는 일이었다. 톰은 사람 많은 카페에 여자와 함께 나타나서는 여자를 혼자 테이블에 버려둔 채, 지인들과 이야기를 나누곤 했다. 사람들은 그런 톰을 아주 못마땅하게 여겼다. 사실 나는 어떤 여자인지 궁금하기는 했지만 만나고 싶은 생각은 없었다. 그런데 결국 만나고 말았다. 어느 일요일 오후, 톰과 함께 기차로 뉴욕에 가던 중이었는데, 기차가 잿더미 골짜기에서 잠시 멈추자 내 팔을 붙잡고 강제로 기차에서 끌어내렸다.

"여기서 내리자고. 애인을 보여 주고 싶어."

톰은 고집을 부렸다.

점심때 술을 마셨는지 취한 것 같은 톰이 억지로 나를 끌어냈다.

"너 따위가 일요일 오후에 무슨 일이나 있겠어?"라며 제멋대로 넘겨짚었다.

우리는 철로 옆 석회를 바른 담장을 넘어 닥터 에클버그의 시선을 받으며 90미터쯤 뒤쪽으로 걸어갔다. 황무지 끝에 자리 잡은 노란 벽돌 건물만이 눈에 띄었다. 그런대로 번화가인 것 같았다. 건물 안에는 상점이 세 군데 있었는데, 하나는 세입자를 찾는 중이었고, 또 하나는 이십 사 시간 식당으로 쓰레기가 널린 골목과 맞닿아 있었다. 마지막 상점은 자동차 정비소로, '자동차 수리 및 매매, 조지 윌슨'이라는 간판이 붙어 있었다. 나는 톰을 따라 정비소 안으로 들어갔다.

장사가 잘 안 되는지 정비소는 초라하고 썰렁했다. 어둡침침한 구석에 포드 한 대만이 먼지를 뒤집어쓴 채 처박혀 있었다. 순간 이 칙칙한 정비소는 눈가림이고, 위층에는 호화롭고 퇴폐적인 아파트가 있을지도 모른다는 생각이 들었다. 바로 그때 주인이 헝겊 조각에 손을 닦으며 사무실 문 앞에 나타났다. 금발에 미남이었지만 빈혈이 있는지 무기력한 표정에 생기가 없어 보였다. 우리를 보자 그의 연푸른색 눈동자에 희망의 빛이 떠올랐다.

"잘 있었어, 윌슨? 장사는 어때?"

톰이 주인의 어깨를 툭 치며 넉살을 부렸다.

"그저 그래요. 차는 언제 파실 거예요?"

윌슨이 시큰둥하게 말했다.

"다음 주에. 지금 수리 중이야."

"무슨 수리를 그렇게 오래 하나요? 그 친구 되게 뜸을 들이네요."

"그게 아니야. 그럼, 다른 곳에 팔아 버릴 거야."

"아니, 그런 뜻이 아니고……."

윌슨이 급하게 변명을 하고 말끝을 흐렸다.

톰은 초조하게 정비소 안을 두리번거렸다. 잠시 후에 계단을 내려오는 발소리가 들리더니 풍채 있는 여자가 문 앞에서 햇살을 가로막고 섰다. 삼십 대 중반의 그녀는 다소 통통했는데, 몇 안 되는 여자들에게서만 느낄 수 있는 육감적인 매력이 있었다. 물방울무늬의 검푸른 드레스를 입은 여자는 예쁜 얼굴은 아니었지만 온몸의 신경들이 끓어오르는 것처럼 감각적인 생기를 뿜어내고 있었다. 여자는 미소를 지으면서 남편 윌슨이 유령이라도 되는 것처럼 스윽 지나치더니, 톰의 눈을 쳐다보며 악수를 했다. 그러고는 입술을 축이면서 거친 목소리로 말했다.

"의자를 갖다 놔야 앉을 거 아니에요."

"아, 그렇지."

윌슨은 서둘러 회색 벽에 연결되어 있는 작은 사무실로 들어갔다. 잿더미 계곡 근처의 모든 것들이 그러하듯 윌슨의 검정 옷과 머리에

도 뿌연 먼지가 내려앉았고, 가게 안의 모든 것들도 잿빛으로 물드는 것 같았다. 그러나 유일하게 윌슨의 부인, 바로 톰의 여자만은 그런 흔적이 전혀 없었다. 여자는 톰에게 다가갔다.

"만나고 싶어. 다음 기차를 타."

톰은 열정적으로 말했다.

"네."

"지하 신문 가판대 앞에서 만나."

여자는 머리를 끄덕였다. 윌슨이 의자를 들고 나타나자 여자는 톰의 곁에서 떨어졌다.

우리는 길 아래로 내려가 사람들 눈에 띄지 않게 여자를 기다렸다. 때마침 독립기념일 불꽃놀이를 하는 분위기 탓에 깡마른 이탈리아계 아이들이 철로에 폭죽을 늘어놓고 있었다.

"여기는 끔찍해."

톰이 에클버그를 보며 말했다.

"그러네."

"그 여자도 여길 뜨는 게 좋아."

"남편이 반대하지 않아?"

"윌슨? 마누라가 뉴욕에 처제를 만나러 가는 줄 알아. 자기가 살아 있는지 죽어 있는지도 모르는 바보야."

이렇게 톰과 나, 그리고 여자는 함께 뉴욕으로 갔다. 정확히 말하자면 함께 갔다고 하기는 어려웠다. 여자가 눈치껏 다른 칸에 탔기 때문이다. 톰도 혹시 같은 기차에 탈지도 모르는 이스트에그 사람들의 심기를 불편하게 할 생각은 없었다. 여자는 갈색 무늬의 모슬린 드레스를 입었는데, 뉴욕 플랫폼에서 톰이 부축해서 내릴 때 드레스 밑자락이 그녀의 넓적한 엉덩이에 찰싹 달라붙어 있었다.

그녀는 지하 신문 가판대에서 《타운 태틀》과 영화 잡지를 사고, 매점에서는 콜드크림과 작은 향수 한 병을 샀다. 지상으로 올라오니 차도에는 소음이 메아리쳤고, 여자는 택시를 네 대나 그냥 보내고 나서야 회색 장식이 찬란한 라벤더 최신형 택시를 잡아탔다. 택시는 번화한 기차역을 지나 햇살이 내리쬐는 거리로 들어섰다. 그녀는 재빨리 창가에 눈길을 돌리더니 기사 옆자리의 유리창을 두들겼다.

"개를 사고 싶어요. 아파트에서 기를 개요. 개는 정말 키울 만해요."

그녀는 진지하게 말했다. 차는 후진해서 백발노인 옆으로 다가갔다. 어쭙잖게 록펠러[5]를 닮은 노인이 목에 바구니를 걸고 품종을 알 수 없는 강아지들을 팔고 있었다.

"무슨 종이에요?"

여자가 진지하게 물었다.

"다 있어요. 뭘 찾으세요?"

"경찰견이요. 그런 것도 있어요?"

노인은 고개를 갸우뚱거리며 바구니를 들여다보더니 한 마리를 덥석 잡아들었다.

"경찰견이 아닌데."

톰이 말했다.

"딱히 경찰견은 아니지만……."

노인은 실망한 목소리로 말했다.

"이건 에어데일 테리어[6]에 가깝지요. 털을 보세요. 멋있죠? 얘들은 감기에 걸리거나 주인을 귀찮게 하는 일이 없어요."

노인은 갈색 수건의 털 같은 강아지를 쓰다듬으며 말했다.

"귀여운 것 같아요. 얼마예요?"

그녀는 이미 들떠 있었다.

"이놈이요? 10달러는 주셔야 됩니다."

노인은 강아지를 사랑스럽게 바라보았다. 그 강아지의 다리는 놀라울 정도로 희었지만 분명 에어데일 테리어 같은 점이 있었다. 여자는 새로운 주인이 되어 강아지를 무릎에 앉히고 마냥 털을 쓰다듬었다.

"암놈이에요? 수놈이에요?"

그녀가 물었다.

"수놈이죠."

"아니야, 암놈인데."

톰이 단정적으로 말했다.

"자, 여기 돈이 있소. 아마 열 마리 값은 될 거요."

택시는 5번가로 향했다. 여름철 일요일 오후는 목가적일 만큼 따뜻하고 포근해서 양 떼 무리가 거리에 나타나도 놀라지 않을 정도로 평화로웠다.

"잠깐, 나는 여기서 내려야 될 것 같아."

내가 말했다.

"아아, 안 돼. 아파트까지 같이 가지 않으면 머틀이 섭섭해할 거야."

톰이 재빨리 나를 막으며 그녀에게 말했다.

"같이 가세요. 제가 동생인 캐서린도 부를게요. 굉장히 미인이에요."

그녀도 졸랐다.

"글쎄, 그러고 싶지만……."

결국 택시는 다시 센트럴 공원을 지나 서부 100번가 쪽으로 계속 달렸다. 158번가에 이르자 하얀 케이크 모양의 아파트 입구에 멈췄다. 그녀는 마치 여행에서 돌아온 여왕처럼 거만한 눈빛으로 주위를 훑어보더니 위풍당당하게 자기 물건을 챙겨 안으로 들어갔다.

"맥키 부부도 오라고 해야겠어요. 동생 캐서린한테 전화도 하고요."

그녀는 엘리베이터를 타고 올라가면서 말했다.

집은 아파트의 맨 꼭대기 층에 있었다. 작은 거실과 주방, 욕실이 딸린 침실이 있는 아담한 집이었다. 좁은 거실에는 태피스트리를 씌운 가구 세트가 꽉 들어차 있어서 움직이다 보면, 태피스트리[7]에 보이는 베르사유 궁전 정원에서 그네를 타는 귀부인들과 계속 부딪혔다. 벽에는 바위에 암탉이 앉아 있는 모습을 확대한 사진이 걸려 있었다. 멀리서 보면 암탉은 여성용 모자로 보였고, 통통한 노부인이 방 안을 향해 빙그레 웃는 것 같았다. 탁자 위에는《타운 태틀》몇 권과《베드로라 불리는 시몬》한 권, 그리고 브로드웨이의 스캔들을 다룬 싸구려 잡지들이 널려 있었다. 그녀는 강아지한테만 신경을 쏟고 있었다. 엘리베이터 안내원은 마지못해 지푸라기 상자와 우유, 거기에 시키지도 않은 딱딱한 개 비스킷까지 사 왔다. 우유에 쿠키를 섞은 접시는 종일 방치된 채로 썩어 갔다. 한편 톰은 장롱 서랍을 열어 위스키 한 병을 꺼냈다.

나는 평생에 딱 두 번 술에 취한 적이 있는데, 두 번째가 바로 그날이었다. 그날은 저녁 여덟 시가 넘을 때까지도 방 안에는 햇살이 가득 차 있었고, 나의 기억은 하나같이 안개에 싸인 것처럼 몽롱했다. 그녀는 톰의 무릎에 앉아 전화로 수다를 떨었다. 나는 담배가 떨어져 길모퉁이에 있는 가게로 담배를 사러 나갔다. 집에 돌아와 보니 둘은 자리에 없었고, 나는 혼자 거실에서《베드로라 불리는 시몬》을 읽었다. 책

이 형편없는 건지 내가 취한건지 도무지 이해할 수 없는 내용이었다. 머틀과 술을 마시고 나서는 이름을 부르기로 했는데, 톰과 머틀이 다시 나타나자 손님들도 하나둘 도착하기 시작했다.

머틀의 동생 캐서린은 날씬하고 속물적인 삼십 대의 여자로, 숱이 많은 빨간 단발머리에 뽀얗게 분칠을 하고 있었다. 눈썹을 뽑고 세련된 눈 화장을 했지만, 원래 자리에 눈썹이 다시 자라나는 바람에 전체적인 인상이 지저분해 보였다. 그녀가 움직일 때면 양팔에 낀 여러 팔찌들이 몸의 움직임에 따라 오르락내리락하면서 연신 딸그락거렸다. 마치 집주인처럼 당당하게 들어와 가구를 둘러보는 모습이 어쩌면 여기가 캐서린의 집일지도 모른다는 착각마저 들게 했다. 그래서 내가 이 집에 사느냐고 물었더니 그녀는 깔깔거리면서, 내 질문을 큰 소리로 되풀이하고는 친구와 호텔에서 산다고 대답했다.

맥키는 아래층에 사는 남자로 파리한 얼굴에 여성적인 인상을 주었다. 방금 면도를 한 듯 광대뼈에 흰 비누 거품이 남아 있었다. 사람들과 인사를 나누는 태도가 아주 공손했다. 그는 예술적인 일을 한다고 말했는데, 나중에 사진사라는 것을 알았다. 벽에 걸린 심령 같은 머틀의 어머니 사진을 만든 장본인임을 짐작할 수 있었다. 맥키의 아내는 예쁘긴 하지만 목소리가 날카롭고 기운이 없어 보이는 형편없는 여자였다. 그녀는 결혼 후에 남편이 백스물일곱 번이나 사진을 찍어 줬다

고 자랑스럽게 말했다.

머틀은 금방 또 옷을 갈아입었다. 이번에는 크림색의 화려한 야회복이었는데, 방 안을 오갈 때마다 살랑거리는 소리가 났다. 옷이 날개라고 인품까지 달라 보였다. 자동차 정비소에서의 풍만하고 육감적이던 생기는 이제 거만함과 오만함으로 바뀌었다. 웃음, 몸짓, 말투 등 머틀의 모든 것들은 시간이 지날수록 가식적으로 변했고, 그렇게 그녀가 들뜰수록 집은 점점 더 비좁아지는 것 같았다. 머틀의 모습은 담배 연기가 자욱한 곳에서 시끄럽게 삐걱거리는 회전축을 타고 빙빙 돌고 있는 것처럼 보였다.

"캐서린."

머틀이 점잔을 빼며 높은 톤으로 동생을 불렀다.

"사람들은 늘 사기를 치지. 그저 돈 뜯어낼 생각밖에 없어. 지난주에는 발 마사지하는 여자를 불렀는데, 기막히게 무슨 수술비 정도의 액수를 청구하는 거야."

"누군데요?"

맥키 부인이 물었다.

"에버하트 부인이에요. 집을 방문해서 발 마사지를 하는 여자죠."

"드레스가 참 우아해요. 정말 멋있네요."

맥키 부인이 말했다.

머틀은 경멸하듯 눈썹을 치켜올리며 칭찬을 무시했다.

"낡아 빠진 옷이에요. 그냥 편하게 막 입는 거예요."

머틀이 대답했다.

"그렇더라도 부인이 입으니까 멋있다는 거죠. 제 남편 체스터가 당신의 포즈를 포착한다면 아주 훌륭한 작품이 될 거예요."

맥키 부인이 계속 말했다.

우리는 잠자코 머틀을 바라보았고, 그녀는 눈을 가리고 있던 머리카락을 쓸어 올리고 화사한 미소를 지으며 우리를 쳐다보았다. 맥키 부인이 한쪽으로 고개를 돌리며 머틀을 주시하다가 눈앞에서 손을 들어 앞뒤로 천천히 움직였다.

"조명을 바꿔야겠어. 얼굴의 입체감을 살리려면 뒤쪽 머리카락의 이미지까지도 잡아야 해."

잠시 후, 그가 말했다.

"조명은 그냥 둬요. 내가 볼 때는……."

맥키 부인이 소리쳤다.

그녀의 남편이 "쉿!" 하고 부인의 말을 끊자, 우리는 모두 머틀을 쳐다보았다. 그때, 톰이 크게 하품을 하며 자리에서 일어섰다.

"맥키 부부는 음료수를 더 드시죠."

톰이 말했다.

"머틀, 모두 자러 간다고 말하기 전에, 얼음하고 탄산수를 더 가져오지."

"이미 한참 전에 얼음을 가져오라고 꼬맹이를 보냈어요. 하여간 일하는 애들은 오후 내내 잔소리를 해야 된다니까."

머틀이 눈썹을 찡그리며 하층민들의 게으름이란 구제불능이라고 투덜거렸다. 머틀은 나를 보며 멋쩍은 미소를 지었다. 그리고 강아지한테 달려가 연신 입을 맞추더니, 조리사들이 기다리고 있어서 가 봐야 한다는 듯이 부엌으로 들어갔다.

"롱아일랜드에서는 명작을 좀 냈죠."

맥키 부인이 자랑하며 말했다.

톰은 관심 없는 듯 멍하게 맥키를 바라보았다.

"그중에 두 개를 골라 액자로 만들어 집에 걸어 뒀어요."

"뭘요? 뭐가 둘이라고요?"

톰이 물었다.

"두 작품 말입니다. 작품 이름이 하나는 '몬터크 포인트-갈매기'고, 또 하나는 '몬터크 포인트-바다'예요."

내 옆에는 머틀의 동생 캐서린이 앉아 있었다.

"당신도 롱아일랜드에 사세요?"

캐서린이 물었다.

"네, 웨스트에그에 살아요."

"그래요? 한 달 전에 개츠비의 집에서 열린 파티에 갔었는데, 혹시 아세요?"

"네, 바로 옆집에 살고 있어요."

"그런데요, 개츠비가 빌헬름 황제의 조카라든가, 사촌이라고 하던데요. 그 돈도 다 거기서 나온다면서요?"

"정말요?"

캐서린은 고개를 끄덕였다.

"난 무서워요. 개츠비와 엮이는 건 싫거든요."

개츠비에 대해 뭔가 흥미로운 정보를 들으려는데, 맥키 부인이 갑자기 캐서린을 가리키며 떠드는 바람에 이야기가 끊기고 말았다.

"여보, 캐서린이라면 작품이 될 것 같아요."

맥키 부인이 떠들어 댔다. 그러나 맥키는 귀찮다는 듯이 고개만 끄덕이고, 이내 톰에게 시선을 돌렸다.

"할 수만 있다면 롱아일랜드에서 좀 더 일을 했으면 좋겠어요. 그저 작업할 기회만 주어진다면……."

"머틀에게 부탁해 봐. 소개장 정도야 쉽게 써 줄 수 있지 않겠어?"

톰은 이렇게 말하고 머틀이 쟁반을 들고 들어오자 웃음을 터뜨렸다.

"무슨 말이에요?"

머틀이 놀라서 물었다.

"당신 남편을 소개하는 글을 맥키한테 써 주라고. 그러면 맥키 씨가 당신 남편을 모델로 멋진 작품을 만들어 줄 거야."

톰은 잠시 말을 멈추고, 입술을 우물거리더니 다시 말했다.

"뭐 '휘발유 펌프 옆의 조지 윌슨' 이런 제목으로 말이야."

캐서린이 내게로 가까이 붙더니 귓속말로 속삭였다.

"둘 다 배우자를 못마땅하게 여기죠."

"그래요?"

"그럼요, 그렇게 싫으면서 왜 같이 사는지 모르겠어요. 당장 이혼하고 서로 재혼하지."

캐서린은 톰과 머틀을 번갈아 보면서 말했다.

"머틀 씨도 윌슨 씨를 좋아하지 않나요?"

대답은 뜻밖이었다. 우리의 대화를 엿들은 머틀이 직접 아니라고 대답한 것이다. 머틀의 대답은 너무 난폭하고 음탕해서 차마 입에 담기도 민망할 정도였다.

"거봐요."

캐서린이 자기 생각이 맞다는 듯이 말했다. 그러고는 목소리를 낮추고 다시 말을 이었다.

"사실 둘을 갈라놓는 건 톰의 부인이에요. 가톨릭 신자라는데, 가톨

릭에서는 이혼을 허락하지 않잖아요."

데이지는 가톨릭 신자가 아니었다. 나는 그럴싸하게 꾸며진 치밀한 거짓말에 충격을 받았다.

"언니는 재혼을 하게 되면 뒷말이 없어질 때까지 서부에 가서 산대요."

캐서린이 말을 이었다.

"그런 거라면 유럽이 더 좋을 텐데요."

"어머, 유럽을 좋아하세요? 난 몬테카를로에서 얼마 전에 돌아왔어요."

캐서린은 놀랍다는 듯 말했다.

"그래요?"

"바로 작년이에요. 친구랑 같이 갔었거든요."

"오래 있었어요?"

"아니요, 마르세유를 경유해서 몬테카를로만 갔다가 왔어요. 1천 200달러를 가지고 갔는데, 도박장에서 이틀 만에 몽땅 잃었어요. 오는 길에 얼마나 고생을 했는지, 그놈의 도시 생각만 해도 진절머리가 나요."

저녁 하늘이 지중해의 푸른 바다처럼 창문에 환히 비쳤다. 이어 맥키 부인의 날카로운 고음에 정신이 번쩍 들어 나는 방으로 시선을 돌

렸다.

“하마터면 큰 실수를 할 뻔했어요. 오랫동안 나를 쫓아다니던 자그마한 유태인과 결혼할 뻔했거든요. 저보다 못한 남자라는 걸 몰랐던 건 아닌데, 주변 사람들이 내가 너무 아깝다고 했죠. 바로 그때 남편을 만나지 않았으면 정말 그 촌뜨기와 결혼했을 지도 몰라요.”

맥키 부인은 서슴지 않고 말했다.

“그래요. 그럼 이제 내 말을 들어 봐요. 어쨌든 당신은 그 남자와 결혼하지 않았잖아요.”

머틀이 고개를 끄덕이며 말했다.

“물론 안 했죠.”

맥키 부인이 말했다.

“그런데 나는 결혼을 했다는 거예요. 그게 당신과 나의 차이라고요.”

머틀이 애매하게 말했다.

“언니는 왜 결혼했는데? 누가 강요한 것도 아니었잖아.”

캐서린이 물었다.

머틀은 잠시 생각에 잠겼다.

“신사인 줄 알았지. 교양이란 게 있는 줄 알았어. 그런데 알고 보니 내 신발을 핥을 자격도 없는 놈이었어.”

“그렇지만 언니도 한때는 형부한테 미쳐 있었잖아.”

캐서린이 말했다.

"내가 그 인간한테 미쳐 있었다고? 누가 그래? 내가 저 사람한테도 미치지 않는데, 뭐라고? 그 인간한테 미쳐?"

머틀은 느닷없이 나를 가리키며 참을 수 없다는 듯이 말했다. 다들 비난하는 눈초리로 나를 쳐다보았다. 나는 머틀과 아무 관계가 없다는 말을 표정으로 대신하려고 무던히 애를 썼다.

"내가 미쳐 있었던 건 막 결혼했을 때뿐이야. 그렇지만 곧 실수라는 걸 알았어. 결혼 예복도 빌린 거였고, 그나마 그것도 속여서 나는 몰랐어. 어느 날, 그 인간이 없는데 옷 주인이 옷을 찾으러 왔기에 '그래요? 몰랐어요'라고 말했지. 옷을 돌려주고 나서, 오후 내내 통곡을 했지."

"언니는 정말 이혼하는 게 나아요. 형부랑 자동차 정비소 위층에서 십 년이나 넘게 살았어요. 언니한테는 톰이 첫 애인이에요."

캐서린이 나에게 말했다.

사람들은 계속 위스키를 찾았다. 벌써 두 병째 마시고 있었다. '진허 마시지 않고도 마신 것처럼 기분이 좋아'라고 말하는 캐서린만 빼고 말이다. 톰은 사람을 시켜 샌드위치를 사 왔는데, 저녁 식사가 될 만큼 풍성했다. 나는 밖으로 나가서 따뜻한 황혼을 즐기며 공원을 산책하고 싶었지만, 그럴 때마다 난폭하고 꺼림칙한 말싸움에 발목을 잡히곤 했다. 마치 밧줄에 묶인 채 뒤로 끌려가는 느낌이었다. 그러나 도시

의 하늘을 장식하는 노란 창문들은, 밤거리에서 우연히 고개를 들어 아파트 꼭대기를 보는 사람들에게 인간의 비밀을 속삭이고 있는 것이 틀림없었다. 나 역시 올려다보고 그 비밀을 궁금해하는 사람 중 하나였다. 나는 안에 있으면서 동시에 밖에도 존재했다. 놀랍도록 다양한 인간사에 매력과 혐오를 동시에 느끼면서 말이다.

머틀은 의자를 끌어당겨 내 곁으로 다가오더니, 내 얼굴에 더운 입김을 내뿜으며 톰과 처음 만났을 때의 이야기를 늘어놓았다.

"그 기차에는 항상 마지막까지 남아 있는 자리가 있어요. 마주 보는 좌석인데, 우리는 거기서 처음 만났어요. 동생을 만나러 뉴욕으로 가는 길이었는데, 톰은 정장을 입고 에나멜가죽 구두를 신고 있었죠. 난 첫눈에 반했어요. 톰에게서 눈을 뗄 수가 없었어요. 그렇지만 톰이 나를 볼 때에는 그의 머리 위 광고지를 보는 척했어요. 역에 도착할 때쯤 내 옆에 앉았는데, 흰 와이셔츠 앞가슴으로 내 팔을 눌렀어요. 경찰을 부르겠다고 말했지만 톰이 내 말을 알아차렸죠. 너무나 흥분해서 같이 택시를 갈아타고도 계속 기차를 타고 있는 줄 알았어요. 그때 머리에서 떠나지 않았던 생각이 '그래, 인생은 영원한 게 아니야. 영원히 살 수 없어'라는 말이었어요."

머틀은 맥키 부인에게 시선을 돌리며 어색하게 꾸민 웃음을 지었다.

"저기요. 이 옷은 오늘만 입고 줄게요. 내일 또 한 벌 살 거니까요.

마사지기, 파마기, 애견용 목걸이, 스프링 재떨이, 여름 내내 엄마 무덤을 장식할 꽃다발 등 잊어버리지 않게 쇼핑 목록을 적어야겠어요."

아홉 시였다. 그리고 얼마 지나지 않아 시계를 보았을 때는 열 시였다. 맥키는 주먹을 불끈 쥔 채 의자에서 잠이 들어 있었다. 나는 맥키의 얼굴을 보는 내내 신경 쓰이던 비누 거품 자국을 손수건으로 닦아 주었다.

강아지도 졸린 눈으로 탁자에 앉아 담배 연기가 자욱한 방을 둘러보면서 이따금씩 낑낑거렸다. 사람들은 없어졌다가 다시 나타나고, 어딘가로 갈 계획을 세우기도 하며, 또 대화 상대를 잃어버리고 찾느라 헤매기도 하다가 몇 미터 앞에서 또다시 만나기도 했다. 자정쯤에는 톰과 머틀이 열띤 논쟁을 벌였다. 머틀이 데이지를 들먹이는 일에 대해서 옥신각신하는 것 같았다.

"데이지, 데이지, 데이지! 부르고 싶을 때는 얼마든지 부를 거야. 데이시! 네이시! 네이……."

톰이 재빠르게 그녀의 코를 세게 후려쳤다.

잠시 후 욕실에는 피 묻은 수건들이 널브러졌고 여자들은 비난을 퍼부었다. 그러나 이런 소란보다 머틀이 괴롭게 울부짖는 소리가 훨씬 더 크게 울렸다. 그 바람에 잠에서 깬 맥키는 멍하니 문 쪽으로 걸어가다가 정신이 들었는지 중간쯤에서 돌아서서는 방 안의 광경을

유심히 쳐다보았다. 맥키 부인과 캐서린은 욕도 내뱉고 위로도 하면서 응급 치료 물품을 들고 좁은 가구 사이를 서성거리고 있었다. 머틀은 피를 쏟으면서도 베르사유 궁전의 태피스트리 융단을 더럽힐까 봐 《타운 태틀》 잡지를 펼치고 있었다. 그 모습이 참혹해 보였다. 맥키 씨는 다시 돌아 문밖으로 나갔다. 나도 샹들리에에 걸린 모자를 집어 들고 따라 나갔다.

"언제 점심이나 같이 하죠."

엘리베이터에서 그가 제안했다.

"어디서요?"

"어디든지요."

"레버에 손대지 마세요."

엘리베이터 안내원이 맥키에게 잘라 말했다.

"아, 미안합니다. 만지고 있는 줄 몰랐네요."

맥키는 정중하게 말했다.

"그러죠."

나는 그의 제안에 흔쾌히 응했다.

나는 그의 침대 옆에 서 있었고, 그는 속옷 차림으로 침대에 앉아 커다란 포트폴리오를 보여 주고 있었다.

"《미녀와 야수》…… 《고독》…… 《식료품점의 늙은 말》…… 《브루클

린 다리》…….”

어느새 나는 펜실베이니아 역의 추운 지하 대합실에 누워 조간신문 《트리뷴》을 보면서 새벽 네 시 기차를 기다리고 있었다.

3

여름 내내, 개츠비의 저택에서는 밤마다 흥겨운 음악이 흘러나왔다. 반짝이는 별들 아래 파릇한 잔디 정원에서는 젊은이들이 샴페인을 마시며 재잘거리고 있었다. 한낮이 되면 전망대에서는 다이빙도 하고, 해변의 뜨거운 모래밭에서는 일광욕을 하기도 했다. 또한 모터보트 두 대가 하얀 물거품 위로 수상 스키를 끌고 다니며 해협의 물살을 갈라놓았다. 주말이면 개츠비의 롤스로이스 자동차는 셔틀버스가 되어 하루 종일 파티에 참석하는 사람들을 실어 날랐고, 스테이션왜건도 기차로 오는 손님을 태우고 노란 딱정벌레처럼 바쁘게 기차역을 오갔다. 주말이 지나고 월요일이 되면 하인들은 어수선해진 집을 정리하느라 또다시 분주했다.

매주 금요일이면 뉴욕의 과일 가게에서 다섯 상자의 오렌지와 레몬이 배달되었고, 월요일이 되면 갈라진 과일 껍질들이 뒷문에 피라미드처럼 쌓였다. 주방에는 최신식 주스 짜는 기계가 있었는데, 버튼을 이백 번만 누르면 삼 분 안에 이백 잔의 오렌지 주스를 만들 수 있었다.

적어도 이 주에 한 번씩은 출장 뷔페에서 나온 사람들이 천막을 높이 치고, 색색의 전구로 정원의 나무들을 크리스마스트리처럼 화려하게 장식했다. 뷔페 식탁에는 화려한 만찬이 차려졌다. 오르되브르와 향신료를 넣은 햄, 다채로운 야채샐러드, 바비큐 통돼지, 칠면조 등이 향기를 뿜으며 즐비하게 펼쳐졌다. 중앙의 홀에는 스탠드바까지 설치되어 각종 주류가 준비되었는데, 대부분의 나이 어린 여자 손님들은 구별해 내기도 어려웠다.

저녁 일곱 시가 되자 오케스트라가 도착했다. 시시하고 보잘것없는 5인조 편성의 악단이 아니었다. 오보에, 트럼펫, 색소폰, 비올라, 클라리넷, 피콜로 등의 관악기와 현악기는 물론 고급 드럼까지 갖추고 있어, 최고급 연주회장을 방불케 했다.

늦게까지 해수욕을 즐기던 사람들도 돌아와 위층에서 옷을 갈아입고 있었다. 뉴욕 방문객들의 자동차 여러 대가 대문에서 정원의 현관까지 다섯 겹으로 주차되었다. 홀과 복도, 베란다에는 알록달록한 드레스를 입은 여인들이 세련된 머리 스타일과 화려한 명품 숄을 자랑하며 북적거렸다. 스탠드바는 말도 못할 정도로 붐볐고, 쟁반에 놓인 칵테일 잔은 바깥 정원까지 전달되었다. 사람들은 재잘거리고 깔깔거리며 인사를 주고받았고, 농담도 즐기면서 분위기는 한층 무르익어 최고조에 달했다. 처음 보는 여자들끼리도 거리낌 없이 무리를 지어

열띤 대화를 나누기도 했다.

밤이 깊어갈수록 연회장의 불빛은 더욱 밝아졌다. 오케스트라가 귀에 익은 음악을 연주하자, 사람들의 목소리는 더욱 높아졌다. 바야흐로 긴장감은 사라지고 익살맞은 이야기들로 폭소가 터지곤 했다. 삼삼오오 무리의 사람들도 자연히 오가면서 바뀌고, 새로운 손님들이 도착하면서 무리들은 흩어지고 모이기를 반복했다. 선뜻 무리에 끼지 못하고 여기저기 서성이는 사람도 있고, 자신감 넘치는 여인들은 형형색색의 불빛을 받으며 이 무리와 저 무리를 넘나들면서 사람들 사이를 비집고 다녔다. 갑자기 집시 여인 중에 한 명이 칵테일 잔을 공중으로 번쩍 들어 단숨에 마시고는, 프리스코[8]의 손짓을 하며 단상에 올라 혼자 춤을 추었다. 한순간 모두들 숨을 죽였다. 집시 여인의 춤에 맞춰 음악도 바뀌었다. 그러자 집시 여인이 《시사 풍자극》에 출연하는 길다 그레이의 대역 배우라고 수군거리는 소리가 들렸다. 바야흐로 진짜 파티가 시작된 것이다.

내가 개츠비의 파티에 처음 갔을 때, 나는 정식으로 초대받은 몇 안 되는 손님 중 하나였다. 대부분이 단순한 방문객이자 불청객으로 정작 초대를 받은 사람은 별로 없었다. 우연히 롱아일랜드로 오는 자동차를 탄 덕분에 여기까지 오는 것뿐이었다. 여기까지만 오면 누구든 손님으로 맞아 주니까 말이다. 그런 단순함이 곧 초대장이나 다름없

었다. 그다음에는 마치 놀이공원에 온 것처럼 최소한의 예의만 지키면 된다. 파티 내내 개츠비를 보지도 못하고 돌아가는 사람도 있었다.

나는 정식으로 초대를 받았다. 토요일 아침 개똥지빠귀의 알처럼 푸른색의 제복을 차려입은 운전기사가 개츠비의 초대장을 들고 우리 집의 잔디밭을 가로질러 건너왔다. 초대장의 내용은 누추하지만 오늘 밤 파티에 참석해 주시면 그보다 더한 영광이 없겠다, 그리고 나를 본 적이 있어 만나고 싶었지만 형편상 이런저런 사정으로 그러지 못했다는 것이었다. 그리고 초대장 끝에 품격 있는 필체로 제이 개츠비라고 서명되어 있었다.

저녁 일곱 시가 조금 지나서 나는 흰 플란넬 양복을 차려입고 개츠비 저택의 정원으로 들어갔다. 얼굴도 모르는 낯선 사람들 틈에서 어색하게 어슬렁거렸다. 가끔은 출근 기차 안에서 본 적이 있는 얼굴도 있었다. 젊은 영국인들도 꽤 많이 보였는데, 다들 번듯하게 잘 차려입었지만 어딘지 모르게 굶주린 듯한 표정으로 미국인 부자들과 점잖게 이야기를 나누고 있었다. 미국인 부자들을 상대로 증권이나 보험, 자동차 등을 팔고 있는 것 같았다. 부자들에게는 눈먼 돈이 남아 있고, 말만 잘하면 그 돈이 자기 수중으로 넘어올 수 있다고 믿는 것 같았다.

나는 저택에 도착하자마자 개츠비를 찾으려고 두리번거렸다. 몇몇

사람에게 개츠비가 어디 있느냐고 물어봤지만 놀란 얼굴로 나를 빤히 쳐다만 볼 뿐, 그의 소재에 대해서는 아는 바가 없다고 무심하게 대답했다. 하는 수 없이 칵테일 테이블로 자리를 옮겼다. 그 넓은 정원에서 그나마 혼자 있기 무색하지 않은 곳은 거기밖에 없었다.

분위기가 너무 어색해서 술이나 마셔야겠다고 생각하던 차에, 조던 베이커가 보였다. 베이커는 집에서 나와 대리석 계단 꼭대기에 서서 몸을 뒤로 젖힌 채 거만하면서도 재미있다는 표정으로 정원을 내려다보고 있었다.

나는 스쳐 가는 사람들과 인사라도 나누려면 누군가와 함께 있어야 된다는 것을 깨달았다.

"안녕하십니까?"

나는 베이커에게 다가가면서 크게 외쳤다. 내가 생각해도 너무 어색했다.

"오실 줄 알았어요. 바로 옆집에 산다는 말을 기억하고 있었거든요."

베이커는 딴생각을 하는지 멍한 표정으로 대답했다.

속내를 읽었는지 베이커는 나를 잘 돌봐 주겠다고 약속이라도 하듯 불쑥 내 손을 잡고는 계단 아래 노란색의 드레스를 입고 서 있는 두 여자의 말에 귀를 기울였다.

"안녕하세요!"

두 여자는 동시에 베이커에게 인사를 했다.

"지난번 경기에서 우승을 못해서 유감이에요."

베이커는 지난주 경기에서 준우승에 머물렀다.

"당신은 우리를 모르겠지만 우리는 당신을 알아요. 한 달 전에도 여기서 당신을 봤거든요."

노란 드레스를 입은 두 여자 중에 한 여자가 말했다.

"그 뒤로 염색을 하셨네요."

베이커가 대답하는 순간 나는 발걸음을 옮기기 시작했고, 노란색 드레스를 입은 여자들도 별 관심 없이 지나가고 말았다. 베이커의 말은 바구니에서 꺼내 차리기도 전에 사라져 버리는 요리처럼, 너무 일찍 떠오른 달을 향해 내뱉은 격이 되었다. 베이커가 갈색으로 그을린 날씬한 팔을 내 팔에 감쌌고, 우리는 아래로 내려가 함께 정원을 산책했다. 칵테일 쟁반이 저녁노을을 가로질러 우리에게도 다가왔다. 우리는 노란 드레스를 입은 두 여자와 세 명의 남자와 함께 테이블에 자리를 잡았다.

"이 파티에 자주 오세요?"

베이커가 노란 드레스를 입은 여자에게 물었다.

"최근에는 한 달 전에 왔어요. 거기서 당신도 봤고요."

그녀는 친구를 보면서 밝고 당당하게 말했다.

"루실, 너도 그렇지?"

루실이라는 여자 역시 그렇다고 했다.

"난 파티를 좋아해요."

루실이 말했다.

"여기는 일일이 신경 쓸 필요가 없어서 좋아. 지난번에는 의자에 옷이 걸려서 찢어졌거든. 그때 그 사람이 나에게 이름과 주소를 물었는데, 일주일도 안 돼서 새 드레스가 왔지 뭐야."

"그걸 받았단 말이에요?"

베이커가 루실에게 물었다.

"물론이죠. 오늘 입으려고 했는데, 가슴 쪽이 너무 커서 좀 줄여야 해요. 보랏빛 구슬이 달린 하늘색 드레스예요. 250달러나 한다고요."

"지나친 호의는 좀 이상하잖아."

다른 여자가 말했다.

"그 사람은 누구와도 문제가 생기는 걸 원치 않아요."

"누가 그렇다는 거예요?"

내가 물었다.

"개츠비요, 어떤 사람이 그러는데……."

노란 드레스를 입은 여자와 베이커는 비밀스러운 이야기를 하려는 듯 몸을 바짝 붙였다.

"누가 그러는데 과거에 살인을 한 적이 있대요."

순간 전율이 스치면서 소름이 끼쳤다. 옆의 세 남자들도 몸을 기울이고 진지하게 귀를 기울였다.

"설마, 그럴 리가?"

루실이 믿을 수 없다는 듯이 말했다.

"그게 아니고, 전쟁 중에 독일 스파이였을지도 몰라."

남자 중에 한 명이 고개를 끄덕였다.

"개츠비에 대해서라면 모르는 게 없다고 큰소리치는 사람한테 들었어. 독일에서 같이 자란 친구래."

남자는 소문의 진원지까지 구체적으로 말했다.

"아, 아니에요."

첫 번째 여자가 반박했다.

"그럴 리가 없어요. 개츠비는 전쟁 중에 미군이었다고요."

우리가 자기 말을 믿는 표정을 보이자, 그녀는 몸을 더 앞으로 내밀었다.

"개츠비가 혼자 있을 때, 아무도 몰래 그의 표정을 보세요. 사람을 죽이고도 남는다니까요."

그녀는 인상을 찌푸리며 몸을 부르르 떨었다. 루실도 몸서리를 쳤다. 우리는 다들 두리번거리며 개츠비를 찾았다. 남의 이야기에 관심

이 없는 사람들조차 개츠비 이야기에는 흥미를 나타냈다. 그만큼 개츠비가 사람들한테 낭만적인 상상을 불러일으킨다는 증거였다.

첫 번째 저녁 식사[9]가 나왔을 때, 베이커가 따로 자리를 잡아 놨다면서 나를 불렀다. 베이커의 일행이 맞은편 식탁에 둘러앉아 있었다. 세 쌍의 부부와 남자 대학생이었다. 대학생은 베이커의 경호원처럼 굴었으며, 말투가 거칠고 고집이 세 보였다. 대학생은 조만간 베이커가 자기에게 굴복하고 넘어올 거라고 믿는 것 같았다. 베이커의 일행은 부산하게 돌아다니지 않고, 고지식하고 차분하게 앉아 품위를 지키고 있었다. 이 동네의 우아하고 고상한 품위를 대표하는 역할을 하면서, 성실하고 정직한 상류층의 분위기를 유지하고 있었다. 말하자면 이스트에그 사람들은 겸손한 태도로 웨스트에그 사람들을 대하면서도, 웨스트에그의 현란함과 화려함을 조심스럽게 경계하는 분위기였다.

"그만 나가요. 여긴 너무 점잖아서 불편해요."

삼십 분 정도 어색한 분위기에서 시간을 보내고 난 뒤, 베이커가 귓속말로 속삭였다.

베이커와 나는 자리에서 일어났다. 베이커는 대학생에게 이 집의 주인을 찾으러 간다고 말했다. 그러면서 내가 개츠비를 아직 한 번도 만난 적이 없기 때문이라고 덧붙였는데, 그 말은 나를 불편하게 했다.

대학생은 우울한 표정으로 못마땅하게 고개를 끄덕였다.

제일 먼저 스탠드바를 둘러보았다. 사람들로 북적거렸지만 개츠비는 없었다. 계단에도 베란다에도 개츠비의 흔적은 보이지 않았다. 그러다가 우리는 장엄해 보이는 문을 열고 천장이 높은 고딕 양식의 서재로 들어가게 되었다. 영국산 참나무로 장식된 서재는 외국의 유적을 고스란히 옮겨 놓은 듯했다.

건장한 중년 남자가 올빼미 모양의 안경을 쓰고 술에 취해 불안한 눈빛으로 책꽂이들을 쳐다보고 있었다. 우리가 들어서자 움찔 놀라며 몸을 획 돌리더니 베이커를 머리부터 발끝까지 훑어보았다.

"어떻게 생각하시오?"

그는 느닷없이 물었다.

"네? 뭐가요?"

남자는 서가를 가리키며 말했다.

"서서 말이오. 새삼 확인할 필요도 없어요. 진부 진짜요. 내가 확인해 봤거든."

"저 책들을 말씀하시는 건가요?"

남자는 고개를 끄덕였다.

"틀림없어. 페이지도 빠지지 않고 완벽해. 난 저것들이 그저 고급 종이로 만들어 장식용으로 꽂아 놓은 것인 줄 알았는데, 완벽하게 진

짜야."

우리가 믿지 않는다고 생각했는지, 남자는《스토다드 강연집》[10] 제1권을 들고 왔다.

"자, 봐요."

그는 의기양양하게 소리쳤다.

"이건 진짜 인쇄물이오. 처음에는 나도 속았어요. 이 집 주인은 데이비드 벨라스코[11]같은 인물이요. 정말 대단해. 놀라운 리얼리즘이오! 어디까지가 적정선인지 알고 칼로 페이지를 자르지도 않았소. 헌데, 여긴 왜 들어온 거요? 뭘 찾기라도 하나?"

남자는 내 손에 들린 책을 낚아채더니, 하나라도 빠지면 이 서재는 무너질 거라고 투덜거리면서 책을 다시 꽂았다.

"누가 당신들을 데리고 왔소?"

그는 따지듯 물었다.

"아니면 그냥 온 거요? 나는 누굴 따라왔거든. 다들 그렇게 오지."

베이커는 아무 대답도 하지 않고 아주 흥미롭게 그를 바라보았다.

"나는 루스벨트라는 부인을 따라 왔소. 클로드 루스벨트 말이오. 그 부인을 아시오? 어젯밤에 만났는데, 어디서였더라. 하여간 일주일 내내 취해 있어서 서재에 있으면 좀 깰까 하고 들어왔소."

"그래서 좀 깼어요?"

"그런 것 같기도 하고 잘 모르겠소. 들어온 지 한 시간밖에 안 됐거든. 참, 저 책에 관해 말했던가? 저거 말이야, 다 진짜요."

"예, 다 말씀하셨어요."

우리는 그와 정중하게 악수를 나누고 밖으로 나왔다.

정원의 무대에서는 무도회가 시작되었다. 중년 남자들은 빙글빙글 원을 그리며 젊은 여자들을 무례하게 밀어내고 있었고, 춤을 잘 추는 커플들은 세련된 리듬에 따라 몸을 비비 꼬고 우아하게 포옹하면서 춤추고 있었다. 그리고 혼자 있는 수많은 여자들은 자유로이 춤을 추거나, 오케스트라의 타악기 연주를 거들기도 했다. 밤이 깊어지자 파티의 열기는 더욱 무르익었다.

유명한 테너 가수가 이탈리아 가곡을 부르고, 성악가가 재즈를 부르기도 했다. 오케스트라가 잠시 쉬자, 아마추어들의 장기 자랑이 벌어지기도 했다. 끊이지 않는 웃음소리가 여름밤 하늘에 울려 퍼졌다. 무대에 오른 노란 드레스의 쌍둥이 아가씨들은 의상을 갖춰 입고 유치한 연극을 선보였다. 핑거볼보다 더 큰 잔에 담긴 샴페인이 돌았다. 휘영청 밝은 달이 롱아일랜드 해협에 높이 솟아올라, 잔디밭의 음악 소리에 따라 가늘게 흔들리고 있었다.

나는 그때까지 베이커와 함께 있었다. 우리 또래의 남자 한 명과 별스럽지 않은 말에도 깔깔거리고 웃어 대는 수다스러운 아가씨와 같은

테이블에 앉아 있었다. 샴페인을 두 잔이나 마셨더니, 나도 흥에 겨워 취했다. 눈앞의 풍경들이 중요하면서도 심오하게 느껴졌다.

잠시 흥겨운 분위기가 가라앉자, 옆에 있던 남자가 웃으며 말을 걸었다.

"어디선가 뵌 적이 있는 것 같아요. 전쟁 중에 제3사단에서 근무하지 않으셨어요?

"네, 맞아요. 보병 제9연대 기관총 대대에 있었습니다."

"나는 1918년 6월까지 보병 제7연대에 있었어요. 어쩐지 낯익다 했습니다."

우리는 잠시 프랑스의 축축하고 칙칙한 작은 마을에 관한 이야기를 했다. 비가 자주 내리고 우울한 곳이었다. 남자는 바로 며칠 전에 수상 비행기를 샀는데 내일 아침에 타 볼 예정이라고 말했다. 그런 말로 미루어 볼 때, 이 근처에 사는 게 틀림없었다.

"같이 하시겠어요? 근처 바다에서 할 건데."

"언제요?"

"언제든, 당신이 편한 시간 아무 때나요."

내가 남자의 이름을 물어보려고 하자, 베이커가 주위를 둘러보며 미소를 지었다.

"기분은 좀 괜찮아요?"

베이커가 물었다.

"네. 아까보다 많이 좋아졌어요."

나는 그렇게 대답하고 새로 알게 된 남자가 있는 쪽으로 고개를 돌렸다.

"이런 파티는 처음입니다. 아직 주인도 만나지 못했거든요. 난 바로 저기 옆집에 삽니다."

나는 손을 들어 좀 떨어져 잘 보이지 않는 우리 집 방향의 울타리를 가리켰다.

"개츠비가 운전기사를 통해 초대장을 보냈어요."

남자는 내 말을 못 알아들었는지 잠시 나를 쳐다보았다.

"내가 개츠비입니다."

"네? 뭐라고요? 아, 죄송합니다."

나는 너무 놀라서 소리를 지르고 말았다.

"당신이 나를 아는 줄 알았어요. 내가 주인 노릇을 제대로 못했군요."

개츠비는 이해한다는 듯 사려 깊은 미소를 지었다. 아니, 단순히 사려 깊다는 것 이상의 의미가 담긴 인상적인 미소였다. 변치 않을 확신이 담긴 미소, 평생에 네다섯 번밖에 볼 수 없는 특별한 무언가를 갖고 있었다. 잠시 온 우주를 직면한 뒤에, 거역할 수 없는 애정으로 당신에게 집중하겠다는 미소였다. 내가 이해받고 싶은 대로 자기도 나

를 이해할 것이며, 또 내가 스스로에 대해 갖고 있는 믿음만큼 자기도 나를 믿고 있으며, 내가 전달하고 싶어 하는 호의적인 인상을 분명히 전달받았다고 확인시켜 주는 미소였다. 그리고 바로 그 순간, 미소는 사라지고 어느새 내 앞에는 단정하게 차려입은 서른하고 한두 살 더 먹은 청년이 있었다. 그런데 너무 공들여 격식을 차린 그의 말투는 겨우 멍청하다는 느낌의 수준을 벗어나는 정도였다. 개츠비가 이름을 밝히기 전까지만 해도 말할 때마다 단어를 고르고 있는 느낌을 받았기 때문이다.

그쯤에 집사가 급하게 달려와 개츠비한테 시카고에서 전화가 왔다고 말했다. 개츠비는 우리에게 일일이 고개를 숙이며 실례하겠다고 인사했다.

"필요한 게 있으면 뭐든지 말씀하세요. 그럼, 실례하겠습니다. 나중에 다시 뵙겠습니다."

개츠비가 자리를 뜨자마자 나는 베이커에게 시선을 돌렸다. 내가 얼마나 놀랐는지 알려 주고 싶었다. 개츠비가 저렇게 멋진 젊은이라고는 생각도 못했다. 뚱뚱하고 혈색 좋은 중년 남자를 상상했으니 말이다.

"저 사람, 도대체 어떤 사람이오? 당신은 알고 있잖소?"

나는 조급하게 물었다.

"개츠비라는 이름을 가진 남자예요."

"내 말은 어디 출신이냐는 겁니다. 그리고 무엇을 하는 사람이죠?"

"드디어 당신도 이 문제에 관심을 갖게 되었군요."

베이커는 살짝 웃으며 말했다.

"글쎄요, 언젠가 옥스퍼드 출신이라고 들은 것 같아요."

머릿속에 흐릿하게나마 개츠비의 정체가 그려지던 순간, 그녀의 이어지는 말에 상상이 깨지고 말았다.

"난 안 믿어요."

"왜요?"

"이유는 모르겠지만 옥스퍼드를 다녔을 것 같지는 않아요."

그녀의 말투는 "과거에 살인을 한 적이 있대요"라고 말했던 여자와 비슷했다. 그리고 바로 그 점 때문에 나는 더 호기심이 일었다. 개츠비가 루이지애나주의 습지대 출신이거나 또는 뉴욕의 이스트사이드 아래쪽 출신이라면 의심 없이 믿었을 것이다. 하지만 젊은 사람이 어딘지도 모르는 곳에서 굴러 들어와서 롱아일랜드 해협에 궁전 같은 저택을 사들인다는 것은, 나의 경험에 비추어 보더라도 도저히 납득하기 어려운 일이다.

"어쨌든 그의 파티는 굉장해요."

베이커는 자질구레한 얘기는 더 하고 싶지 않다는 듯 화제를 돌렸다.

"난 이렇게 화려한 파티가 좋아요. 남들 시선도 신경 쓰지 않아도 되고요. 작은 파티는 사생활 보장이 안 되잖아요."

베이스 드럼이 쾅 하고 크게 울리더니, 지휘자의 떠들썩한 목소리가 정원의 소리들을 잠재우며 크게 울려 퍼졌다.

"여러분, 개츠비 씨의 요청에 따라 지금부터 블라디미르 토스토프의 최신작을 연주하겠습니다. 지난 5월 카네기 홀에서 엄청난 호평을 받은 곡인데요, 신문을 보신 분들이라면 얼마나 대단한 충격을 줬는지 잘 아실 겁니다."

지휘자는 유쾌하게 웃으면 덧붙였다.

"엄청난 충격이었지요!"

그러자 모두가 웃음을 터뜨렸다.

"연주곡은 블라디미르 토스토프의 '세계의 재즈사'입니다."

지휘자는 힘차게 말하며 결론을 지었다.

그러나 나에게 토스토프의 음악은 별 감흥이 없었다. 연주가 시작되자마자 개츠비가 계단에 서서 사람들을 둘러보는 흐뭇한 시선이 내 눈에 들어왔기 때문이다. 볕에 그을린 피부는 매력적이었고, 짧은 머리 모양은 매일 손질하는 것처럼 단정했다. 그의 모습 어디에도 이상한 낌새는 보이지 않았다. 다만 술을 마시지 않아 사람들 사이에서 눈에 띌 뿐이었다. 그래서인지 사람들의 취흥이 더해 갈수록 개츠비는

더욱 단정해 보였다. 연주가 끝나자 여자들은 강아지처럼 애교를 부리며 남자들의 어깨 위에 머리를 기댔고, 누군가가 잡아 주겠지 생각하고 남자들의 팔에 몸을 맡기거나 사람들 속으로 몸을 던지기도 했다. 그러나 아무도 개츠비에게 그러지 않았다. 프랑스풍의 세련된 단발머리 여자 중 아무도 개츠비의 어깨에 기대지 않았고, 또한 노래를 부르는 무리도 개츠비와 함께 어울리지 않았다.

"실례합니다."

개츠비의 집사가 우리에게 다가왔다.

"베이커 양이시죠? 실례지만 개츠비 씨가 이야기를 나누고 싶어 하십니다."

"저랑요?"

베이커가 놀라며 물었다.

"네, 그렇습니다."

베이커는 놀라움의 표시로 눈썹을 치켜뜨며 천천히 일어나 집사를 따라갔다. 베이커의 뒷모습을 보면서, 드레스를 입어도 운동복을 입은 것 같다는 생각이 들었다. 그녀는 상쾌한 아침에 골프를 처음 배우는 사람처럼 흥에 겨워 경쾌하고 씩씩하게 걸어갔다.

나는 다시 혼자가 되었다. 어느새 새벽 두 시였다. 테라스 위의 방에서는 시끄러우면서도 흥미로운 소리가 들려왔다. 베이커와 함께 온

대학생이 코러스 여인들과 음담패설을 나누면서 나에게 함께 어울리자고 권했지만, 나는 그들을 피해 집 안으로 들어갔다.

커다란 방은 사람들로 가득 차 있었다. 노란 드레스를 입은 여자들 중 한 명이 피아노를 치고, 옆에는 합창단 출신으로 붉은 머리의 키가 큰 여인이 노래를 부르고 있었다. 샴페인을 마시고 취했는지, 세상만사가 전부 슬픔이라는 우울한 결론을 내렸다. 그녀는 흐느끼며 노래하고 있었다. 노래를 멈출 때마다 숨을 헐떡이며 눈물을 삼켰고, 다시 떨리는 소프라노로 노래를 이어 갔다. 그녀의 뺨을 따라 눈물이 흘러내렸다. 그러나 주르륵 흐르지 않았다. 왜냐하면 눈물이 짙은 속눈썹에 닿아 화장이 번지면서 검은 실개천처럼 흘렀기 때문이다. 누군가 여인에게 얼굴에 그려진 악보대로 노래하는 모양이라고 농담을 하자, 그녀는 두 손을 번쩍 들어 올리더니 그대로 쓰러져 잠들어 버렸다.

"남편이랑 싸웠대요."

내 옆의 여자가 말했다.

주변을 둘러보자 아직까지 남아 있는 여자들의 대부분이 남편과 싸우고 있었다. 심지어 베이커의 일행으로 온 부부도 언쟁 끝에 뿔뿔이 흩어졌다. 한쪽에서는 어떤 남자가 젊은 여배우를 붙잡고 묘한 관심을 보이며 열을 올리며 말을 하고 있었다. 그의 아내는 억지 미소를 지으며 참다가 결국에는 한바탕 소란을 피웠다. 말이 끊긴 틈에 날카

롭고 성마른 소리로 "아까, 약속했잖아요"라며 남편에게 냅다 소리를 질렀다.

집에 가기 싫은 건 바람난 남자들만이 아니었다. 뒤늦게 술이 깬 두 남자와 화가 난 그 부인들이 홀을 점령하고 있었다. 흥분한 부인들은 미묘하게 서로 공감대를 형성하며 위로를 주고받았다.

"내가 기분 좀 내려고 하면, 꼭 집에 가자고 해요."

"저렇게 이기적인 인간이 또 있을까? 만날 제일 먼저 가자고 그래요."

"우리도 그래요."

"오늘은 우리가 끝까지 남았어. 오케스트라도 벌써 다 끝났다고!"

한 남자가 나지막하게 말했다.

저렇게 고약하게 나오는 걸 참을 수 없다며 아내들은 불평을 했지만, 짧은 다툼 끝에 결국 두 아내는 발버둥을 치면서 남편들의 손에 끌려 나가고 말았다.

집사가 모자를 가져오기를 기다리고 있는데, 개츠비와 베이커가 함께 서재에서 나왔다. 개츠비는 베이커에게 뭔가를 다짐하는 것처럼 보였는데, 사람들이 그에게 작별 인사를 하려고 다가오자 금세 태도를 바꿔 의례적인 모습을 보였다.

현관에서는 일행이 손을 흔들며 베이커를 불렀지만, 그녀는 나와

악수를 하느라 잠시 지체했다.

"정말 놀라운 이야기를 들었어요."

베이커가 내 귀에 속삭였다.

"내가 간 지 얼마나 됐어요?"

"글쎄, 한 시간쯤."

"정말 뜻밖의 이야기가 있어요."

베이커는 마치 꿈을 꾸는 것처럼 묘한 표정으로 말했다.

"그런데, 어쩌죠? 비밀이라고 약속했는데, 당신을 궁금하게 만들어 버렸으니."

베이커는 부끄럼도 없이 내 얼굴에다 대고 우아하게 하품을 했다.

"나중에 전화해 주세요. 전화번호부에서 시고니 하워드 부인을 찾으면 돼요. 제 숙모님이세요."

베이커는 여기까지 말하고 서둘러 일행에게 갔다. 그녀는 손을 흔들어 해맑게 인사하면서 문간에 서 있던 일행과 함께 어둠 속으로 사라졌다.

나는 처음 온 파티에 너무 늦게까지 남아 있다는 게 왠지 겸연쩍어 부끄러웠다. 마지막 손님들이 개츠비를 둘러싸고 있었는데, 나도 그 틈에 살짝 끼었다. 사실 초저녁부터 찾아다녔지만 만날 수 없었고, 정원에서는 미처 알아보지 못해서 죄송하다고 정중하게 사과를 했다.

"천만에요."

그는 힘주어 진지하게 말했다.

"전혀 그렇지 않습니다. 그런 생각 마세요. 친구."

개츠비는 내 어깨를 쓰다듬으며 친근한 말투로 나를 안심시켰다.

"내일 아침에 수상 비행기 타기로 한 것 잊지 마세요. 아홉 시입니다."

그때 집사가 개츠비의 뒤에서 말했다.

"필라델피아에서 전화가 왔습니다."

"알았네. 곧 간다고 전해. 자, 그럼 안녕히 가십시오."

"네, 안녕히 주무세요."

개츠비는 미소를 지었다. 마치 내가 끝까지 남아 줘서 고맙다고 말하는 것 같았다. 처음부터 그러길 바랐던 것처럼 말이다.

하지만 계단을 내려가면서 나는 아직도 파티가 끝나지 않았다는 생각이 들었다. 현관에서 15미터 정도 떨어진 곳에서 열 개가 넘는 전조등이 한 곳을 집중적으로 비추고 있었다. 개츠비의 저택에서 출발하자마자 최신형 자동차 한 대가 미끄러져 바퀴가 빠지는 바람에 도랑에 처박혀 있었다. 울타리의 끄트머리가 삐죽하게 튀어나와 있어서 바퀴가 빠진 모양인데, 호기심 많은 운전기사 대여섯 명이 그 안을 유심히 쳐다보고 있었다. 그 행동이 거리를 가로막는 바람에, 뒤를 잇던

차들이 요란하게 경적을 울렸고 안 그래도 시끌벅적한 거리는 더욱 소란스러워졌다.

긴 코트를 걸친 남자가 차에서 내리더니, 당황한 표정으로 길 한가운데에서 차와 바퀴를 번갈아 쳐다보았다.

"이런, 차가 도랑에 빠졌잖아."

남자가 소리쳤다.

차가 도랑에 빠진 걸 확인하고는 놀란 모양이었다. 당연한 것을 가지고 놀라는 남자가 이상하다고 생각하는 순간, 나는 그가 개츠비의 서재에서 만났던 바로 그 남자라는 사실을 깨달았다.

"어떻게 된 거요?"

남자는 어깨를 으쓱하며 자기도 모르겠다는 표정으로 대수롭지 않게 답했다.

"난 기계에 대해서 아무것도 몰라요."

남자는 단호하게 말했다.

"어쩌다 저렇게 됐어요? 울타리를 박은 거예요?"

"나도 모르니 묻지 마시오."

마치 자기는 사고와 아무런 관계가 없는 것처럼 단호하게 말했다.

"난 운전을 못해요. 아무튼 사고가 났다는 거지. 난 그것밖에 몰라요."

"아니, 그런데 밤에 운전을 해요?"

"운전을 한 게 아니오. 전혀 운전할 생각도 없었다고요."

범인 취급을 당하자 남자는 벌컥 화를 냈다.

"내가 운전한 게 아니라고요."

순간 사람들은 너무 놀라서 할 말을 잃었다.

"그럼 죽으려고 했나요? 그나마 바퀴만 빠진 게 다행이지, 하마터면 큰일 날 뻔했잖소? 그나마 운 좋은 줄 알아요. 운전도 할 줄 모르면서……."

"모르면 잠자코 있어요."

남자는 상황을 설명했다.

"운전은 내가 한 게 아니라니까요, 차 안에 다른 사람이 있어요."

그 말에 사람들은 더 놀랐고, 그제야 차문이 서서히 열리면서 "아야" 하는 신음 소리가 새어 나왔다. 구경꾼들은 이제 더 완벽한 군중이 되어 숨을 죽이고 뒤로 물러섰고, 자동차 문이 활짝 열리자 유령이라도 본 것처럼 입을 다물지 못했다. 차에서는 파리한 남자가 잘 맞지도 않는 무도화를 신은 발을 비틀거리며 내렸다.

전조등 불빛이 너무 밝은 데다가 끊임없이 울리는 경적 소리에 정신이 없던 그 사람은 몸을 가누지 못하고 잠시 비틀거리며 서 있다가, 겨우 코트를 입은 남자를 알아보았다.

"도대체 어떻게 된 거야?"

그가 파리한 남자에게 물었다.

"기름이 떨어졌나?"

"저길 좀 보세요."

여러 명의 운전기사들이 동시에 손가락으로 떨어져 나간 바퀴를 가리켰다. 그는 잠깐 바퀴를 응시하다가 시선을 옮겨 멍하니 하늘을 쳐다보았다.

"바퀴가 빠졌어요."

누군가 알려 주었다.

그는 고개를 끄덕였다.

"나는 차가 멈춘 것도 몰랐소."

잠시 침묵이 흘렀다. 그는 한숨을 푹 쉬더니 어깨를 펴고 진지하게 물었다.

"수유소가 어디에 있는지 아는 분 있습니까?"

열 명도 넘는 사람들이 바퀴가 빠졌다고 설명했다. 물론 개중에는 차에서 나온 사람보다 더 정신없는 사람도 있었다.

"후진해야겠어요. 기어를 뒤로 놓고……."

그가 제안했다.

"바퀴가 빠졌다니까!"

"뭐, 해 봐서 나쁠 거 없잖아?"

남자는 잠시 주저하다가 대꾸했다.

밤하늘에 울려 퍼지는 경적 소리를 들으며 나는 잔디밭을 가로질러 집으로 향했다. 가다가 뒤를 힐끗 돌아보았다. 웨이퍼 과자 같은 달이 개츠비의 저택을 환히 비추고 있었다. 휘영청 밝은 달빛은 개츠비 정원의 웃음소리와 말소리의 여운보다 오래 살아남아 있었다. 그때 갑자기 창문과 커다란 문으로부터 공허감이 흘러나오더니 현관에서 형식적인 작별을 고하는 개츠비의 실루엣에 완벽한 고독을 더했다.

지금까지 쓴 것을 보면 몇 주의 시간이 흘렀다. 그러나 드문드문 벌어진 사흘 밤의 일들에 완전히 사로잡혀 얽매여 있는 느낌을 준다. 하지만 그 일들은 여름날에 벌어진 소소한 일상에 불과하다. 게다가 한참 후에도 나는 그 사건들보다 개인적인 일에 관심이 더 많았다.

나는 대체로 성실하게 일하면서 지냈다. 이른 아침 서둘러 뉴욕 프로비티 트러스트 회사를 향해 남쪽의 흰 건물 사이를 내려갈 때면 태양이 내 그림자를 서쪽으로 드리웠다. 나는 동료들이나 증권 판매인들과도 이름을 부를 만큼 꽤 친해졌고, 북적대는 식당에서 그들과 함께 돼지고기로 만든 소시지와 으깬 감자, 그리고 커피로 점심을 때우기도 했다. 저지시티에 사는 경리 직원과 잠깐 동안 연애를 하기도 했

지만 그녀의 오빠가 나를 못마땅하게 여기는 바람에, 7월에 휴가를 떠난다는 핑계를 대며 나는 우리 관계가 조용히 사라지도록 내버려 두었다.

저녁은 주로 예일 클럽[12]에서 먹었다. 몇 가지 이유로 이때가 하루 중에 제일 우울한 시간이었다. 식사 후에는 위층 도서관에서 증권 서적을 보며 시간을 보낸다. 클럽에는 시끄러운 녀석들이 몇 명 있었지만 도서관까지는 올라오지 않아서 책을 보기에는 안성맞춤이었다. 공부를 끝내고 날이 좋으면 밤공기를 즐기며 메디슨 가를 천천히 걸으면서 고풍스러운 머리힐 호텔을 지나 33번가 너머 펜실베이니아 역까지 걸어가곤 했다.

나는 점점 뉴욕이 좋아지기 시작했다. 활기차고 모험적인 분위기의 밤과 끝없이 오가는 남자와 여자, 그리고 쉴 새 없이 몰려드는 자동차들이 오히려 위로가 되었다. 5번가를 걸으면서 사람들 속에서 아름다운 여자를 찾아내, 아무도 모르게 신비로운 그녀의 삶으로 들어가는 공상을 즐겼다. 나는 상상 속에서 길모퉁이에 위치한 그녀의 집까지 쫓아간다. 그러면 그녀는 나를 향해 따뜻한 미소를 짓고는 문을 열고 어둠 속으로 몸을 감추는 것이었다. 대도시의 현란한 어둠 속에서 나는 외로움을 느꼈고 사람들도 쓸쓸해 보였다. 삶의 가장 찬란한 순간을 낭비하고 있는 젊은이들, 혼자 식사할 수 있는 시간을 기다리며 레

스토랑 쇼윈도 앞을 서성이는 직장인들, 그들에게서 나는 떨쳐 버리기 힘든 인생의 고독을 느꼈다.

밤 여덟 시가 되자 40번가 주변 골목에는 극장으로 들어가는 택시들이 다섯 겹으로 늘어선 것을 볼 때면 내 마음은 우울한 곳으로 더 가라앉았다. 신호를 기다리는 택시에서는 스킨십을 나누는 그림자가 아른거렸다. 노랫소리도 들렸고 내가 못 들어본 신선한 농담에 웃기도 했다. 자욱한 담배 연기 때문에 택시 안에서는 알 수 없는 윤곽이 그려지기도 했다. 그럴 때면 나 역시 그들과 즐거움을 나누고 화기애애한 분위기에 동참하기 위해 서둘러 가고 있는 내 모습을 상상하며, 진심으로 그들의 행복을 빌었다.

한동안 베이커를 보지 못하다가 한여름에야 다시 만날 수 있었다. 처음에는 베이커가 꽤 유명한 골프 선수여서 우쭐한 기분으로 함께 돌아다니곤 했다. 그러면서 자연스럽게 감정의 변화가 일어났다. 사랑은 아니지만 애정 어린 호감이 솟아나고 있었다. 겉보기에 드러나는 베이커의 거만함과 따분함 뒤에는 무언가 숨겨져 있는 것 같았다. 처음부터 그렇지 않더라도, 결국 꾸미는 태도는 무언가를 은폐하기 위한 가면이기 때문이다. 그러던 어느 날, 그게 무엇인지 알게 되었다. 워릭에서 열린 파티에 같이 갔을 때였다. 베이커가 렌터카를 몰고 왔는데, 차 지붕을 열어 둔 채 빗속에 주차를 했다. 그리고 나중에 그

일에 대해서 거짓말을 했다. 그제야 예전에 톰의 집에서 처음 만났을 때, 어렴풋이 스쳐 갔던 소문의 진상이 확연히 떠올랐다. 베이커가 처음으로 골프 선수권 대회에 참가했을 때 벌어진 소동으로, 하마터면 신문에까지 보도될 뻔한 사건이었다. 준결승전에서 치기 어려운 자리에 공이 떨어지자, 베이커가 살짝 자리를 옮겼다는 의심을 받은 것이다. 사건은 일종의 스캔들로 비화될 뻔했지만 흐지부지 사라지고 말았다. 캐디가 처음과는 다른 진술을 했고, 단 한 명뿐이었던 목격자도 잘못 본 것 같다고 진술을 번복했기 때문이었다. 그러나 그 사건과 진술자들의 이름은 아직도 명확하게 떠오른다.

베이커는 영리하고 빈틈없는 남자들을 본능적으로 싫어했는데, 이제와 생각해 보면 그녀는 규범을 이탈하는 것이 불가능한 곳에서만 편안함을 느꼈기 때문이다. 베이커는 어렸을 때부터 속임수가 다분한 여자였다. 그녀는 입장이 불리하거나 내키지 않는 일이 벌어지면, 세상을 향해 오만하고 차가운 미소를 보이는 동시에 당당하고 활기찬 육체를 만족시키기 위해 어릴 때부터 속임수와 거래를 해 왔던 것이다.

그렇다고 내가 달라질 건 없었다. 여자의 부정직함이란 그리 심하게 나무랄 일은 아니다. 당시에는 실망스럽긴 했지만 나는 금방 잊어버리고 말았다. 운전에 관해 베이커와 실랑이를 벌인 것도 바로 워릭

의 파티 때문이었다. 베이커가 노동자들이 지나가는 곁으로 바짝 붙어 차를 몰았는데, 차의 흙받이로 그중 한 사람의 외투 단추를 떨어뜨린 것이 화근이었다.

"운전 솜씨가 거칠군요. 좀 조심하든가 아니면 운전을 하지 말아요."

나는 질책을 했다.

"조심하고 있잖아요."

"아니요, 조심하지 않았어요."

"그럼, 다른 차들이 조심하겠죠."

그녀가 대수롭지 않게 대꾸했다.

"그게 무슨 소리요?"

"내가 못하면 다른 사람이 조심하면 되잖아요."

베이커는 고집스럽게 받아쳤다.

"사고는 혼자 내는 게 아니잖아요. 그러다가 조심성 없는 차라도 만나면 무슨 일을 당하려고요?"

"그런 일은 절대로 없어요. 난 조심성 없는 사람은 질색이라고요. 그래서 내가 당신을 좋아하는 거예요."

눈이 부신 듯 가늘게 치켜뜬 베이커의 잿빛 눈동자는 앞을 응시하고 있었지만, 그 말에는 우리 관계를 변화시키려는 의도가 엿보였다. 순간적으로 나는 베이커를 사랑한다고 느꼈다. 그러나 나는 매사

에 신중했고 충동을 억제하는 나름의 내면적인 규칙도 가지고 있었다. 무엇보다 고향에서 있었던 스캔들을 정리해야 했다. 그때까지 나는 고향 아가씨에게 일주일에 한 번씩 '사랑하는 닉'이라고 서명한 편지를 보내고 있었다. 그녀에 대해 내가 떠올릴 수 있는 것은 테니스를 칠 때 인중에 땀방울이 송골송골하게 맺혔던 모습뿐이다. 하지만 그 정도의 관계라 하더라도 깔끔하게 정리가 되어야 정말로 자유로울 것 같았다.

사람은 누구나 자신이 기본 덕목 중에 하나쯤은 가지고 산다고 생각한다. 나에게는 그게 바로 정직함이다. 내가 알고 지내는 몇 안 되는 사람들 중에서 정말로 정직한 사람은 어느 누구도 아닌 바로 나 자신이다.

4

일요일 아침, 교회의 종소리가 울릴 때면 유명 인사들이 연인들과 함께 개츠비의 저택으로 모여들어 유쾌한 시간을 보내고 있었다.

"개츠비는 밀주[13]를 판대요."

젊은 여인들은 칵테일 바와 정원 사이를 걸어 다니며 재잘거렸다.

"사람도 죽였대요. 개츠비는 폰 힌덴부르크[14]의 조카이자, 자신과 악마[15]가 사촌 지간이라는 사실을 알아낸 사람을 죽인 거래요. 여보, 장미 한 송이만 꺾어 줘요. 그리고 저기 크리스털 잔도 주세요."

나는 지난여름에 개츠비의 저택에 다녀간 사람들의 이름을 적어 두었다. 접어 놓은 모서리가 낡아서 너덜너덜하고 변색되긴 했지만, 그래도 메모의 흔적은 남아 있었다. 찢겨 나간 다이어리의 여백에 1922년 7월 5일의 일정이라고 적혀 있었다. 회색빛으로 남아 있는 이름의 주인공들은 개츠비의 대접을 받으면서도, 그에 대해서는 아는 게 별로 없다고 말하던 사람들이었다. 그 이름들을 나열하는 것이 내가 설명하는 것보다 더 명확한 인상을 받을 것이다.

이스트에그에서 온 사람들은 체스터 베커 부부, 리치 부부, 예일대

에서 만난 번슨, 그리고 지난여름 메인주에서 익사한 웹스터 시벳 박사가 왔다. 혼빔 부부와 윌리 볼테어 부부, 블랙벅 가족이 왔는데, 그들은 언제나 말도 없이 한쪽 구석에 모여 있다가 누가 지나가기라도 하면 화들짝 놀라 코를 벌름거렸다. 또한 이스메이 부부와 크리스티 부부(라기보다는 후버트 아워바흐와 크리스티 부인의 아내), 그리고 소문에 의하면 어느 겨울 오후에 별안간 머리가 백발이 되어 버렸다는 에드거 비버도 있었다.

내 기억으로는 클래런스 인다이브도 이스트에그 출신이었다. 그는 헐렁한 흰색 니커보커 반바지 차림으로 딱 한 번 왔는데, 정원에서 에티라는 건달과 한바탕 싸움을 벌이며 뒹굴었다.

롱아일랜드에서 좀 떨어진 곳에서 온 사람들은 치들 부부와 O. R. P. 슈레더 부부, 그리고 조지아주의 스톤월 잭슨 에이브람 부부, 피시가드 부부, 리플리 스넬 부부가 왔다. 스넬은 교도소에 수감되기 삼 일 전에 와서는, 진탕 취한 채로 차도에 앉아 있다가 스웨트 부인의 차에 오른팔이 깔려 부상을 입기도 했다. 댄시 부부 역시 왔고, 환갑을 넘긴 S. B. 화이트베이트, 그리고 모리스 A. 플린크와 해어헤드 부부, 담배 수입업자인 벨루가와 그의 딸들이 왔었다.

한편 웨스트에그에서는 폴 부부, 멀레디 부부, 세실 로벅, 세실 숀, 주 의회 상원 의원 굴릭, 영화 회사의 대주주인 뉴턴 오키드, 에크호

스트와 클라이드 코언 그리고 돈 S. 슈워츠(아들), 아서 맥카티 등이 왔는데, 모두 영화 쪽으로 관계가 있는 사람들이었다. 또 개틀립 부부와 벰버그 부부, 나중에 자기 아내의 목을 졸라 죽인 멀둔의 동생 G. 얼 멀둔도 왔었다. 프로모터인 다 폰타노와 에드 리그로스와 제임스 B.(양아치라는 별명으로 통한다) 페릿, 드종 부부, 어니스트 릴 리가 왔다. 이들의 목적은 도박이었는데 페릿이 정원을 어슬렁거리면 판돈을 몽땅 털렸다는 뜻이며, 다음 날 연합 운송의 주가가 오른다는 것을 의미했다.

클립스프링거라는 남자는 너무 자주 오고 오래 머무르는 바람에 하숙생이란 별명을 얻었다. 자기 집이 있는지조차 의심스러웠다. 연극 쪽의 인물로는 거스 웨이즈, 호레이스 오도너번, 레스터 마이어, 조지 덕위드, 프랜시스 불이 왔다. 그리고 뉴욕에서는 크롬 부부, 백히슨 부부, 데니커 부부, 러셀 베티, 코리건 부부, 켈러허 부부, 드워 부부, 스컬리 부부, S. W. 벨처, 스머크 부부, 지금은 이혼한 젊은 퀸 부부, 타임스 스퀘어에서 지하철에 뛰어들어 자살한 헨리 L. 팔메토가 있었다.

베니 맥클리너핸은 언제나 네 명의 여자들을 데리고 왔다. 실제로는 매번 다른 여자들이었지만 분위기가 비슷해서 늘 똑같은 여자들 같았다. 그녀들의 이름은 잊어버렸는데 재클린, 콘수엘라, 클로리아, 주디, 아니면 준 뭐 이런 이름들이 있었던 것 같다. 이름의 성은 꽃이

나 달 이름을 딴 음악적인 것이거나 전형적인 미국 재벌들에게서나 볼 수 있는 딱딱한 성을 갖고 있었다. 굳이 캐물었다면 누구의 사촌인지도 알아낼 수 있었을 것이다.

그 외에도 포스티나 오브라이언이 한 번 정도 왔던 것 같고, 베데커의 딸들과 전쟁 중에 총에 맞아 코에 부상을 입은 브루어 청년, 올브럭스버거와 그의 약혼녀인 헤이그, 그리고 아디타 피츠피터스와 미국 재향 군인 회장이었던 P. 주이트, 클로디아 힙과 지금은 이름을 잊어버린 그녀의 운전기사, 그리고 우리가 공작이라고 부르던 어딘가의 왕자도 있었다. 이 모든 사람들이 그해 여름 개츠비의 저택에 다녀간 사람들이다.

7월도 거의 끝나 가는 어느 날 아침, 개츠비가 우리 집으로 직접 차를 몰고 왔다. 최고급 승용차가 자갈투성이의 거친 길을 비틀거리며 올라와 집 앞에서 요란하게 경적을 울렸다. 그동안 나는 개츠비의 파티에 두 번이나 참석했고, 수상 비행기도 탄 적이 있으며, 가끔 개츠비의 해변도 이용했지만 개츠비가 직접 찾아온 것은 처음이었다.

"잘 있었소? 점심이나 함께 하죠. 그리고 드라이브를 할까 하는데."

개츠비는 차 발판에 아슬아슬하게 서서 균형을 잡으며 말했다. 내 생각에 그 동작은 젊어서 무거운 물건을 들어본 적이 없거나, 오랫동

안 가만히 앉아 있어 본 적이 없거나, 더 나아가서는 미국인 특유의 몸짓으로 즉흥적이고 형식 없는 게임의 습관 때문인 것 같았다. 이런 행동은 깔끔한 그의 매너와는 별개로 불안정하며 예의도 없어 보였다. 개츠비는 한시도 가만히 있지 못하고, 계속 다리를 떨거나 초조한 듯 손을 쥐었다 폈다 했다.

내가 황홀한 눈빛으로 자기 차를 바라보자, 개츠비는 자랑을 하기 시작했다.

"멋있죠?"

그는 차를 제대로 보여 주기 위해 차에서 뛰어내렸다.

"이런 차, 본 적 있어요?"

물론이다. 나뿐만 아니라 누구라도 봤음직 한 차였다. 크림색의 니켈 장식이 반짝거리고 기다란 차체 곳곳에는 모자와 도시락, 연장 상자들이 정리되어 있고, 앞 유리는 미로처럼 복잡하게 나뉘어 햇볕이 여러 갈래로 반사되고 있었다. 차 안은 초록 가죽으로 장식되어 온실 같은 분위기였다. 그 차를 타고 우리는 뉴욕으로 출발했다.

지난 한 달 동안 개츠비와 여섯 번쯤 대화를 나누었는데, 그는 의외로 말수가 적었다. 막연히 신비로운 인물일 거라는 첫인상의 예측은 빗나갔고, 그저 호사스러운 옆집 남자 정도로밖에 보이지 않았다.

그러던 차에 생각지도 않게 개츠비와 드라이브를 하게 된 것이다.

웨스트에그 마을에 도착할 때쯤, 그는 판결을 내리지 못하고 망설이는 판사처럼 갈색 양복을 입은 자신의 무릎을 툭툭 치기 시작했다.

"저, 닉."

개츠비가 말을 꺼냈다.

"나를 어떻게 생각해요?"

나는 당황해서 대충 얼버무렸다. 그러자 개츠비는 내 말을 가로막았다.

"그럼, 내 얘기를 좀 하죠. 물론 이미 많이 들었을 거요. 그 때문에 오해가 없기를 바라는 마음에서 내가 직접 하죠."

개츠비는 파티에서 오가는 사람들의 입소문을 이미 알고 있었다.

"정말로 진실만을 말하겠소"라면서 오른손을 들어 신에게 맹세하는 표시를 했다.

"나는 중서부의 한 부잣집에서 태어났소. 가족들은 모두 죽고 없소. 미국에서 자랐지만 공부는 옥스퍼드에서 했소. 집안 대대로 그곳에서 공부를 했지요. 가문의 전통이죠."

개츠비는 곁눈질로 나를 보면서 말을 이었다. 그 순간, 개츠비를 믿지 못한다던 베이커의 말이 떠올랐다. 개츠비는 '옥스퍼드에서 공부했다'라는 대목에서 왠지 말하고 싶지 않은 비밀을 터뜨리기라도 하는 것처럼 침을 삼키거나 목이 메는 소리를 냈다. 그런 의심이 들자

모든 말이 다 신빙성 없이 들렸다. 결국 그에게 음흉스럽고 은밀한 구석이 있을 것 같은 느낌을 받았다.

"중서부 어디요?"

나는 아무렇지 않게 물었다.

"샌프란시스코요."

"네."

"가족이 죽어서 유산을 좀 물려받았죠."

말하는 목소리에는 집안의 몰락에 대한 충격이 아직도 가시지 않은 듯 엄숙함이 배어 있었다. 순간적으로 허세를 떠는 것 같았는데, 표정을 보니 또 그렇지도 않았다.

"가산을 정리해서 유럽을 떠돌아다녔어요. 파리, 베니스, 로마 등에서 젊은 왕자처럼 살았죠. 보석, 주로 루비를 수집하고, 맹수 사냥도 하고, 그림도 그리면서 슬픈 일들을 잊으려고 방황했죠."

자못 황당한 이야기에 나는 웃음이 터져 나올 뻔했다. 속이 빤히 보이는 너무나 진부한 얘기들이라 아무런 공감도 되지 않았다. 우습게도 개츠비가 터번을 쓰고 땀을 뻘뻘 흘리면서 호랑이를 잡겠다고 숲을 헤매는 장면만이 떠오를 뿐이었다.

"그런 중에 전쟁이 터졌죠. 오히려 나에게 전쟁은 구세주였소. 죽으려고 무진 애를 썼지만, 내 목숨은 마법에 걸린 것처럼 죽지 않더군.

처음에는 육군 중위로 참전했는데, 아르곤 숲[16] 전투에서는 기관총 대대장으로 있었소. 대원들을 데리고 너무 깊이 들어가는 바람에 보병 부대가 미처 따라오지 못하고, 아군과 적군 사이에 1킬로미터 정도의 공백이 생겼소. 병사들 백삼십 명이 전부였소. 기관총 열여섯 대로 이 박 삼 일을 버텼죠. 나중에 보병 부대가 도착해서 보니, 적군 시체 더미에서 독일군 세 개 사단의 휘장이 발견되었소. 덕분에 나는 소령으로 특진을 했고 연합군의 모든 정부들이 훈장을 수여했죠. 심지어 아드리아 바다 남쪽 해안의 자그만 나라, 몬테네그로까지 훈장을 줬단 말이오."

개츠비는 얼굴을 들고 흥분된 목소리로 "몬테네그로!"를 외치면서 웃었다. 고난의 역사를 가진 그 작은 나라를 이해하고, 국민들의 투쟁 정신에 감동하는 눈빛이었다. 작지만 따뜻한 마음을 담은 훈장을 받게 된 복잡한 국가의 정세까지 충분히 이해할 수 있다는 미소도 보였다. 나의 불신감은 그의 매력에 잠겨 수면 아래로 가라앉았다. 마치 여러 가지 잡지들을 훑어보는 느낌이었다. 개츠비는 주머니에서 리본이 달린 메달을 꺼내 내 손에 올려 주었다.

"이게 바로 그 훈장이요. 몬테네그로의 훈장 말이요."

정말로 진짜 같았다. 앞에는 '다닐로 훈장, 몬테네그로 국왕 니콜라스'란 글자가 둥글게 새겨 있었다.

"뒤를 봐요."

"J. 개츠비 소령의 무공을 기리며."

나는 소리 내어 읽었다.

"늘 지니고 다니는데, 이런 게 또 하나 있소. 옥스퍼드 기념품이죠. 트리니티 대학에서 찍은 사진이에요. 왼쪽에 있는 사람이 돈카스터 백작이에요."

사진 속에는 화려한 스포츠 의상을 입은 여섯 명의 젊은이들이 아치 길 입구에 모여 있고, 뒤쪽으로는 첨탑들이 보였다. 개츠비는 지금보다 젊어 보였지만 그다지 차이가 나지 않았고 크리켓 방망이를 들고 있었다.

그렇다면 이 얘기가 다 사실인 셈이었다. 그러고 보니 베니스의 대형 운하에 위치한 개츠비의 저택에서 화려한 호랑이 가죽들을 보았고, 불빛처럼 반짝거리는 루비를 바라보며 슬픈 과거를 회상하는 개츠비의 모습도 본 적이 있다.

개츠비는 기념품들을 다시 주머니에 넣으면서 말했다.

"사실 뭘 부탁하려던 참이었소. 그럼 나에 대해 좀 알아야 될 것 같아서요. 하찮은 사람은 아닙니다. 아시다시피 과거의 아픈 기억을 잊으려고 방황을 해서 그런지 낯선 사람들하고 어울리는 일이 많죠."

그는 잠시 머뭇거렸다.

"아마도 오늘 오후에 그 얘기를 들을 겁니다."

"점심 먹으면서요?"

"아니, 오후에요. 오늘 베이커와 약속이 있다는 걸 우연히 알게 됐어요."

"베이커를 사랑하신다는 말씀이세요?"

"아, 아니요. 그런 게 아니고, 그 문제를 베이커가 당신에게 말해 주겠다고 약속을 했거든요."

'그 문제?' 도대체 무슨 말을 하려는 건지 알 수 없었다. 나는 이 문제에 대해 귀찮음과 짜증이 밀려왔다. 내가 베이커를 만나는 건 개츠비의 얘기를 하려는 게 아니기 때문이다. 개츠비의 부탁이라는 게, 황당한 제안일 것이 뻔했다. 애초에 사람들이 우글거리는 그의 저택에 발을 들여놓은 것부터가 잘못이었다.

개츠비는 더 이상 아무 말도 하지 않았다. 뉴욕이 가까워지자 그는 태도를 단정히 가다듬었다. 루스벨트 부두를 지날 때에는 빨간 띠를 두른 외항선들이 멀리 보였고, 그 길을 따라 자갈밭 빈민촌을 빠른 속도로 지나갔다. 빈민촌에는 퇴색한 1900년대 선술집들이 페인트칠이 벗겨진 채 늘어서 있었다. 그곳을 지나자 양쪽으로 잿더미 골짜기가 들어왔다. 정비소에서는 머틀이 숨을 가쁘게 몰아쉬면서 휘발유 펌프를 당기는 모습이 보였다.

차는 흙받이를 날개처럼 펼치고 라이터의 불빛을 비추면서 쏜살같이 신나게 달렸다. 차가 고가 도로의 기둥 사이를 누비며 달릴 때, 아스토리아 중간쯤에서 경찰 오토바이가 우리를 따라왔다.

"아, 알았소."

개츠비가 속력을 줄이며 소리쳤다. 그리고 지갑에서 흰 카드를 꺼내 경찰 오토바이에 대고 흔들었다.

"죄송합니다."

교통경찰은 정중하게 인사를 했다.

"네, 다음부터는 이런 일이 없도록 하겠습니다."

"뭔데요? 옥스퍼드 사진이에요?"

"일전에 경찰 서장의 청을 들어준 적이 있는데, 매년 크리스마스카드를 보내오더라고."

거대한 고가 다리 사이로 내리비치는 햇살이 지나가는 차들 위로 하얗게 부서져 반짝였고, 강 건너 해안에는 청렴한 논을 상징이라도 하듯 하얀 각설탕 건물들이 높이 솟아 있었다. 퀸스버러 다리에서 바라보는 뉴욕은 언제 봐도 새로웠고, 세상의 모든 신비와 아름다움이 함께 얽혀 낭만을 자아냈다.

꽃 장식이 화려한 영구차가 우리 옆으로 지나갔고, 그 뒤로는 문상객들을 태운 마차가 차양을 내리고 달리고 있었다. 코와 입술 사이가

좁은 것으로 보아 남동부 유럽인들 같았다. 그들은 슬픈 눈빛으로 우리를 바라보았다. 개츠비의 최고급 승용차가 그들의 우울한 장례에 잔상이 되어 추억으로 남을 것 같았다. 또 블랙웰스섬을 지날 때에는 백인이 운전하는 화려한 리무진이 우리 옆을 지나갔다. 차 안에는 멋지게 차려입은 흑인 두 명과 여인 한 명이 있었다. 리무진에 탄 사람들의 눈동자가 경쟁의식에 사로잡혀 우리 쪽을 보는 순간, 나는 그만 크게 웃고 말았다.

'다리를 넘어서니 별일이 다 있군.' 나는 혼자 생각했다. '이제 어떤 일이 일어나도 이상할 게 없어. 무슨 일이 됐든…….'

심지어 개츠비 같은 인물이 나타나도 놀라울 게 없었다.

소란스러운 한낮이었다. 나는 선풍기가 잔뜩 달린 42번가의 지하 식당에서 개츠비를 만나 점심을 먹기로 했다. 화창한 햇살 아래 있다가 깜깜한 지하에 들어오니 개츠비를 금방 찾을 수 없었다. 한참을 두리번거리다가 대기실에서 다른 사람과 대화하는 개츠비를 겨우 발견할 수 있었다.

"닉, 여기는 울프심, 나와는 친구 사이입니다."

작은 키에 코가 납작한 유대인은 큰 머리를 들어 나를 쳐다보았는데, 양쪽 콧구멍에 코털이 무성했다. 잠시 뒤 어둠 속에서 그의 작은

눈을 찾을 수 있었다.

"그래서 그놈을 한번 훑어봤지."

울프심은 진지하게 나와 악수하며 말했다.

"내가 어떻게 했을 것 같소?"

"네? 무슨 말씀이신지?"

내가 정중하게 물었다.

나한테 하는 얘기가 아니었다. 내 손을 놓고는 자기 코를 개츠비한테 들이대고 있었다.

"카츠포한테 돈을 주면서 말했지. '좋아, 카츠포. 그놈이 입을 다물 때까지 단 한 푼도 주지 마'라고 말이야. 그랬더니 그 자리에서 바로 입을 다물더라고."

개츠비는 나와 울프심의 팔을 잡고 식당으로 들어갔다. 울프심은 하려던 말을 삼키고 멍해졌다.

"하이볼[17]로 하시겠습니까?"

수석 웨이터가 물었다.

"근사한 식당이네."

울프심은 식당 천장에 그려진 천사들을 올려다보며 말했다.

"하지만 난 길 건너편이 더 좋아."

"그래, 하이볼로 하죠."

개츠비가 주문을 하고 울프심에게 말했다.

"거긴 너무 덥잖아."

"그렇지, 덥고 좁긴 하지."

울프심이 말했다.

"그렇지만 추억이 있잖아."

"거기가 어딘데요?"

내가 물었다.

"그 옛날의 메트로폴."

"옛날부터 있었지."

울프심은 침울한 표정으로 말했다.

"이제는 죽고 없는 얼굴들로 가득하지. 저 세상으로 떠난 친구들의 얼굴 말이야. 로지 로젠달이 총격을 받았던 그 밤을 잊을 수가 없어. 그날 우리 여섯 명은 식당에 있었지. 로지 로젠달은 밤새 먹고 마시며 놀고 있었지. 새벽이 되자 웨이터가 묘한 표정을 지으며 로지 로젠달한테 누가 밖에서 잠깐 보자고 한다는 거야. 로지 로젠달이 '좋아!'라고 하면서 자리에서 일어나려고 하기에, 내가 다시 자리에 앉혔지. '하고 싶은 말이 있으면 직접 와서 하라고 해.' 하지만 로지 로젠달은 내 말을 듣지 않았어. 그때가 새벽 네 시였어. 아마 차양을 올렸다면 새벽빛을 볼 수 있었을 거야."

"그런데, 나갔어요?"

나는 순진하게 물었다.

"그러게 말이야, 나갔지."

울프심은 분노가 치미는 듯 벌렁거리는 코를 내게 디밀었다.

"로지 로젠달은 문 쪽으로 걸어가다 뒤돌아보고는 '웨이터가 내 커피 치우지 못하게 해!'라고 말하며 나갔어. 그리고 인도로 나가자 놈들은 로지 로젠달의 뚱뚱한 뱃살에 총 세 방을 쏘고 도주했어."

"그중에 네 명이 전기의자로 사형을 당했죠?"

나는 소식을 들었던 사건이라 기억을 더듬으며 말했다.

"베커까지 모두 다섯이었지."

울프심은 내게 관심을 보이며 코를 벌렁거렸다.

"사업 거래처를 찾고 있소?"

그 질문에 내가 흠칫 놀라자, 개츠비가 "아니, 이 사람은 아니야"라며 대신 대답했다.

"그래?"

울프심은 실망한 듯 보였다.

"닉은 그냥 친구예요. 그 얘기는 따로 하기로 했잖아요."

"실례했소. 사람을 잘못 봤군요."

울프심이 말했다.

육즙이 흐르는 고기 요리가 나오자, 울프심은 금세 우울한 기억은 잊어버리고 아주 맛있게 먹었다. 먹으면서도 계속 식당을 두리번거렸다. 식당 전체를 둘러보고 바로 내 뒤에 앉은 사람까지 보고 나서야 살피는 일이 모두 끝났다. 만약에 내가 없었으면 탁자 밑에까지도 들여다봤을 것이다.

"저기, 닉."

개츠비가 내 쪽으로 몸을 기울이며 말했다.

"혹시 오늘 아침에 내가 실례를 하지는 않았죠?"

개츠비는 특유의 미소를 지었고, 이번에는 나도 그냥 지나치지 않았다.

"나는 모호한 걸 좋아하지 않습니다. 왜 솔직히 원하는 걸 말하지 않아요? 그걸 왜 베이커가 대신해야 하는 건가요?"

"나쁜 일은 아니에요. 알다시피 베이커는 대단한 스포츠맨이고, 공인인데 수상한 일을 할 리 없잖아요."

개츠비는 갑자기 시계를 보더니 벌떡 일어나 나와 울프심만 남겨두고 밖으로 나갔다.

"전화할 일이 있을 거요."

울프심이 개츠비의 뒤를 보며 말했다.

"저 사람, 괜찮죠? 인물도 좋고, 아주 완벽한 남자라니까."

"그렇죠."

"옥스퍼드 출신이잖아."

"아, 예."

"영국의 옥스퍼드 대학에 다녔어. 혹시 옥스퍼드 대학을 들어봤나?"

"들어봤습니다."

"세계적으로 유명한 대학이지."

"개츠비와는 오래전부터 아는 사이세요?"

내가 물었다.

"뭐, 한 몇 년 됐죠. 전쟁 직후에 알았는데, 한 시간 정도 얘기를 하고 나니 교양 있는 사람이란 생각이 들었소. 집에 데리고 가서 어머니와 동생에게 소개하면 좋겠다고 생각했죠."

"아, 커프스 버튼을 보고 있군요."

사실 나는 버튼을 쳐다본 것은 아니었는데, 그 말을 듣고서 쳐다보게 되었다. 좀 특이하게 생긴 상아로 만든 세공품이었다.

"이거, 사람 어금니로 만든 거요. 개중에는 최고지요."

그는 자랑하며 나에게 말했다.

"그래요? 참 기발한 아이디어네요."

나는 커프스 버튼을 유심히 살펴보았다.

"그럼요."

울프심은 팔을 코트 속으로 감췄다.

“개츠비는 여자들을 아주 조심합니다. 친구의 부인은 쳐다보지도 않는다니까요.”

그 말이 끝나자 개츠비가 돌아왔다. 울프심은 커피를 다 마시고 자리에서 일어났다.

“점심 잘 먹었소. 더 있으면 눈치 보일 것 같은데, 이만 가야겠어.”

“아니, 괜찮아요. 서두를 필요 없어요.”

개츠비도 말은 그렇게 했지만 진심은 아닌 것 같았다. 울프심은 축복이라도 하듯 한 손을 들어 인사했다.

“고맙지만 세대 차이라는 게 있으니까.”

그는 정중하게 말했다.

“더 얘기들 나누세요. 스포츠나 여자, 친구 얘기들로 재미있게…….”

그는 난어를 상상하며 손짓으로 대신했다.

“오십이 다 된 늙은이는 빠져야지. 젊은 사람들을 귀찮게 하고 싶지 않아.”

악수를 하고 돌아서는데 그의 코가 가늘게 떨리기에 혹시 내가 무슨 실수라도 한 게 아닌가 하는 생각이 들었다.

“사람이 좀 감상적이죠. 오늘도 좀 그런 것 같네요. 뉴욕의 소문난

괴짜죠. 브로드웨이에 살아요."

"뭐하는 사람이에요? 치과 의사? 배우?"

"아니, 그는 도박꾼입니다."

개츠비는 잠시 머뭇하다가 말을 이었다.

"1919년, 월드시리즈를 조작한 장본인이죠."

"월드시리즈를 조작했다고요?"

나는 되물었다.

순간 나는 아찔했다. 어떻게 그럴 수가? 월드시리즈 조작 사건은 익히 알고 있던 일이었다. 그러나 우발적으로 발생한 사건으로 불가피한 사정이 있을 거라고 생각했다. 오천만 명이나 되는 사람들의 믿음이 어떻게 그렇게 단 한 사람의 행위로 좌지우지될 수 있단 말인가! 나로서는 상상도 못할 일이었다.

"어떻게 그런 일을 했을까요?"

"기회가 됐으니 했겠죠."

"어떻게 감옥에 들어가지 않았죠?"

"구속 못하지. 그 양반은 아주 영리한 사람이거든."

점심값은 내가 계산했다. 웨이터가 잔돈을 가져왔을 때, 북적이는 식당 저편으로 톰의 모습이 보였다.

"잠깐, 저쪽으로 가시죠. 인사할 사람이 있어서요."

톰이 나를 보고는 서둘러 우리 쪽으로 걸음을 옮겼다.

"도대체 어떻게 된 거야?"

톰이 성급히 물었다.

"연락도 없다고 데이지가 화가 났어."

"톰, 여기는 개츠비."

둘이 악수를 하는데, 개츠비의 얼굴에 당황하고 긴장한 기색이 역력했다. 전에는 보지 못한 표정이었다.

"그래, 어떻게 지냈어? 여기까지 점심을 먹으러 온 거야?"

톰이 물었다.

"같이 점심을 먹느라고"라고 말하면서 개츠비 쪽을 쳐다보았는데, 이미 그는 자리에 없었다.

1917년 10월의 어느 날이었어요.

그날 오후, 베이커는 플라자 호텔 커피숍에서 등받이가 곧은 의자에 몸을 바로 세우고 앉아 이야기를 꺼냈다.

집들이 늘어선 보도와 잔디밭을 오가며 걷고 있었어요. 영국제 구두를 신고 있었는데, 바닥에 박힌 고무 밑창에 연한 흙이 파고들어 잔디밭의 감촉이 부드럽게 느껴져 기분이 좋았어요. 바람이 불면 체크무늬 스커트 자락이 펄럭였어요. 바람이 불 때마다 집 앞에 걸린 알록

달록한 깃발들도 바람을 맞으며 팽팽하게 펼쳐지면서 텃, 텃, 텃 기분 나쁜 소리를 냈어요.

깃발과 잔디밭 모두 데이지네 집이 제일 컸어요. 데이지는 저보다 두 살 위인 열여덟 살이었는데, 루이빌에서 제일 인기가 많았어요. 그녀는 하얀 드레스를 입고 흰색의 로드스터를 몰고 다녔어요. 데이지의 집에서는 하루 종일 전화벨이 울렸죠. 테일러 기지의 젊은 장교들이 한 시간만이라도 만나 달라고 데이지한테 애걸하곤 했죠.

그날 아침 데이지 집 맞은편에 도착하니, 흰색 로드스터가 길모퉁이에 서 있고, 차 안에는 내가 모르는 중위 한 사람과 같이 있었어요. 서로에게 너무 빠져 있어서 내가 두 걸음 거리까지 가까이 갔을 때도 모르더라고요.

“안녕, 베이커.”

뜻밖에도 데이지가 소리쳤어요.

“이리 와.”

데이지가 먼저 저를 부르니 기분이 으쓱했죠. 언니들 중에서 데이지가 제일 좋았거든요. 데이지는 나보고 적십자에 붕대 만들러 가는 중이냐고 물었어요. 그렇다고 대답했더니, 자기는 갈 수 없다고 대신 인사를 전해 달라고 했어요. 그 장교는 줄곧 데이지만 쳐다보고 있었어요. 젊은 여인이라면 누구나 그렇게 자기를 사랑스럽게 봐주길 바

랄 거예요. 그 장교의 눈빛이 바로 그런 눈빛이었어요. 너무 낭만적이라 아직도 기억이 생생해요. 그 장교가 바로 제이 개츠비예요. 그 후 삼 년이 넘도록 그 사람을 보지 못했는데 심지어 롱아일랜드에서 만났을 때에도 개츠비가 바로 그 장교였다는 건 몰랐어요.

그게 1917년이었어요. 다음 해에 나도 몇 명의 애인이 생겼고, 골프 대회에 나가기 시작하면서 데이지를 자주 만나지 못했어요. 데이지는 늘 나이가 많은 남자들을 만났어요. 그런데 이상한 소문이 돌았어요. 어느 겨울밤, 가방을 챙기다가 엄마한테 들켰다는 거예요. 해외로 파견된 어떤 군인한테 작별 인사를 하러 뉴욕으로 갈 참이었는데, 못 가게 된 거죠. 한동안 가족들과 말도 안하고 지냈대요. 그 일이 있은 뒤 데이지는 더 이상 군인을 만나지 않았대요. 아예 군대에 갈 수 없는 평발이나 근시인 남자들하고만 어울렸다고 하더라고요.

그다음 해 가을이 되어서야 데이지는 다시 명랑함을 찾고 쾌활해졌어요. 전쟁이 끝나고 2월에는 뉴올리언즈 출신의 남자와 약혼했다는 소문이 있었는데, 정작 6월에 시카고의 톰 뷰캐넌과 결혼을 했어요. 루이빌에서는 본 적이 없는 성대한 결혼식을 치렀죠. 톰은 네 대의 자동차에 하객을 백 명이나 태우고 와서 멀바크 호텔 한 층을 통째로 빌렸죠. 결혼식 전날에는 데이지에게 35만 달러의 진주 목걸이도 선물했어요.

나는 신부 들러리였어요. 피로연이 열리기 삼십 분 전에 신부 대기실에 갔더니, 데이지가 꽃 장식을 한 드레스를 입고 6월의 밤처럼 아름답게 침대에 누워 있는 거예요. 얼굴이 벌겋게 달아올라 취해 있었어요. 한 손에는 백포도주 병이, 다른 손에는 편지가 들려 있었어요.

"축하해 줘."

데이지는 알아듣지도 못할 혀 꼬인 소리로 중얼거렸어요.

"마셔 본 적은 없지만, 술은 참 기분이 좋아."

"데이지 왜 이래, 무슨 일이야?"

난 무서웠어요. 정말로 데이지의 그런 모습은 본 적이 없었거든요.

"여기, 이거."

데이지는 침대 옆의 휴지통을 뒤지더니 진주 목걸이를 꺼내며 말했어요.

"이거, 주인한테 돌려줘. 그리고 데이지가 마음이 변했다고 말해 줘. '데이지는 마음이 변했다'고 말이야."

그리고 울기 시작했어요. 정말 울고 또 울었죠. 나는 뛰쳐나가 하인을 찾았어요. 우리는 문을 잠그고 데이지를 차가운 욕조에 집어넣었어요. 그런데 그 편지는 손에 꼭 쥐고 놓지를 않더라고요. 욕조에 갖고 들어가서 손으로 꼭 짜서 축축한 덩어리로 만들더니, 그게 눈송이처럼 조각조각 흩어지는 걸 보고서야 비누 받침 위에 올려 두라고 했어요.

더 이상 그녀는 아무 말도 하지 않았어요. 우리는 데이지한테 암모니아 냄새를 맡게 하고, 이마에 얼음을 얹어 정신을 차리게 한 후에, 다시 드레스를 입혔어요. 삼십 분이 지나서 방을 나왔을 때 진주 목걸이는 다시 데이지의 목에 걸려 있었고, 소동은 그렇게 끝났어요. 이튿날 다섯 시에 데이지는 아주 자연스럽게 톰과 결혼하고 남태평양으로 삼 개월 동안 신혼여행을 떠났어요.

그들이 신혼여행을 끝내고 돌아온 후에, 데이지 부부를 산타바바라에서 만났는데, 세상에! 그렇게 남편한테 빠져 있는 여자는 처음 봤어요. 남편이 잠시만 방을 나가도 안절부절못하면서 사방을 살피는 거예요.

"톰이 어디 갔지?"

남편이 들어오는 걸 확인할 때까지 계속 불안해했어요. 바닷가 모래사장에 앉아서 톰의 머리를 무릎에 올려놓고 한 시간씩이나 눈 주위를 어루만지면서 행복에 겨운 표정으로 남편 얼굴만 들여다보는 거예요. 그런 부부의 모습은 너무 아름답고 감동적이어서 보는 사람들의 얼굴에 저절로 미소가 피어나죠. 그때가 8월이었어요. 내가 산타바바라를 떠난 지 일주일 후에 톰이 벤튜라 거리에서 마차와 충돌하는 사고가 있었어요. 톰의 차 앞바퀴가 튀어 나갔어요. 차에는 다른 여자가 타고 있었는데 팔이 부러지는 바람에 신문에 났어요. 그 여자는 산

타바바라 호텔의 청소부였어요.

이듬해 4월에 데이지는 딸을 낳았고, 일 년 동안 프랑스에서 지냈어요. 어느 해 봄에 칸에서 데이지 부부를 만났어요. 그 후에 도빌에서도 만났는데, 그다음에는 시카고로 돌아와 정착했어요. 시카고에서도 데이지의 인기는 대단했죠. 이 부부는 돈 많고 방탕한 무리들과 어울렸지만 데이지는 완벽한 품위를 유지하고 있었어요. 아마도 데이지가 술을 마시지 않기 때문일 거예요. 술꾼들 속에서 제정신으로 있는 건 대단히 유리하죠. 말실수도 적을 거고, 사람들도 취했으니 실수를 하거나 잘못을 해도 괜찮은 거죠. 데이지는 아마 불장난 같은 건 안했을 거예요. 그렇지만 한편으로 데이지의 목소리에 분명 뭔가가 있었어요.

그런데 육 주 전에, 데이지가 몇 년 만에 개츠비라는 이름을 들은 거예요. 혹시 기억나요? 내가 당신한테 웨스트에그에 개츠비란 사람을 아느냐고 물었잖아요. 당신이 집으로 돌아가자 데이지가 내 방으로 들어와서 나를 깨우더니 물어보는 거예요.

"개츠비, 무슨 개츠비야, 그 사람 누구야?"

그래서 잠결에 대충 대답을 했죠. 이야기를 듣더니 데이지가 묘한 목소리로 자기가 아는 사람이 틀림없다는 거예요. 그제야 그 흰 차 속의 젊은 장교가 바로 개츠비였다는 사실을 알았죠.

조던 베이커가 얘기를 끝냈을 때에는 이미 플라자 호텔을 나온 지 삼십 분이나 지난 뒤였다. 우리는 마차를 타고 한참 센트럴 파크를 달리고 있었다. 해는 벌써 서쪽 50번가의 영화배우 들이 사는 마을의 고층 아파트 너머로 사라졌고, 어느 틈엔가 아이들의 귀뚜라미 같은 청아한 목소리가 여름의 뜨거운 황혼 속으로 울려 퍼지고 있었다.

나는 아라비아 족장
그대는 내 사랑
그대가 잠든 밤에
그대의 천막 속으로 들어갈 거야

"참 묘한 우연이군요."

나는 말했다.

"하지만 전혀 우연의 일치가 아니에요."

"왜요?"

"개츠비가 그 집을 산 건, 데이지네 집이 바로 만 건너편에 있기 때문이에요."

그러니까 6월의 아름다운 밤에 개츠비가 바라보고 있었던 것은 하늘의 별이 아니었다. 그는 어둡고 무의미한 자궁 속에서 벗어나, 드디

어 생생하게 살아 있는 한 인간으로 모습을 드러낸 것이다.

"그는 알고 싶어 해요."

베이커가 다시 말을 이었다.

"당신이 낮에 데이지를 초대하면, 자기도 불러 줄 수 있는지 말이에요."

개츠비의 소박한 부탁에 나는 감동했다. 저렇게 큰 저택을 사고는 오 년이나 기다리면서 그저 날아드는 하루살이들에게 별빛을 베풀고 있던 셈이었다. 정작 자신은 남의 집에 초대되기를 간절히 기다리면서 말이다.

"그런 내막을 알리지 않고는 그렇게 사소한 부탁도 할 수 없었을까요?"

"두려운 거죠. 너무나 오랜 세월을 기다렸으니까요. 또 당신의 기분을 망칠까 봐 걱정도 되고요. 그렇지만 내면에는 강렬한 의지를 갖고 있죠."

뭔가 석연치 않았다.

"왜, 당신한테 데이지를 직접 만나게 해 달라고 부탁하지 않았죠?"

"그는 데이지에게 자기 집을 보여 주고 싶어 해요."

베이커가 설명했다.

"그런데 당신이 바로 옆집에 살잖아요."

"그렇군요!"

"언젠가는 데이지가 자기 집 파티에 나타나기를 기다리고 있었나 봐요."

베이커는 계속했다.

"그런데 도대체 나타나질 않으니, 조금씩 사람들한테 혹시 데이지를 아느냐고 넌지시 묻기 시작했어요. 그러다가 나를 알게 된 거죠. 그게 댄스파티에서 사람을 시켜 나를 불렀던 바로 그날 밤이었어요. 개츠비가 얼마나 공을 들여 이 일을 추진해 왔는지를 말해 주고 싶었어요. 나는 당장 뉴욕에서 점심을 하자고 제안했죠. 그랬더니 대뜸 화를 내더라고요. '정당하지 않은 건 싫어요. 바로 옆집에서 만나고 싶습니다'라면서요."

"당신이 톰의 친구라고 했더니, 개츠비는 이 모든 계획을 포기하려고 했어요. 혹시나 데이지의 이름이 눈에 띌까 하는 기대로 여러 해 동안 시카고의 신문을 읽었다면서, 정작 톰에 대해서는 모르고 있더라고요."

벌써 어둠이 내리기 시작했다. 마차가 조그만 다리 아랫길로 빠져 들어갔을 때, 나는 베이커의 황금빛 어깨를 한 팔로 감싸 안으며 같이 저녁을 먹자고 청했다.

그 순간 데이지나 개츠비에 대한 생각은 사라졌다. 이제는 깔끔하

고 도도하며, 다소 냉소적이기도 하면서 당돌한 이 여자, 베이커만이 내 머리 전체를 감돌고 있었다. 베이커는 쾌활하게 내 팔 안으로 기대고 들어왔다. 걷잡을 수 없는 흥분이 마음을 사로잡으면서, 한 문구가 떠올랐다. '세상에는 쫓기는 자와 쫓는 자, 바쁜 사람과 피곤한 사람이 있을 뿐이다'

"데이지의 인생에도 좋은 일이 있어야 할 텐데."

베이커가 속삭였다.

"데이지도 개츠비를 만나고 싶어 해요?"

"데이지는 이 계획에 대해 몰라야 해요. 개츠비가 그렇게 부탁했거든요. 당신은 그저 차나 한잔하자고 데이지를 초대하면 되는 거예요."

어두운 울타리 사이를 지나 59번가 초입에 들어서자, 흐릿하지만 아늑한 불빛이 공원을 비추고 있었다. 개츠비나 톰과는 달리, 나에게는 어두운 처마 밑이나 현란한 간판을 따라 떠오르는 여자의 얼굴이 없었다. 나는 곁에 있는 베이커를 힘차게 끌어당겼다. 까리하고 냉소적인 베이커의 입가에 미소가 떠올랐다. 그 미소를 보며 나는 베이커를 내 얼굴 쪽으로 바싹 끌어당겼다.

5

그날 밤 웨스트에그의 집으로 들어오는데 나는 집에 불이 난 줄 알고 깜짝 놀랐다. 새벽 두 시였는데도 집 주변이 휘황찬란한 불빛으로 번쩍거렸다. 그 불빛은 가로수들을 환상적으로 밝히고, 길가의 전선들까지 드러내서 비추고 있었다. 모퉁이를 돌아서자 비로소 그 불빛이 개츠비의 저택 꼭대기부터 지하실까지 켜 둔 전등 때문이라는 것을 알았다.

나는 또 파티가 열린 줄 알았다. 시끌벅적한 파티가 이제는 '숨바꼭질'이나 '상자 속의 정어리' 같은 게임을 하는 바람에 집 전체가 놀이터가 된 줄 알았다. 그러나 개츠비의 집에서는 아무 소리도 나지 않았다. 가로수 사이로 스치는 바람만이 전선을 흔들어 불빛이 어둠을 향해 깜빡거리며 윙크하는 것처럼 보였다. 내가 탔던 택시가 요란한 소리를 내며 사라지자 개츠비는 잔디밭을 가로질러 나를 향해 걸어왔다.

"저택이 마치 박람회장 같은데요."

내가 말했다.

"그래요?"

개츠비는 집으로 시선을 돌렸다.

"방을 좀 살펴보느라고요. 코니아일랜드에 같이 갑시다. 내 차로요."

"지금은 너무 늦었어요."

"그럼, 수영장에 뛰어들면 어떨까요? 여름 내내 수영장을 못 썼네요."

"좀 자야 될 것 같은데요."

"아, 그러세요."

개츠비는 초조한 마음을 억누르며 나를 바라보았다.

"베이커와 이야기를 나누었어요."

잠시 후에 내가 말했다.

"내일 데이지에게 전화를 걸어 우리 집에 차를 마시러 오라고 할 예정입니다."

"아, 네."

개츠비는 태연하게 말했다.

"폐를 끼치고 싶지는 않습니다."

"언제가 좋을까요?"

"언제가 좋으신데요?"

개츠비는 서둘러 내 말을 바로잡았다.

"정말 폐를 끼치고 싶지 않아요. 아시죠?"

"모레는 어떠세요?"

개츠비는 잠시 생각하더니 약간 주저하면서 "잔디를 좀 깎아야겠네요"라고 말했다.

우리는 잔디를 쳐다보았다. 우리 집의 엉성한 잔디 끝으로, 가지런히 정돈된 개츠비 저택의 진한 초록 잔디밭이 선명하게 구분되어 보였다. 개츠비는 바로 우리 집 잔디를 보고 하는 말이었다.

"한 가지 더 드릴 말씀이 있습니다."

개츠비는 좀 머뭇거리더니 모호하게 말했다.

"며칠 더 늦출까요?"

내가 물었다.

"아, 그런 게 아니고요. 저……."

개츠비는 본론을 꺼내지 못하고 계속 우물쭈물했다.

"저, 생각해 보니까…… 수입이 많은 편이 아니죠?"

"그렇죠."

내 대답에 안심이 되었는지 한결 편안하게 말을 이었다.

"그러실 것 같았어요. 실례가 될지 모르지만, 나는 조그만 사업을 하고 있어요. 부업이라고 생각해도 좋아요. 지금 증권 판매를 하시죠? 수입이 별로 많지 않다면 부업을 해 보는 게 어떠세요?"

"아, 네."

"재미를 좀 볼 거예요. 시간을 많이 들이지 않고도 벌이가 괜찮은

편이거든요. 좀 비밀스럽긴 한데…….”

만약 다른 상황이었다면 그 일은 내 인생에서 중요한 전환점이 되었을 것이다. 그러나 그 제안은 나에게 보답 차원에서 베푸는 대가임이 명백했기 때문에 거절할 수밖에 없었다.

“지금 하는 일만으로도 벅찹니다.”

내가 대답했다.

“제안은 감사합니다만, 다른 일은 할 수 없습니다.”

“울프심과 거래하는 게 아니에요.”

내가 아까 점심 먹으면서 말했던 ‘거래’라는 말 때문에 꺼리는 줄 아는 모양이었다. 그건 아니라고 분명히 말했다. 개츠비는 내가 다른 말을 꺼내기를 한참이나 기다렸지만, 나는 더 이상 개츠비를 신경 쓸 수 없을 정도로 피곤했다. 개츠비는 하는 수 없이 집으로 돌아갔다.

그날 밤, 나는 아주 기분 좋고 행복했다. 현관에 들어서면서부터 깊은 잠 속으로 빨려 들어가는 것 같았다. 그래서 개츠비가 코니아일랜드엘 갔는지, 또는 집에 불을 켜고 얼마나 요란스럽게 집 안을 살펴봤는지는 모르겠다. 이튿날 아침, 나는 사무실에서 데이지에게 전화를 걸어 우리 집에 차를 마시러 오라고 초대했다.

“톰은 데리고 오지 마.”

나는 단호하게 말했다.

"뭐라고?"

"톰은 데리고 오지 말라고."

"톰이 누군데?"

그녀는 능청스럽게 물었다.

약속한 날은 비가 억수같이 쏟아졌다. 열한 시가 되자 비옷을 입은 남자가 잔디 깎는 기계를 들고 와서 우리 집 현관을 노크했다. 개츠비가 잔디를 깎으러 보냈다고 했다. 그 말을 듣자, 핀란드 가정부를 다시 오라고 부탁한다는 걸 깜박 잊어버린 게 생각났다. 그래서 나는 웨스트에그로 가서 회백색 칠이 된 비에 젖은 골목길을 헤매면서 가정부를 찾아낸 뒤, 컵 몇 개와 레몬과 꽃을 샀다.

그런데 꽃은 살 필요가 없었다. 두 시경에 개츠비가 아예 온실을 통째로 옮겨 놓은 듯이 화초들을 잔뜩 배달시켰기 때문이다. 한 시간쯤 지나자 현관이 힘차게 열리더니 개츠비가 하얀 플란넬 양복에 은빛 와이셔츠를 입고 금빛 넥타이를 매고는 황급히 들어왔다.

"다 됐어요?"

개츠비는 서둘러 물었다.

"잔디는 아주 예뻐졌어요."

"무슨 잔디 말입니까?"

개츠비는 놀라서 물었다.

"아, 잔디밭 말이군요."

개츠비는 창문으로 잔디를 내다보았다. 그러나 실제 표정은 잔디를 보는 것 같지 않았다.

"아주 보기 좋군요."

개츠비는 그저 그렇게 말했다.

"신문을 보니까, 네 시쯤이면 비가 그친다는군요. 《저널》에서 본 것 같아요. 필요한 건 다 가지고 계신가요? 다과에 필요한 것들 말입니다."

나는 식료품 저장고로 개츠비를 데리고 갔는데, 개츠비는 못마땅한 눈치로 핀란드 가정부를 쳐다보았다. 우리 둘은 마트에서 사 온 열두 개의 레몬 케이크를 자세히 살펴보았다.

"이 정도면 되겠어요?"

내가 물었다.

"그럼요, 아주 좋아요!"

그리고 "친구……"라고 겉치레로 덧붙였다.

세 시 반쯤 빗발이 약해지더니 축축한 안개비로 변하고, 이따금씩 안개 속으로 작은 빗방울이 이슬처럼 간간히 흩날렸다. 개츠비는 클레이의 《경제학》을 뒤적거리다가 주방에서 가정부가 마룻바닥을 쿵쿵거리며 요란하게 걷는 소리를 내면 깜짝깜짝 놀라기도 하고, 무슨 사건

이라도 난 듯이 가끔씩 흐릿한 창문 너머로 시선을 옮기곤 했다. 마침내 그는 자리에서 일어서더니 여린 목소리로 집에 가겠다고 말했다.

"왜 그러세요?"

"아무도 안 올 모양인데요. 너무 늦었잖아요."

개츠비는 급한 약속이라도 있는 사람처럼 시계를 들여다보았다.

"마냥 기다리고만 있을 수는 없어요."

"바보처럼 굴지 마세요. 아직 네 시 이 분 전이에요."

내가 억지로 잡아 앉히기라도 한 것처럼 개츠비는 내키지 않는 표정으로 주저앉았다. 바로 그때, 우리 집 앞 오솔길로 들어서는 차 소리가 들렸다. 우리는 벌떡 일어섰고, 나는 걱정스러운 심정으로 마당에 나갔다.

물방울이 떨어지는 앙상한 라일락 꽃나무 아래로 큼직한 오픈카가 올라왔다. 보라색 삼각 모자 밑으로 데이지의 얼굴이 보였다. 밝고 홍겨운 미소를 지으며 나를 바라보았다.

"여기가 오빠네 집이에요?"

빗속에서 들리는 데이지의 목소리는 상대의 기분을 들뜨게 하는 데가 있었다. 대답하기 전에 잠시 동안은 데이지의 가냘픈 목소리에 귀를 기울였다. 데이지의 얼굴에는 한 가닥의 젖은 머리카락이 푸른 물감처럼 붙어 있었고, 차에서 내릴 때 잡은 그녀의 손에는 물방울이 반

짝이고 있었다.

"혹시 나를 사랑하게 되었나요?"

데이지는 귓속말로 소곤거렸다.

"그게 아니라면 왜 혼자 오라고 한 거예요?"

"그건 래크렌트 성[18]의 비밀이지. 운전기사도 멀리 가서 한 시간쯤 있다 오라고 해."

"퍼디, 한 시간 뒤에 돌아와요."

데이지는 운전기사에게 말하고는 다시 정색을 하며 소곤거렸다.

"저 사람이 퍼디예요."

"휘발유 때문에 코에 문제가 생긴 모양이지?"

"그건 아니에요."

데이지는 순진하게 말했다.

"그런데 왜요?"

우리는 집으로 들어갔다. 그런데 거실에 아무도 없는 걸 보고 나는 깜짝 놀랐다.

"어, 이상하다."

내가 소리를 질렀다.

"뭐가요?"

현관에서 가볍지만 기품 있는 노크 소리가 들리자 데이지는 고개

를 돌렸고, 나는 천천히 나가서 문을 열었다. 귀신처럼 얼굴이 하얗게 질린 개츠비가 두 손을 주머니에 찔러 넣은 채, 서글픈 눈빛으로 나를 보면서 빗속에 서 있었다.

개츠비는 주머니에서 손을 빼지 않고, 성큼성큼 걸어서 내 곁을 지나가더니 마치 줄타기 곡예사처럼 휙 몸을 돌려 거실로 사라졌다. 그러나 그의 거동은 전혀 웃기지 않았다. 나는 두근두근거리는 심장의 고동 소리를 들으며 점점 거세지는 빗줄기를 막기 위해 현관문을 닫았다.

아주 짧은 순간 정적이 흘렀다. 이윽고 거실에서는 목이 멘 듯한 속삭임과 가벼운 웃음소리가 났고, 뒤이어 데이지의 가식적인 낭랑한 목소리가 들렸다.

"당신을 여기서 만나게 되다니 정말 반가워요."

또 침묵이 흘렀다. 몹시 불안했다. 그냥 있기 뭣해서 나도 모습을 드러냈다.

개츠비는 여전히 두 손을 주머니에 찌른 채, 벽난로에 몸을 기대고 서 있었다. 마치 아주 편안한 듯이, 아니 오히려 지루한 시늉까지 하면서 태연하게 보이려고 애를 쓰고 있었다. 머리를 너무 뒤로 젖힌 나머지 고장 난 벽난로 시계에 닿을 정도였다. 자세는 그럴듯해 보였지만 눈동자는 계속해서 데이지를 향해 있었고, 착잡한 표정은 감출 수 없

었다. 데이지는 우아한 자태를 잃지 않으려고 딱딱한 의자에 걸터앉았다.

"우리는 예전에 만난 적이 있습니다."

개츠비가 중얼거렸다. 시선이 한순간 나에게 쏠렸고, 개츠비의 입술이 웃음을 담은 듯 벌어졌다. 그 순간 다행히도 시계가 머리에 눌려 아슬아슬하게 옆으로 기울어지자, 개츠비는 돌아서서 떨리는 손으로 시계를 잡아 제자리에 놓았다. 그제야 개츠비는 소파에 단정히 앉아 팔걸이에 팔꿈치를 얹고 손으로 턱을 괴었다.

"시계를 건드려서 죄송합니다."

개츠비가 말했다.

이제는 내 얼굴이 화끈 달아올랐다. 머릿속엔 너무나 많은 말들이 떠올랐지만, 한마디도 끄집어낼 수 없었다.

"뭐, 낡은 시계인걸요."

나는 바보처럼 말했다.

남들이 들으면 시계가 바닥에 떨어져 산산조각이라도 난 줄 알 것 같았다.

"우린 여러 해 동안 만나지 못했죠."

데이지는 지극히 사무적인 목소리로 아무렇지 않게 말했다.

"오는 11월이면 딱 오 년이에요."

개츠비의 기계적인 대답에 또다시 짧은 정적이 흘렀다. 어색한 분위기를 추스르려고, 나는 두 사람에게 다과 준비를 도와 달라고 했다. 두 사람이 겨우 일어서는데, 눈치 없는 가정부가 쟁반에 차와 케이크를 가지고 들어왔다.

찻잔과 케이크를 받으면서도 우리는 예의를 지켰다. 데이지와 내가 이야기하는 동안, 개츠비는 그늘진 자리로 옮겨 앉아 긴장이 감도는 침울한 눈빛으로 진지하게 우리 둘을 번갈아 보았다. 그러나 침묵을 지키려고 이 자리를 마련한 것이 아니었기 때문에 기회를 틈타 핑계를 대고 자리에서 일어났다.

"어디 가세요?"

개츠비가 깜짝 놀라 물었다.

"금방 올게요."

"가기 전에 말씀드릴 게 있어요."

개츠비는 서둘러 내 뒤를 따라 주방으로 들어오더니 문을 닫고 소곤거렸다.

"오, 맙소사!"

"왜 그러세요?"

"실수를 했어요."

개츠비는 세차게 머리를 흔들며 말했다.

"형편없는 실수예요."

"당황하신 것뿐이잖아요."

나는 이렇게 덧붙였다.

"데이지도 당황하고 있어요."

"그 사람이요?"

개츠비는 믿을 수 없다는 듯이 되물었다.

"네, 데이지도 당신만큼 당황했어요."

"살살 말해요."

"꼭 어린애 같으시군요."

나는 발끈 화가 났다.

"뿐만 아니라 무례하기까지 하시군요. 지금 데이지가 혼자 있잖아요."

개츠비는 손을 들어 내 말을 막으며, 원망스런 눈빛으로 나를 보더니 조심스럽게 문을 열고 거실로 돌아갔다. 지금도 그 눈빛은 잊히지 않는다.

삼십 분 전에 개츠비가 불안하게 집 주변을 서성이며 돌아다닌 것처럼, 나도 뒷문을 이용해 밖으로 나갔다. 그리고 잎이 무성하고 마디가 울퉁불퉁한 커다란 검은 나무 아래로 뛰었다. 겹겹이 뭉친 나뭇잎들이 우산처럼 비를 막아 주었다. 빗줄기가 굵어지더니 다시 억수같

이 피부었다.

개츠비의 정원사가 단정하게 정리해 주었지만, 워낙 엉성했던 잔디밭에는 군데군데 작은 흙구덩이와 진창이 패어 있었다. 이 나무 밑에서 보이는 것은 멋있는 개츠비의 저택뿐이었다. 교회의 첨탑을 바라보는 칸트처럼, 나도 삼십 분이 넘도록 개츠비의 저택을 마냥 바라보고 있었다.

원래 그 집은 십 년 전에 어떤 양조업자가 그 당시 유행하는 양식으로 지었는데, 만약 근처의 집들이 모두 초가지붕으로 바꾸는 데 동의만 해 준다면 오 년 동안 대신 세금을 내주겠다는 제안을 했다고 한다. 아마도 이웃의 집 주인들이 거절하는 바람에 한 가문을 이루려던 계획은 좌절되고, 양조업도 내리막길로 들어서면서 몰락한 것 같았다. 그러고는 건강이 악화되어 사망했고, 그의 자식들은 상이 끝나기도 전에 집을 팔아 버리고 말았다. 미국인들은 충성스러운 농노가 되고 싶어도 소작농은 되지 않겠다고 억지를 부리기도 했다.

삼십 분이 지나자 다시 햇살이 비치기 시작했다. 식료품상 자동차가 하인들의 식사 재료를 싣고 개츠비 저택의 진입로로 들어갔다. 나는 지금 개츠비가 아무것도 먹고 싶지 않을 거라고 생각했다. 가정부가 위층 창문을 열기 시작했고, 각 창문마다 얼굴을 내밀더니 중앙에 있는 베란다에서 정원을 향해 침을 뱉었다. 이제 집으로 돌아가야 할

시간이었다. 하늘에서 내리는 빗줄기는 마치 두 사람의 감정처럼 굵어졌다 가늘어졌다를 반복하고 있었다. 비가 그치고 바깥이 조용해지자 집에도 정적이 흐르는 것 같았다.

나는 난로를 넘어뜨릴 것처럼 주방에서 온갖 소란을 피우며 안으로 들어갔지만, 두 사람은 아무 소리도 못 들은 것 같았다. 소파의 양 끝에 앉아 마주 보고 있었다. 어떤 질문 하나가 던져졌거나, 대답 없는 질문이 허공에 떠 있는 분위기였다. 처음의 당황했던 흔적은 전혀 찾아볼 수 없었다. 데이지의 얼굴은 눈물로 얼룩져 있었고, 내가 들어가자 후닥닥 일어나더니 거울 앞에서 손수건으로 눈물 자국을 닦았다. 그러나 개츠비의 표정은 놀라울 정도로 달라져 있었다. 그는 문자 그대로 찬란한 빛을 뿜어내고 있었다. 어떤 환희를 드러내는 말이나 몸짓은 없었지만, 개츠비의 몸에서 풍기는 새로운 행복이 작은 방을 가득 채우고 있었다.

"아, 돌아왔군요! 닉."

개츠비는 마치 몇 년 만에 나를 만난 것처럼 말했다. 순간적으로 개츠비가 악수라도 청할 것 같은 생각이 들었다.

"비가 그쳤네요."

"그래요?"

내 말을 듣고 방 안에 햇살이 눈부시게 비추고 있는 것을 깨달았는

지, 개츠비는 다시 나타난 빛을 열광적으로 환영하는 밝은 미소를 보였다. 데이지에게도 그 소식을 되풀이했다.

"비가 그쳤다고요."

"기뻐요."

슬픔과 고통으로 차 있던 데이지의 목소리에 예기치 않았던 기쁨이 감돌았다.

"두 분을 우리 집에 모시고 싶습니다."

개츠비가 말했다.

"데이지한테 보여 주고 싶거든요."

"나도 같이요?"

"그럼요."

데이지는 세수를 하러 위층으로 올라갔다. 그제야 나는 욕실의 수건이 더럽지 않을까 걱정되었다. 그동안 개츠비와 나는 잔디밭을 거닐었다.

"우리 집 멋있죠?"

개츠비가 대답을 재촉했다.

"정면으로 볕이 드는 걸 보세요."

그 말에는 나도 동의했다.

"그럼요, 정말 멋지죠."

개츠비는 집의 아치형 문과 사각형 탑을 일일이 살피고 있었다.

“저 집을 사려고 삼 년 동안 꼬박 돈을 모았어요.”

“유산을 상속받으셨잖아요.”

“물론 유산도 받았죠.”

개츠비는 반사적으로 대답했다.

“그렇지만 전쟁 후에 찾아온 대공황 때문에 다 잃었어요.”

지금 생각하면 개츠비는 자기가 무슨 말을 하는지도 모르는 것 같았다. 무슨 사업을 했느냐고 물었더니, “당신이 관여할 일이 아니오”라고 대답했다. 그러고는 곧 적절한 대답이 아니라는 것을 깨달은 모양이었다.

“여러 가지를 했지요.”

그는 얼른 고쳐 말했다.

“약품 사업도 했고, 석유 사업도 했어요. 지금은 둘 다 그만뒀어요.”

개츠비는 나를 유심히 쳐다보았다.

“일전에 제안한 것에 대해 생각해 보셨습니까?”

내가 대답하기 전에 데이지가 밖으로 나왔다. 드레스에 두 줄로 달린 청동 단추가 햇빛에 반짝거렸다.

“저기 보이는 저 저택인가요?”

데이지가 손으로 가리키며 외쳤다.

"마음에 들어요?"

"아주 멋있네요. 저런 데서 어떻게 혼자 사는지 몰라요."

"집에는 늘 흥미진진한 사람들로 가득합니다. 재미있는 일을 하는 사람들, 그리고 유명 인사들로 넘쳐 나죠."

우리는 해협으로 향하는 지름길 대신에 큰길로 내려가 커다란 뒷문을 통해 그의 집으로 들어갔다. 데이지는 파란 하늘을 배경으로 한 중세 봉건 영주의 저택을 연상시키는 겉모습에 찬사를 보냈다. 그리고 수선화의 진한 향기, 산사나무와 자두 꽃의 옅은 향기, 그리고 야생 오랑캐꽃의 연한 향기가 가득한 정원에 감탄하기도 했다. 대리석 계단까지 갔을 때도 화려한 드레스는 눈에 띄지 않았고, 나무들 사이에서 지저귀는 새소리만 들려 왠지 분위기가 평소 같지 않았다.

안으로 들어가 마리 앙투아네트 음악실과 왕정복고 시대의 객실을 이리저리 서성거리고 있을 때, 마치 손님들이 우리가 지나갈 때까지 숨을 죽이고 있으라는 명령을 받고 테이블 뒤에 숨어 있는 것 같은 생각이 들었다. 개츠비가 '머튼 대학 도서관'의 문을 닫는 순간, 나는 분명히 그 올빼미 눈을 한 남자가 귀신같은 웃음을 흘리는 소리를 들었다고 맹세할 수 있다.

우리는 위층으로 올라갔다. 장밋빛과 보랏빛 비단으로 장식된 고풍스러운 침실을 구경하고, 탈의실과 도박장, 움푹 파인 욕조가 있는 욕

실들을 지나갔다. 어느 방에 들어서자 머리가 엉망인 남자가 파자마 차림으로 운동을 하고 있었다. '하숙생'으로 불린다는 클립스프링거였는데, 나는 그날 아침 굶주린 듯 해변에서 어슬렁거리는 것을 보았다. 마침내 우리는 개츠비의 방에 들어섰는데, 침실과 욕실 그리고 애덤식 서재가 있었다. 우리는 거기에 앉아 그가 벽장에서 꺼내 온 샤르트뢰즈 포도주를 한 잔씩 마셨다.

개츠비는 잠시도 데이지에게서 눈을 떼지 않았다. 집의 모든 장식물들은 데이지의 눈에 비치는 반응에 따라 재평가되고 있는 것 같았다. 데이지의 놀라운 존재가 눈앞에 있음으로 자신이 가진 모든 것들이 더 이상 실재하지 않는 것처럼, 개츠비는 집 안을 멍하게 둘러보았다. 그러다가 계단에서 굴러떨어질 뻔했다.

개츠비의 침실은 순금 화장 도구 말고는 의외로 소박했다. 데이지는 몹시 즐거운 얼굴로 브러시를 들어 머리를 빗었다. 개츠비는 의자에 앉아 두 눈을 가리고 웃기 시작했다.

"정말 이상하지요."

개츠비는 신바람이 나서 말했다.

"난 저렇게 안 되거든요. 아무리 노력해도……."

개츠비는 분명히 변하고 있었다. 두 번째 단계를 지나 세 번째 단계로 들어서고 있었다. 처음에는 몹시 당황했고, 다음에는 무턱대고 기

빼했으며, 이제는 데이지와 함께 있다는 놀라움으로 제정신이 아닌 것 같았다. 아주 오랫동안 데이지만 생각하며 살았고, 처음부터 끝까지 이런 꿈만 꾸고 있었던 것이다. 수없이 참고 또 참으면서 이 순간을 기다렸던 것이다. 이제는 오히려 그 반작용으로 지나치게 많이 감긴 태엽이 풀리고 있었다.

정신을 차린 개츠비는 두 개의 큼지막한 특허품 옷장을 보여 주었다. 산더미 같은 양복과 실내복, 넥타이가 걸려 있었고, 벽돌처럼 셔츠가 차곡차곡 쌓여 있었다.

"영국에 사람을 두고 옷을 사들이죠. 봄가을에 접어들 때마다 고른 물건을 보내와요."

와이셔츠를 하나씩 꺼내 우리 앞으로 던졌다. 투명한 리넨, 두터운 실크, 고급 플란넬 와이셔츠들이 하나하나 떨어질 때마다 다채로운 색깔이 테이블을 덮었다. 우리가 감탄하는 동안 개츠비는 셔츠를 더 많이 꺼냈고 부드럽고 값비싼 옷 더미는 점점 더 높이 쌓였다. 산호빛과 풋사과의 연한 녹색, 보랏빛, 그리고 연한 오렌지 빛 바탕에 줄무늬, 소용돌이무늬, 체크무늬가 들어간 와이셔츠들인데, 저마다 하늘색으로 그의 이름 머리글자가 새겨져 있었다. 갑자기 데이지가 격한 소리를 내며, 와이셔츠에 얼굴을 묻고 울음을 터뜨렸다.

"너무 예쁜 셔츠들이에요."

데이지는 흐느꼈다. 겹겹이 두툼한 셔츠에 파묻혀 소리가 잘 들리지 않았다.

"이렇게 아름다운 셔츠는 본 적이 없어요. 그래서 너무 슬퍼요."

집을 둘러본 뒤에 우리는 마당과 수영장, 그리고 수상 비행기와 여름철 꽃들을 볼 참이었다. 그런데 창문 밖으로 비가 또 내리기 시작했고, 우리는 나란히 서서 파도가 일렁이는 바다를 바라보았다.

"안개가 끼지 않으면 만 건너로 당신 집이 보여요."

개츠비가 말했다.

"부두 끝에 있는 당신 집은 밤새도록 초록색 등을 켜 두고 계시더군요."

데이지는 개츠비에게 다가가서 팔짱을 꼈다. 그러나 개츠비는 자기 말에만 정신이 팔려 있는 것 같았다. 그 등불의 의미가 이제는 전혀 상관이 없다고 생각하는지도 모르겠다. 그와 데이지를 갈라놓은 거리에 비하면, 그 불빛은 바로 옆에서 데이지를 느낄 수 있을 만큼 아주 가까운 거리라고 여겼을 것이다. 마치 달 가까이 있는 별처럼 말이다. 이제 그 불빛은 부두에서 깜빡이는 단순한 등불에 지나지 않았고, 개츠비의 마음을 설레게 했던 대상 하나가 줄어든 셈이다.

나는 어둠침침한 방을 돌아다니며 희미하게 드러나는 물건들을 살

펴보기 시작했다. 책상 너머 벽으로 요트 복장을 한 중년 남자의 사진이 눈에 들어왔다.

"저 사람은 누구세요?"

"댄 코디입니다."

어딘가 귀에 익은 이름이었다.

"지금은 고인이 되셨지요. 둘도 없는 친구였는데……."

사무용 책상 위에 걸린 사진 속 개츠비도 요트복을 입고 있었다. 개츠비는 반항적으로 고개를 뒤로 젖히고 있었는데, 열여덟 살 정도의 청년처럼 보였다.

"이 사진이 아주 맘에 들어요."

데이지가 소리쳤다.

"머리를 올백으로 넘기고, 이런 모습은 처음이에요. 나한테 이런 머리를 했었다고 말한 적 없었잖아요. 요트 얘기도 그렇고요."

"여실 봐요."

개츠비가 얼른 말했다.

"스크랩 기사가 많이 있어요. 모두 당신에 관한 거예요."

둘은 나란히 서서 스크랩북을 살펴보았다. 수집해 온 루비를 보여달라고 말하려던 참에 전화벨이 울렸다.

"아…… 글쎄요, 지금은 말하기 곤란해요. ……지금은 안 된다니까

요. ……작은 도시라고 말했잖소. ……작은 도시가 어떤 건지는 알 텐데요. ……디트로이트를 작은 도시로 생각한다면 더 이상 말할 필요가 없겠는데요."

개츠비는 전화를 끊었다.

"이리 오세요, 빨리!"

데이지가 창가에서 소리쳤다.

아직 비가 내리고 있었지만 서쪽 하늘을 덮고 있던 어두운 비구름은 사라졌다. 수평선 위로 분홍빛과 황금빛을 띤 구름 덩어리가 파도처럼 소용돌이치고 있었다.

"저길 좀 보세요."

데이지는 소곤거리며 말했다.

"저 분홍색 구름 한 덩이를 떼어서 당신을 태우고 그네처럼 밀어주고 싶어요."

나는 그만 집에 가고 싶었다. 그러나 둘은 그럴 생각이 전혀 없어 보였다. 마치 내가 있어야 오히려 둘만의 느낌이 더 생기는 모양이었다.

"이렇게 하죠."

개츠비가 말했다.

"클립스프링거에게 피아노를 연주해 달라고 해요."

개츠비는 나가서 "유잉!" 하고 불렀다. 그러자 잠시 후 피곤한 표정

의 청년이 들어왔다. 청년은 두터운 안경에 엉성한 금발을 하고, 스포츠 셔츠와 회색 바지를 입고 운동화를 신고 있었다.

"운동하시는 걸 방해한 거 아니에요?"

데이지가 공손히 물었다.

"자고 있었습니다."

클립스프링거는 당황하여 벌벌 떨며 소리쳤다.

"제 말은 그러니까, 잠을 자다가 일어나서……."

"피아노를 잘 치죠?"

개츠비가 청년의 말을 가로막았다.

"안 그래, 유잉?"

"잘 치지 못합니다. 사실 못 쳐요. 거의 못 칩니다. 통 연습을 안 하고 있어요."

"자, 아래층으로 내려가죠."

개츠비가 그의 말을 끊으면서 전등불의 스위치를 켰다. 온 집 안이 환해지면서 어둡던 창들이 밝아졌다.

음악실에 들어서자, 개츠비는 피아노 옆에 등을 켰다. 그는 떨리는 손으로 성냥불을 그어 데이지의 담배에 불을 붙이고 멀리 떨어진 기다란 소파에 데이지와 함께 앉았다.

그곳은 홀에서 들어오는 불빛이 바닥에 반사되어 아른거릴 뿐, 다

른 불빛은 전혀 없었다.

클립스피링거는 '사랑의 보금자리'를 연주하면서 개츠비와 데이지가 앉은 의자 쪽으로 고개를 돌려 침울한 표정으로 그들을 바라보았다.

"보시다시피 연습을 전혀 못했어요. 잘 못 친다고 말씀드렸잖아요. 연습을 못해서……."

"아 참, 입 좀 다물고 연주나 해."

개츠비가 단호하게 말했다.

아침에도

저녁에도

즐겁지 아니한가

밖에는 바람이 세차게 불고, 바다에서는 희미한 천둥소리가 들렸다. 이제 웨스트에그의 모든 불이 켜지고 있었다. 사람들을 실은 기차는 뉴욕을 떠나 빗속을 뚫고 달렸다. 인간의 마음속에 깊은 변화가 일어나는 시간이었고, 주변에는 온통 흥분된 분위기가 감돌고 있었다.

한 가지는 분명하지, 더 이상 분명한 것도 없네

부자는 더 부자가 되고, 가난한 이들은 아이만 낳는다네

그러는 동안

그러는 사이

작별 인사를 하러 개츠비에게 갔을 때, 그의 얼굴에서 또다시 당혹스러움을 볼 수 있었다. 지금 느끼는 행복에 대해 희미한 의심이 생긴 듯한 표정이었다.

돌아보면 오 년이란 세월이 흘렀다. 그날 오후는 눈앞의 데이지조차 한순간이나마 개츠비의 꿈을 무너뜨리는 순간이 있었을 것이다. 물론 데이지의 잘못은 아니다. 그것은 그동안 그가 품어 온 어마어마한 환상의 힘 때문이다. 그 창조적인 열정은 데이지의 현실 뿐 아니라 모든 것을 초월했다. 개츠비는 직접 그 환상에 뛰어들어 하루하루 독창적인 열정을 확대시키고 끊임없이 부풀렸다. 그리고 자기 앞에 떠도는 찬란한 깃털로 마지막을 장식했다. 아무리 뜨거운 열정과 순수한 애정이라도 한 남자의 가슴에 쌓이 둔 영적인 환상에는 미치지 못했을 것이다.

내가 그를 바라보는 동안 개츠비는 눈에 띄게 차분해지는 것 같았다. 개츠비는 데이지의 손을 잡았고, 데이지는 개츠비의 귀에 나직이 속삭였다. 그러자 개츠비는 솟구치는 정열을 참지 못하고 데이지에게 몸을 돌렸다. 무엇보다 데이지 특유의 어조와 따스한 목소리가 개

츠비를 사로잡은 것 같다. 데이지의 목소리는 꿈에서도 따라 할 수 없는, 너무나 매력적인 불멸의 노래였으니 말이다.

그들은 한동안 내 존재도 잊어버렸다. 그러다가 데이지가 나를 힐끔 쳐다보고 손을 내밀었다. 개츠비는 나를 전혀 의식하지 못하고 있었다. 다시 둘을 바라보았을 때, 두 사람은 서로 열정에 사로잡힌 시선으로 나를 돌아보았다. 결국 나는 밖으로 나와 대리석 계단을 내려간 뒤 혼자서 빗속을 걸어갔다. 둘만을 남겨 둔 채로.

6

그 무렵의 어느 날 아침, 뉴욕의 야심 찬 젊은 기자가 개츠비의 집까지 찾아와서 다짜고짜 할 말이 없느냐고 물었다.

"뭘 말하라는 겁니까?"

개츠비가 정중하게 물었다.

"글쎄요, 밝히고 싶은 말이라면 무엇이든지요."

두 사람은 오 분 정도를 옥신각신하더니, 그 기자는 신문사 편집실에서 이름을 밝힐 수 없는, 또는 자기도 잘 모르는 누군가한테서 어떤 문제와 관련하여 개츠비가 거론되는 것을 주워들은 것이었다. 휴일임에도 기자 특유의 직업 정신을 발휘해서 뭔가를 알아내려고 서둘러 찾아온 것이었다.

마구잡이로 총을 쏘는 격이었지만 기자의 직감은 적중했다. 개츠비의 환대를 받으면서 그의 과거를 알게 된 수백 명의 사람들이 퍼뜨린 심상치 않은 소문은 여름 내내 부풀려져서 마침내 기사가 될 정도였다. '캐나다로 통하는 지하 파이프라인[19]'이라는 전설적인 소문이 붙어 다녔고, 심지어 집처럼 보이는 배에서 살며 롱아일랜드 해안을 아

무도 모르게 수시로 오간다는 이야기도 나돌았다. 도대체 근거도 없는 소문들에 노스다코타 출신의 제임스 개츠가 어떻게 만족하게 됐는지는 설명하기가 쉽지 않다.

제임스 개츠. 이것이 개츠비의 본명이자 법적인 이름이다. 열일곱의 그는 사회에 첫발을 내딛는 순간에 이름을 고쳤다. 댄 코디의 요트가 슈피리어 호수에서 가장 위험한 여울에 닻을 내리는 것을 보았을 때였다. 그날 오후, 낡은 운동복을 입고 해변을 서성이던 때만 해도 그는 제임스 개츠였다. 하지만 배를 빌려 '투올로미' 호로 다가가서 댄 코디에게 삼십 분 후에 바람이 불어 배가 산산조각으로 부서질 거라고 일러준 순간에는 J. 개츠비가 되어 있었다.

아마 그는 오래전부터 그 이름을 준비해 두었을 것이다. 개츠비의 부모는 무능력하고 불운한 농사꾼이었다. 마음 같아서는 그런 별 볼 일 없는 부모를 인정하고 싶지 않았다. 롱아일랜드 웨스트에그의 제이 개츠비는 상상이 빚어낸 자신의 이상향이었다. 그는 신의 아들이었다. 만약 이 말에 어떤 의미가 있다면, 그는 하느님 아버지의 아들이기 때문에 거대하면서도 통속적인 아름다움을 섬기는 일을 해야만 했다. 그래서 그는 열일곱의 소년이 충분히 상상할 수 있는 제이 개츠비라는 인물을 설정해 놓고, 스스로 그 이름의 명예에 마지막까지 충실했던 것이다.

그때까지 일 년이 넘도록 호수 주변을 떠돌며 조개를 캐거나 연어를 잡으면서 입에 풀칠할 수 있는 일이라면 닥치는 대로 했다. 온갖 고생을 견디는 동안 자연스럽게 개츠비의 몸은 구릿빛의 탄탄한 육체가 되었다. 여자에 대해서도 일찍 알았지만 자기 성격을 망가뜨린다는 이유로 멸시했다. 젊은 처녀들은 무지해서 싫었고, 그 밖에 다른 여자들은 자아도취에 빠진 그에게는 당연한 일에 대해서 신경질을 부렸기 때문에 경멸했다.

그러나 개츠비의 마음은 언제나 격렬하게 요동치고 있었다. 깊은 밤에도 잠들지 못하고 이상한 환상에 시달렸다. 세면대 위에서는 시계가 똑딱거리고, 달빛이 방바닥에 널브러진 옷가지들을 조용히 비추는 동안, 말로 표현할 수 없는 화려한 세계가 개츠비의 머릿속을 엉클어뜨리고 있었다. 밤마다 현란한 환상의 세계를 헤매다가, 새벽 늦게 졸음이 몰려와 생생한 장면을 망각의 포옹으로 덮을 때 상상력의 막이 내렸다. 얼마 동안 이런 몽상은 상상력의 배출구가 되었다. 그것은 현실이야말로 진짜가 아니라고 달콤하게 속삭였고, 이 세상의 기반도 알고 보면 요정의 날개 위에 세워질 수 있다는 것을 암시했다.

열일곱 살의 첫 출발을 맞이하기 몇 달 전에, 그는 미래의 영광을 본능적으로 직감하고 남부 미네소타주 루터교의 대학교에 입학했다. 그는 그곳에서 이 주간 머물렀는데, 운명의 북소리, 아니 운명을 걸기

에 대학은 너무나 무심하고 냉정했다. 게다가 학비 때문에 시작한 관리인 일도 실망스러웠다. 결국 개츠비는 다시 슈피리어 호수로 돌아와 일거리를 구하러 다녔다. 댄 코디의 요트가 호수의 얕은 수심에 닻을 내리던 그날도 여전히 일거리를 찾아 헤매고 있었다.

당시 댄 코디의 나이는 쉰 살이었다. 네바다의 은광과 유콘 광산이 낳은 인물로 1875년 이후, 모든 광산의 호황으로 재벌이 된 사람이었다. 특히 몬테나의 구리 사업 덕분에 엄청난 부를 축적할 수 있었다. 그는 육체적으로는 강건했지만 마음은 나약했다. 이런 속내를 알아챈 여자들이 그에게 돈을 뜯어내려 수작을 부렸다. 그중에서도 엘라 케이라는 기자는 마담 맹트농[20]처럼 코디를 요트에 태워 바다로 내보냈다. 그 사건은 1902년에 신문에 대서특필 되면서 언론계를 화려하게 장식했다. 코디는 오 년 동안 기후가 쾌적한 해안을 따라 요트 여행을 하다가 리틀걸 만에서 제임스 개츠와 조우하게 된 것이다.

노를 젓던 손을 잠시 쉬면서 난간에 연결된 갑판을 올려다보던 젊은 개츠비의 눈에 들어온 코디의 요트는 이 세상의 모든 아름다움과 화려함을 대표하고 있었다. 내 생각으로는, 아마도 개츠비는 코디를 보고 환하게 미소 지었을 것이다. 개츠비는 사람들이 자기의 미소를 좋아한다는 사실을 알았을 것이다. 어쨌든 코디는 개츠비에게 몇 가지 질문을 던졌고, 개츠비가 남달리 영리하고 야심찬 소년이라는 사

실을 알아봤다. 바로 여기서 개츠비는 새로운 이름의 영감을 얻었다. 며칠 후, 코디는 개츠비를 덜루스로 데리고 가서 푸른색 외투와 흰 면바지 여섯 벌과 요트 모자를 사 주었다. 그리고 투올로미 호가 서인도 제도와 바바리 해안으로 떠날 때 개츠비도 동행했다.

개츠비는 별다른 명목 없이 선원으로 고용되었다. 코디와 같이 있을 동안 그는 조수가 되기도 하고, 친구가 되기도 하고, 선장과 비서가 되기도 했으며 심지어 간수 노릇까지 했다. 댄 코디는 자신이 술에 취하면 정신없이 돈을 쓴다는 것을 알고 있었기 때문에 개츠비에게 의지하여 우발적인 상황에 대처했다. 그러면서 개츠비에 대한 신임은 더욱 두터워졌다. 둘의 관계는 오 년간 지속되었고, 그동안 북미 대륙을 세 번이나 항해했다. 만약 어느 날 밤, 보스턴에서 엘라 케이가 요트에 승선하지 않고, 일주일 후에 댄 코디가 불미스럽게 죽지만 않았다면 둘의 관계는 지금도 계속되었을지 모른다.

나는 개츠비의 침실에 걸려 있던 댄 코디의 사진을 아직도 기억한다. 은발의 혈색이 좋고 냉정해 보이는 얼굴, 미국 역사의 한 시기에 매음굴과 술집의 야만적이고 난폭한 분위기를 조용한 동부 해안으로 들여온, 방탕한 난봉꾼이며 추잡한 개척자가 거기에 있었다.

개츠비가 술을 마시지 않는 것도 댄 코디의 영향 때문이었다. 파티가 무르익으면 술에 취한 여자들이 개츠비의 머리에 샴페인을 쏟는

일도 간간이 있었지만, 개츠비는 결코 술을 입에 대지 않았다. 그리고 개츠비는 댄 코디로부터 유산을 상속받았다. 유산은 2만 5천 달러였지만 실제로 그 돈은 개츠비의 수중에 들어오지 않았다.

그는 자신에게 불리하게 적용되는 법률적인 문항을 도저히 이해할 수 없었고, 결국 엄청난 돈은 고스란히 엘라 케이의 몫이 되었다. 개츠비에게 남은 것은 코디에게 받은 독특하고 적절한 교육뿐이었다. 제이 개츠비라는 막연한 상상의 존재가 그나마 사람 구실을 하게 된 데에는 바로 댄 코디의 교육 덕분이었다.

사실 개츠비가 이런 이야기를 해 준 것은 훨씬 나중의 일이었다. 그러나 지금 내가 이 이야기를 적는 이유는 애초부터 터무니없이 번졌던 뜬소문을 불식시키기 위해서이다. 더구나 나도 이 이야기를 들었을 때에는 개츠비에 대한 믿음이 혼란스러운 시기였다. 그러니까 개츠비가 숨을 죽이고 있는 이 짧은 시간에 이런 오해를 해명해 두려고 한다.

개츠비와 나도 잠시 소원했던 시기가 있었다. 한동안 나는 개츠비를 만나지 못했고 전화로도 그의 목소리를 듣지 못했다. 그 당시 나는 뉴욕에서 베이커를 만나거나, 그녀 숙모의 기분을 맞추면서 시간을 보내고 있었다.

그러던 어느 일요일 오후, 개츠비의 집으로 갔다. 내가 막 집에 들어서는데 누군가가 술이나 한잔하자며 톰을 데리고 개츠비의 집으로 왔다. 당연히 나는 깜짝 놀랄 수밖에 없었는데, 더 놀라운 것은 지금까지 한 번도 그런 일이 없었다는 사실이었다.

그 일행은 말을 타고 왔다. 같이 온 사람은 슬론이라는 남자와 갈색 승마복을 입은 예쁜 여자였다. 그 여자는 전에 개츠비의 집에서 본 적이 있었다.

"반갑습니다. 어서 오세요"

개츠비가 현관에서 톰의 일행을 맞았다.

마치 그들이 대단한 관심이라도 보인 것 같은 태도였다.

"앉으십시오. 여기 담배가 있습니다."

개츠비는 벨을 울리며 방 안 이곳저곳을 분주히 움직였다.

"곧 마실 걸 준비하겠습니다."

개츠비는 톰 때문에 몹시 긴장하고 있었다. 그러나 톰과 그의 일행이 단지 술을 마시려고 찾아온 것이라는 사실을 깨달았다. 그러나 그들에게 뭔가를 대접하기 전까지는 불안함을 감수해야 했다. 슬론은 술 마실 생각이 없다고 했다.

"그럼, 레모네이드를 드릴까요?"

"아니, 괜찮습니다."

"그럼 샴페인이라도?"

"고맙습니다만, 지금은 아무것도 마시고 싶지 않습니다."

"승마는 즐거우셨나요?"

"여기는 길이 아주 좋아요."

"제 생각에 자동차들이……."

"그렇습니다."

참을 수 없는 충동으로 개츠비는 초면인 톰에게 고개를 돌렸다.

"뷰캐넌 씨, 전에 어디선가 뵌 것 같습니다."

"아, 네."

전혀 기억을 못하는 것이 분명했지만 톰은 퉁명스러우면서도 정중하게 대답했다.

"아, 그랬군요. 기억나요."

"이 주 전이었지요."

"그렇습니다. 닉과 함께 계셨지요."

"저는 부인도 알고 있습니다."

개츠비는 공격적인 태도로 말했다.

"그렇습니까?"

톰은 나에게 고개를 돌렸다.

"닉, 여기 근처에 살아?"

"응, 바로 옆집이야."

"아, 그래?"

슬론은 대화에 끼지 않은 채 거만하게 의자에 몸을 기대고 있었다. 승마복을 입은 여자도 침묵을 지키고 있었는데, 하이볼을 두 잔 마시더니 의외로 나긋나긋해졌다.

"개츠비 씨, 우리 모두 다음 파티에 참석하려고 하는데, 괜찮나요?"

여자가 넌지시 말했다.

"물론이죠. 아주 영광입니다."

"좋겠군요."

슬론은 별로 달갑지 않은 기색으로 말했다.

"아, 이제 그만 가죠."

"천천히 가시죠."

개츠비가 그들을 말렸다. 이제야 안정을 찾은 개츠비는 톰에 대해 더 알고 싶었다.

"괜찮으시면 저녁이라도 같이 하시죠. 뉴욕에서 손님들이 올지도 모르지만, 상관없습니다."

"우리 같이 저녁 먹어요."

여자가 간절히 말했다.

"두 분 다 같이요."

그 말은 나를 포함한다는 뜻이었다. 슬론이 자리에서 일어섰다.

“자, 갑시다.”

슬론이 말했다. 그러나 그 말은 여자한테만 하는 말이었다.

“정말로 같이 갔으면 좋겠어요. 자리는 충분해요.”

여자는 다시 간곡히 말했다.

개츠비는 망설이며 나를 보았다. 개츠비는 가고 싶은 눈치였는데, 슬론이 달가워하지 않는다는 것을 알아채지 못하고 있었다.

“미안하지만 저는 빠지겠습니다.”

내가 말했다.

“좋아요. 그럼 당신만 가요.”

여자는 개츠비에게 조르다시피 말했다.

슬론은 여자의 귀에 대고 뭐라고 소곤거렸다.

“지금 출발해야 늦지 않아요.”

여자가 큰 소리로 재촉했다.

“저는 말이 없는데요.”

개츠비가 대답했다.

“군대에서 타 봤는데 말을 사 본 적은 없거든요. 차로 따라 가겠습니다. 잠깐 기다려 주시오.”

개츠비가 준비하러 간 사이, 우리는 현관으로 나갔다. 슬론은 현관

한쪽에서 여자와 흥분된 어조로 말다툼을 벌이기 시작했다.

"맙소사, 저 사람이 진짜로 따라오려는 것 같소."

톰이 말했다.

"여자가 싫어한다는 걸 모르나?"

"여자가 계속 가자고 말했잖아."

"저녁 파티를 할 건데, 거기엔 개츠비가 아는 사람이 한 명도 없어."

톰은 눈살을 찌푸렸다.

"도대체 어디서 데이지를 만났다는 거야? 내가 좀 구식이라 그런지 몰라도 요즘 여자들은 너무 밖으로 나돈단 말이야. 그러다가 별 희한한 인간들을 다 만난다고."

슬론과 여자가 대리석 계단을 내려가더니 말에 올랐다.

"어서 가지. 늦었어. 빨리 가야 해!"

슬론이 톰에게 말했다.

그러고는 나를 보고 말했다.

"늦어서 먼저 출발했다고 전해 주시겠습니까?"

나는 톰과 악수를 나누고, 다른 사람들은 가볍게 목례만 했다. 톰의 일행이 잽싸게 차도로 달려갔고, 어느덧 여름의 무성한 나뭇잎 사이로 사라졌다. 그제야 개츠비가 모자와 가벼운 코트를 들고 나왔다.

톰은 데이지가 혼자서 돌아다닌 것이 영 마음에 들지 않았던 모양이다. 그렇지 않고서야 다음 주 토요일 밤, 데이지를 따라 개츠비의 파티에 올 리가 없기 때문이다.

톰의 방문 때문인지 그날 분위기는 이상한 중압감이 감돌았다. 그날 저녁은 그해 여름에 열리던 여느 파티보다 뚜렷이 기억에 남아 있다. 똑같은 참석자, 아니 적어도 비슷한 종류의 사람들이 참석하고, 똑같은 샴페인이 흘러넘치고, 늘 그랬듯이 떠들썩하고 자잘한 소동이 벌어졌다. 그럼에도 불구하고 전에는 느끼지 못했던 이상한 불쾌감, 아무튼 불편한 분위기가 감돌고 있었다. 어쩌면 내가 그 세계에 익숙해진 탓일 지도 모른다.

나는 웨스트에그 그 자체를 완벽한 세계로 인식하고, 다른 어느 지역에도 뒤지지 않는 가치를 지닌 세계로 여기고 있었다. 그러나 이제는 새로운 눈을 갖게 되었다. 그날 파티는 데이지의 시선으로 바라보았다. 자신에게 익숙해진 것을 타인의 시선으로 바라본다는 것은 좀 서글픈 일이다.

톰과 데이지는 해가 질 무렵에 도착했다. 화려하고 눈부신 사람들 사이를 느긋하게 걷고 있을 때, 데이지가 특유의 목소리로 속삭였다.

"와, 여기 있으니까 너무 흥분되는데요."

데이지가 소곤거렸다.

"닉, 오늘 밤 언제라도 나에게 키스하고 싶으면 얘기만 하세요. 기꺼이 받아 줄게요. 이름만 불러요. 아니면 녹색 카드를 꺼내세요. 내가 녹색 카드를 어디에 넣어……."

"주위를 둘러보세요."

개츠비가 말했다.

"지금 보고 있어요. 아주 즐겁고 근사한 시간을……."

"이름만 들었던 사람들을 직접 만날 수도 있습니다."

톰은 거만한 눈초리로 사람들을 훑어보았다.

"우리는 밖에 잘 돌아다니지 않습니다."

톰이 말했다.

"사실 여기에 아는 사람이 한 명도 없다고 생각하던 참이었습니다."

"저 여자는 아시겠죠."

개츠비는 흰 자두나무 아래 앉아 있는, 눈부시게 아름다운 난초 같은 한 여자를 가리켰다. 톰과 데이지는 영화에서나 보았던 배우를 알아보고, 비현실적인 느낌에 사로잡혀 멍하니 그녀를 바라보았다.

"매우 아름다워요."

데이지가 말했다.

"그녀에게 몸을 굽히고 있는 남자는 영화감독입니다."

개츠비는 톰과 데이지와 동행하며 사람들에게 정중하게 소개시켰다.

"뷰캐넌 부인과 뷰캐넌 씨."

잠시 망설이더니 덧붙였다.

"톰은 유명한 폴로 선수입니다."

"아, 아닙니다."

톰이 서둘러 부인했다.

"선수는 아닙니다."

그러나 톰의 반응이 개츠비를 기쁘게 한 게 분명했다. 왜냐하면 저녁 내내 톰은 폴로 선수로 통했기 때문이다.

"명사들을 이렇게 많이 만나 보긴 처음이에요."

데이지가 감탄해서 소리쳤다.

"저 남자가 마음에 들어요. 이름이 뭐죠? 코가 푸르스름한 저 남자 말이에요."

개츠비는 그 남자의 이름을 일러주면서 변변찮은 영화 제작자라고 대답했다.

"그래도 마음에 들어요."

"더 이상 폴로 선수로 소개되지 않았으면 좋겠습니다."

톰이 기분 좋게 말했다.

"그저 무명인 채로 유명한 사람들을 조용히 구경만 하고 싶은데요."

데이지와 개츠비는 춤을 추었다. 개츠비의 우아하고 품위 있는 폭

스트롯 춤을 보고 놀랐던 일이 지금도 기억난다. 개츠비가 춤추는 것은 그때 처음 보았다. 그러고 나서 둘은 우리 집 쪽으로 걸어가더니 현관 돌계단에서 삼십 분가량을 앉아 있었다. 그동안 나는 데이지의 부탁으로 정원에서 망을 보고 있었다.

"불이나 홍수가 날 수도 있잖아요. 아니면 우리가 모르는 천재지변이……."

데이지는 설명했다.

모두가 저녁을 먹으려고 식탁에 앉아 있을 때, 존재조차 잊고 있었던 톰이 불쑥 나타났다.

"저기 사람들과 함께 식사를 해도 괜찮겠어요?"

톰이 말했다.

"재미있는 얘기를 하던 참이거든요."

"그러세요."

데이지가 상냥하게 대답했다.

"혹시 주소를 적고 싶으면 제 금색 연필을 쓰세요."

데이지는 잠시 주변을 둘러보더니 나에게 "저 아가씨는 평범하지만 예쁘네요"라고 말했다. 데이지는 개츠비와 둘이 있던 그 삼십 분가량을 빼고는 파티가 즐겁지 않았던 모양이다.

우리 테이블에는 유난히 만취한 사람들이 많았다. 그것은 내 잘못

이었다. 개츠비가 전화를 받으러 간 사이, 이 주 전 함께했던 사람들과 시간을 보내고 싶다고 생각했다. 그러나 그때 즐거웠던 것들이 오늘은 진부하고 재미없게 느껴졌다.

"베데커 양, 괜찮아요?"

베데커는 만취한 채 내 어깨에 기대려고 했지만 뜻대로 되지 않았다. 대신 내 말을 듣고 똑바로 앉더니 눈을 크게 떴다.

"네? 뭐가요?"

그러자 데이지한테 내일 클럽에서 골프를 치자고 조르던 둔하고 덩치 있는 여자가 베데커를 대신해 말했다.

"아, 이제 괜찮아요. 칵테일 대여섯 잔을 마시면 이렇게 소리를 지르거든요. 술을 끊으라고 그렇게 말을 해도……."

"마시지 않았어."

베데커가 힘없이 말했다.

"우리는 네가 소리를 질러서 시벳 박사님에게 '선생님, 여기 도움이 필요한 사람이 있어요'라고 말했어."

"그녀도 고맙게 생각하겠지."

다른 친구가 못마땅하게 말했다.

"그렇지만 베데커의 머리를 풀장에 처넣는 바람에 옷까지 다 젖었잖아."

"물에 머리를 넣는 건 정말 싫다고."

베데커가 취한 소리로 중얼거렸다.

"그러다가 뉴저지에서는 정말 죽을 뻔했잖아."

"그러니까 술을 마시지 말아야지."

시벳 박사가 말했다.

"당신이나 잘하세요!"

베데커가 사납게 외쳤다.

"손도 떨리고 있잖아요. 절대로 선생님한테 수술은 받지 않을 거예요."

매번 이런 식이었다. 그날은 데이지와 나란히 서서 영화감독과 배우를 구경한 것 말고 기억나는 일이 없다. 그들은 자두나무 아래에 있었는데, 달빛만이 그 사이를 비출 수 있을 만큼 아주 가까이 얼굴을 맞대고 있었다. 감독은 저녁 내내 아주 조금씩 배우를 향해 허리를 굽혀 가까이 다가긴 것 같았다. 내가 지켜보는 순간, 마지막 동작에 도달했고 마침내 그녀의 뺨에 키스를 했다.

"저 여자가 좋아요. 사랑스러워요."

데이지가 말했다. 그녀를 제외한 나머지 사람들은 데이지의 마음에 들지 않았다. 그러나 그것은 몸짓이 아니라 감정의 세계였기 때문에 증명할 수는 없었다. 데이지는 롱아일랜드의 한 구석에 자리한 웨스

트에그의 저택에서 왠지 모를 공포심을 느끼고 있었다. 낡은 완곡어법에서 느껴지는 활기와 허무한 인생길에서 서로를 내리까는 사람들의 강렬한 생활력에 데이지는 소름이 끼쳤다. 그녀로서는 결코 이해할 수 없는, 사람들의 단순함에서 무시무시한 두려움을 느끼고 있었던 것이다.

톰과 데이지가 차를 기다리는 동안 나는 현관 계단에 앉아 있었다. 밖은 어두웠다. 문에서 흘러나오는 1평방미터 가량의 빛만이 어스름한 새벽을 밝히고 있었다. 간혹 그림자 하나가 블라인드 뒤에 나타났다가 다른 그림자에게 자리를 내주었다. 그렇게 그림자의 행렬은 계속되었다. 여자들은 보이지 않는 거울에서 립스틱을 바르고 파우더를 두드리며 화장을 고치고 있었다.

"도대체 개츠비는 뭐 하는 사람이야?"

톰이 느닷없이 물었다.

"술을 밀수하지?"

"그런 건 어디서 들었어?"

내가 물었다.

"어디서 들은 게 아니라 내 생각이야. 갑자기 나타난 졸부들은 대체로 그런 인간들이거든."

"개츠비는 그런 사람이 아니야."

나는 짧게 답했다.

톰은 잠시 말이 없었다. 자갈이 그의 발에 밟혀 자박자박 소리를 냈다.

"아무튼 이렇게 별난 인간들을 모으느라 꽤나 고생했겠어."

산들바람이 데이지의 모피 목도리 털을 잔잔히 날렸다.

"그래도 우리가 아는 사람들보다 재밌잖아요."

데이지가 힘주어 말했다.

"별로 재미있어하는 것 같지 않던데."

"아니, 재밌었어요."

톰은 웃으면서 나를 보았다.

"아까 그 아가씨가 데이지한테 냉수 샤워를 시켜 달라고 할 때, 데이지 얼굴 봤어?"

데이지는 허스키하면서도 리듬감 있는 목소리로 가사 하나하나에 의미를 담아 노래를 부르기 시작했다. 노랫소리는 너무나 맑고 청아했다. 멜로디가 높아지면서 그녀의 음성도 감미로운 가성으로 바뀌었고, 그럴 때마다 따뜻한 인간미가 풍겨 나왔다.

"초대받지 않은 사람들도 많이 와요."

데이지는 문득 말했다.

"그 아가씨도 초대받지 않았을 거예요. 무턱대고 몰려오는데 개츠

비가 너무 친절하니까 거절을 못하는 거예요."

"그가 도대체 누구인지, 어떤 일을 하는지 정말 궁금해."

톰은 고집스럽게 말했다.

"좀 알아봐야겠어."

"지금 당장 가르쳐 드리죠."

데이지가 대답했다.

"약국을 경영하고 있어요. 그것도 다 혼자 힘으로 성공한 사업이에요."

마침내 리무진이 들어오는 소리가 났다.

"안녕, 닉."

데이지가 작별 인사를 했다. 데이지의 시선이 불이 켜진 계단 꼭대기로 향했다. 그곳에서는 당시 유행하던 왈츠 '새벽 3시'가 산뜻하고 애절하게 흘러나오고 있었다. 결국 개츠비의 파티는 요란하고 북적거렸지만, 데이지는 그 안에서 자신의 세계에서는 절대 찾아볼 수 없었던 낭만을 발견했다. 저 음악의 어떤 매력이 데이지를 다시 집으로 불러들일 수 있었을까? 먼동이 틀 무렵 도대체 무슨 일이 일어나려는 것일까? 어쩌면 사람들이 생각도 못한 놀라운 손님이거나, 정말로 대단한 사람이 도착할지도 모른다. 그도 아니면 너무나 신비롭고 눈부시게 아름다운 여인이 나타나, 지난 오 년 동안 흔들리지 않았던 개츠

비의 희생적인 열정을 단숨에 지워 버리는 마법을 일으킬지도 모를 일이었다.

나는 그날 밤 늦게까지 남아 있었다. 개츠비가 손님 대접이 끝날 때까지 기다려 달라고 부탁했기 때문이다. 날이 추운데도 씩씩하게 밤바다를 달리며 수영을 하던 사람들이 추위에 떨며 올라오고, 위층 객실의 불이 하나둘 꺼질 때까지 정원에서 산책하며 시간을 보내고 있었다. 마침내 개츠비가 대리석 계단을 내려왔다. 볕에 그을린 그의 얼굴에는 평소와는 다른 긴장감이 보였고, 눈동자는 반짝였지만 지쳐 보였다.

"데이지가 별로 마음에 들지 않아 했죠."

개츠비는 단도직입적으로 물었다.

"아니에요. 재미있어했어요."

"아니, 좋아하지 않았어요."

개츠비는 확고히 주장했다.

"전혀 즐거워하지 않았어요."

개츠비는 침통한 표정으로 침묵을 지켰다.

"데이지가 멀어진 느낌이에요."

개츠비가 말했다.

"내 입장을 설득하기가 쉽지 않군요."

"춤 얘긴가요?"

"춤이요?"

개츠비는 손가락을 딱 소리가 나게 튀기면서 춤 따위는 문제로 삼지 않았다.

"춤이라뇨? 그런 건 중요하지 않아요."

그는 데이지가 톰에게 "당신을 사랑하지 않아요"라고 말하기를 바라고 있었다. 데이지의 고백으로 둘이 함께한 사 년이란 시간을 지우기만 한다면, 좀 더 현실적으로 둘만의 새로운 방법을 찾을 수 있다고 생각하는 모양이었다. 데이지가 자유로운 몸이 되면 함께 루이빌로 돌아가 그녀의 부모님에게 결혼 승낙을 받고 결혼식을 올리는 것이었다. 마치 오 년 전으로 시간을 되돌린 것처럼.

"그런데 데이지는 내 마음을 이해하지 못해요."

개츠비가 말했다.

"예전에는 늘 내 마음을 알아줬어요. 몇 시간이든 함께 있었는데……."

개츠비는 갑자기 말을 멈추고, 과일 껍질과 버려진 선물, 짓밟힌 꽃들이 흩어진 쓸쓸한 길을 왔다 갔다 움직였다.

"나 같으면 데이지에게 많은 걸 기대하지 않을 거예요."

내가 과감하게 말했다.

"과거는 돌이킬 수 없습니다."

"돌아갈 수 없다고요? 아니요, 마음만 먹으면 얼마든지 돌이킬 수 있어요."

개츠비는 믿을 수 없다는 듯 소리쳤다. 그는 자기 집 어딘가에 과거가 숨어 있고, 단지 손에 닿지 않는 곳에 있기라도 한 것처럼 애절한 눈빛으로 주위를 두리번거렸다.

"모든 걸 예전으로 돌려놓을 겁니다."

그는 스스로 다짐하고 결연하게 고개를 끄덕이며 말했다.

"그녀도 이해하게 될 겁니다."

그리고 개츠비는 과거에 대해 털어놓았다. 데이지를 사랑한 자신의 신념을 되찾으려고 안간힘을 쓰는 것 같았다. 그 후로 그의 인생은 혼란과 무질서에 빠졌다. 그러나 만약 출발점으로 돌아가 모든 것을 서서히 되짚어 볼 수 있다면, 그는 그것이 무엇인지 찾아낼 수 있었을 것이다.

오 년 전 어느 가을밤, 개츠비와 데이지는 낙엽이 떨어지는 길을 걷다가, 나무 한 그루 없는 달빛만이 환히 비추는 한 지점에서 발길을 멈추고 서로 마주 보았다.

일 년에 두 번 찾아오는 계절의 변화에서 느낄 수 있는 신비로움이 감도는 선선한 밤이었다. 집집마다 새어 나오는 고요한 불빛이 어둠

속으로 스며들고, 별들과 별들 사이에 바스락 소리가 나는 밤이었다. 개츠비의 곁눈질에 보인 보도블록의 조각들은 사다리로 보였고, 나무 위 비밀 장소로 이어지는 것 같았다. 그는 혼자 그곳으로 올라갈 수도 있었다. 일단 비밀의 장소까지 오른다면 형용할 수 없는 신비한 생명의 젖꼭지를 입에 물고 마음껏 마실 수 있을 것이다.

데이지의 하얀 얼굴이 개츠비에게 다가올수록 그의 심장은 점점 더 세차게 두근거렸다. 만일 지금 입을 맞추고 그녀의 사라지기 쉬운 숨결에 말로 표현할 수 없는 자신의 희망과 꿈을 결부시키면, 더 이상 그의 마음이 신의 마음처럼 유희의 세계에 머무를 수 없게 될 것을 알고 있었다. 그래서 그는 별에 부딪히는 소리굽쇠 소리가 들려올 때까지 귀를 기울이며 잠시 기다렸다. 그런 후에야 개츠비는 데이지와 키스를 했다. 그의 입술이 닿자 그녀는 그를 위한 꽃처럼 활짝 피었고, 둘의 완전한 결합이 이루어졌다.

개츠비의 감상적인 이야기를 들으면서 떠오르는 기억이 있었다. 오래전에 어디선가 들어 본 적이 있는 멜로디와 잃어버린 말들의 파편이었다. 잠깐 동안 어떤 구절이 내 입에서 형태를 갖추려고 시도했고, 무언가를 말하기 위해 애쓰는 벙어리의 입처럼 벌어졌다. 그러나 결국 그것은 소리의 형태를 갖추지 못했고, 거의 떠올릴 뻔했던 구절도 결국은 전달되지 못했다.

7

개츠비의 집에 불이 켜지지 않았던 어느 토요일 밤, 그에 대한 나의 호기심은 최고조에 달했다. 트리말키오[21]의 성대한 파티가 별 이유 없이 시작된 것처럼, 개츠비의 끝도 모호하게 막을 내렸다.

잔뜩 기대를 안고 개츠비의 정원에 들어선 차량들이 곧 이어서 실망을 안고 돌아가는 장면을 자주 목격했다. 혹시 개츠비가 아픈 건 아닌지 걱정되어 찾아갔더니, 험상궂은 표정의 낯선 집사가 문 앞에서 나를 의심하는 눈초리로 노려보았다.

"개츠비, 괜찮은가요?"

"아니……."

집사는 짧게 대답하고는 마지못해 "……요"라고 덧붙였다.

"요즘 통 뵌 적이 없어서 걱정을 했습니다. 닉이라고 전해 주세요."

"누구라고요?"

그가 무례하게 물었다.

"닉이요, 닉 캐러웨이."

"닉, 캐러웨이. 알겠습니다. 그렇게 전하지요."

그는 갑자기 문을 쾅 닫고 들어가 버렸다.

우리 집 핀란드인 가정부의 말에 따르면 개츠비는 일주일 전에 원래 있던 모든 하인들을 해고하고 여섯 명의 새로운 하인들을 고용했다고 한다. 그들은 웨스트에그 상점에 가서 뇌물을 받고 흥정하는 대신에 전화로 적당한 양의 식품을 주문한다는 것이다. 식료품을 배달하는 소년의 말로는 부엌은 돼지우리 같았고, 새로 고용한 하인들은 사실 하인이 아닌 것 같다고 전했다.

다음 날 개츠비가 전화를 걸어왔다.

"다른 곳으로 떠나세요?"

내가 물었다.

"아닙니다."

"하인들을 모두 내보냈다고 들었습니다."

"과묵한 사람이 필요해서요. 요즘 오후가 되면 데이지가 자주 옵니다."

그러니까 데이지의 눈빛 하나에 대저택 전체가 종이 집처럼 와르르 무너져 내린 것이다.

"울프심과 함께 일하는 사람들이에요. 모두 형제자매 간이에요. 전에는 조그만 호텔을 경영하기도 했지요."

"네, 그렇군요."

개츠비는 데이지의 부탁으로 나에게 전화를 걸었다고 했다. 내일 그녀의 집에 점심을 하러 가지 않겠냐고, 베이커도 올 예정이라고 했다. 삼십 분 후에 데이지가 직접 전화를 걸었고, 나도 가겠다고 하자 안심하는 눈치였다. 무슨 일이 있는 모양이었다. 그러나 설마 그런 자리에서 소동을 피울 거라고 생각하지 않았다. 개츠비가 정원에서 말했던 것 같은 그런 일을 벌일 것이라고는 짐작조차 하지 못했다.

다음 날은 푹푹 찌는 날씨로 올 여름 중에서 가장 더운 날이었다. 기차가 터널을 지나 햇빛 아래로 나왔을 때, 비스킷 컴퍼니 제과 회사에서 나오는 요란한 사이렌 소리만이 한낮의 뜨거운 정적을 깨뜨리고 있었다.

객차 안의 시트도 열을 받아 엉덩이에 불이 날 것만 같았다. 옆의 여자는 흰 블라우스 속으로 흐르는 땀줄기를 겨우 참다가, 이윽고 손에 든 신문까지 땀으로 흥건히 젖자, 결국 더위를 참지 못하고 소리를 지르며 힘겨워했다. 그 바람에 여자의 지갑이 털썩 소리를 내며 바닥에 떨어졌다.

"어머나."

여자는 숨을 헐떡이며 말했다.

나는 지친 몸을 굽혀 지갑을 주워 주었다. 다만 오해를 받지 않도록 지갑의 모서리 끝을 잡고 멀찍이서 건네주었다. 그럼에도 불구하고

그녀를 포함한 주변 사람들은 나를 의심의 눈초리로 쳐다보았다.

"덥군요!"

차장이 낯익은 얼굴들을 보며 말했다.

"대단한 더위예요. 더워요 더워! 더워도 너무 더워요! 손님도 더우시죠? 덥죠?"

내 승차권은 차장 손의 검은 때를 묻힌 채 돌아왔다. 그렇지만 더워 죽겠는 판에 그런 정도는 관심조차 없었다. 차장이 누구의 입술에 키스를 하든, 누군가 그의 가슴 셔츠 주머니를 땀으로 축축하게 적시든 상관하지 않을 정도로 더웠다.

나와 개츠비가 톰의 집에 도착해서 기다리는 동안, 거실에 부는 산산한 바람이 우리에게 전화벨 소리를 실어다 주었다.

"주인어른의 시체라고요?"

집사가 수화기에 대고 고함을 질렀다.

"사모님, 죄송합니다만 지금은 준비할 수가 없어요. 이런 대낮에는 너무 더워서 손도 댈 수 없어요."

그러나 실제로 그가 한 말은 "네, 알겠습니다"였다.

집사는 수화기를 내려놓고 땀으로 얼룩진 얼굴로 다가와 우리의 뻣뻣한 밀짚모자를 받아 주었다.

"부인께서는 응접실에서 기다리고 계십니다."

집사는 그럴 필요도 없는데 굳이 방향까지 가리키며 크게 말했다. 너무 더울 때에는 불필요한 몸짓 하나에도 짜증이 나는데 말이다.

차양으로 그늘진 방은 어두우면서도 시원했다. 데이지와 베이커는 윙윙거리는 선풍기 바람에 옷이 날리지 않도록 드레스 자락을 손으로 누르며, 큼직한 소파에 은으로 만든 인형처럼 앉아 있었다.

"너무 더워서 움직일 수가 없어요."

둘은 입을 모아 말했다.

햇볕에 그을린 피부 위에 하얗게 분칠을 한 베이커의 손이 잠시 내 손 안에 들어왔다.

"폴로 선수 톰은 어디 있어요?"

내가 물었다.

바로 그때, 거실에서 목소리를 낮추고 통화하는 톰의 퉁명스럽고 허스키한 음성이 들려왔다.

개츠비는 붉은 카펫에 서서 황홀한 시선으로 주위를 살펴보았다. 데이지는 개츠비를 바라보며, 특유의 감미롭고 가슴 설레는 웃음을 지었다. 데이지의 가슴에서 미세한 파우더 가루가 공중으로 피어올랐다.

"소문을 들었는데……."

베이커가 소곤거렸다.

"지금 톰은 애인과 통화하는 중이래요."

우리는 아무 말도 하지 않았다. 거실에서 들려오는 통화 소리에는 짜증이 섞이면서 점점 톤이 높아졌다.

"그래 좋아. 당신에게 그 차를 팔지 않겠어. 내가 빚졌어? 하필이면 이런 일로 점심시간을 망치다니 정말 참을 수가 없어!"

"괜히 화난 척하는 거예요. 이미 수화기도 내려놓고……."

데이지가 빈정거렸다.

"아니야, 그렇지 않은데."

나는 데이지에게 단호하게 말했다.

"저건 진짜야. 우연히 알게 됐어."

갑자기 톰이 문을 벌컥 열더니 황급히 들어섰다. 뚱뚱한 몸이 문간을 다 막아섰다.

"아, 개츠비!"

톰은 싫은 기색을 감쪽같이 숨기고 넓고 큰 손을 내밀었다.

"반갑습니다. 어, 닉도 왔어?"

"시원한 음료 좀 만들어 줘요."

데이지가 크게 말했다.

톰이 밖으로 나가자, 데이지는 일어서서 개츠비의 곁으로 다가가 그의 얼굴을 끌어내리고 키스를 했다.

"사랑해요. 내 마음 알죠?"

데이지가 나지막한 목소리로 속삭였다.

"지금 이곳에 다른 사람들도 있다는 걸 잊었군요."

베이커가 말했다.

데이지는 의아한 표정으로 주변을 둘러보았다.

"그럼 너도 닉에게 키스해."

"아니, 무슨 말을 그렇게 해?"

"아무렴 어때!"

데이지는 이렇게 소리치고 벽난로 가에서 춤을 추기 시작했다. 문득 덥다고 느꼈는지 부끄러워하며 소파에 가서 앉았다. 바로 그때, 세탁한 옷을 차려입은 보모가 작은 여자아이를 데리고 들어왔다.

"오, 예쁜 것!"

데이지가 두 팔을 벌리며 다정하게 속삭였다.

"사랑하는 엄마한테 오렴."

보모가 아이의 손을 놓자, 아이는 엄마한테 달려가서 수줍어하며 엄마의 품속에 파고들었다.

"나의 귀염둥이! 엄마가 예쁜 금발에 분을 묻혔구나. 자, 일어나서 인사해야지. 안녕하세요."

개츠비와 나는 몸을 굽혀 아이가 내미는 작은 손을 잡았다. 이후에도 개츠비는 계속 놀라운 표정으로 아이를 쳐다보았다. 그때까지 아

이의 존재를 진심으로 믿지 않았던 것 같았다.

"점심 먹기 전에 옷을 갈아입었어."

아이는 엄마를 돌아보며 말했다.

"엄마가 너를 자랑하고 싶어서 그런 거야."

데이지는 아이의 작고 하얀 목에 얼굴을 묻었다.

"넌 엄마의 꿈이야. 꿈같이 작고 예쁜 아가."

"응, 엄마."

아이도 조용히 동의했다.

"베이커 아줌마도 하얀 드레스를 입었네."

"엄마 친구들 어때?"

데이지는 아이를 한 바퀴 돌려 개츠비와 마주 보게 했다.

"아저씨들 멋있지 않니?"

"아빠는 어디 있어?"

"앤, 아빠를 안 닮았어요."

데이지가 변명하듯 설명했다.

"나를 닮았어요. 머리카락하고 얼굴형이 똑같아."

데이지는 다시 긴 소파에 몸을 기대고 앉았다. 보모가 한 발 앞으로 나오며 손을 내밀었다.

"패미야, 이리 와."

"그래, 잘 가, 우리 귀염둥이!"

예의 바른 아이는 내키지 않는 듯 돌아보더니 보모의 손을 잡고 밖으로 나갔다. 바로 그때 톰이 얼음으로 달그락거리는 칵테일 네 잔을 가지고 들어왔다.

개츠비가 잔을 들었다.

"정말 시원해 보이네요."

개츠비의 얼굴에는 잔뜩 긴장한 빛이 역력했다.

우리는 게걸스럽게 들이켰다.

"어디선가 읽었는데 태양이 점점 더 뜨거워진대요."

톰이 다정하게 말했다.

"그래서 얼마 안 있으면 지구가 태양 속으로 빠져들지도 모른대요. 아, 잠깐만, 그 반대였나? 태양이 점점 차가워진다는 거였나."

"자, 그만 밖으로 나갑시다."

톰이 개츠비에게 제안했다.

"집 구경을 시켜 드릴게요."

나도 그들을 따라 베란다로 나갔다. 뜨거운 열기에 가라앉은 푸른 바다에는 조그만 돛단배 하나가 먼 바다로 천천히 흘러가고 있었다. 개츠비의 시선이 잠시 그 배를 쫓더니, 손을 들어 만의 건너편을 가리켰다.

"바로 저기가 우리 집이오."

"아, 네."

우리는 뜨겁게 익은 잔디밭과 바닷가에 쌓여 있는 잡초 더미들로 시선을 돌렸다. 돛단배는 여전히 파란 하늘을 배경으로 천천히 움직이고 있었다. 그 앞에는 부채꼴 모양으로 바다와 축복받은 섬들이 펼쳐져 있었다.

"저거 운동이 좀 될 거요."

톰이 고개를 끄덕이며 말했다.

"한 시간 정도는 저기서 보내면 좋겠군."

우리는 햇볕이 가려 어두운 식당에서 점심을 먹으며, 차가운 맥주와 함께 뭔지 모를 긴장된 유쾌함도 마시고 있었다.

"오후에는 뭘 할까요?"

데이지가 들뜬 목소리로 소리쳤다.

"그리고 내일은, 또 그다음 날은, 그리고 삼십 년 동안은?"

"유별나게 굴지 마."

베이커가 말했다.

"가을이 되어 서늘해지면 인생은 다시 시작되니까."

"하지만 지금은 너무 덥잖아."

데이지가 울상을 짓고 징징거렸다.

"그리고 모든 게 엉망이야. 우리 다 같이 시내에 가요."

데이지의 목소리는 더위와 싸워 이기려고 안간힘을 쓰며, 의미 없는 말을 구체화하고 있었다.

"마구간을 차고로 개조한다는 얘기 들어 봤죠?"

톰이 개츠비에게 말했다.

"차고를 마구간으로 바꾼 사람은 나밖에 없을 거예요."

"뉴욕에 안 가요?"

데이지가 계속 보챘다. 개츠비의 시선이 데이지에게 향했다.

"아!"

데이지가 소리를 질렀다.

"당신은 참 멋있어요."

마치 여기에 둘만 있는 것처럼 눈길이 마주치자 서로를 지그시 바라보았다. 이윽고 데이지는 애써 눈길을 테이블 아래로 떨구었다.

"당신은 언제나 매력이 넘쳐요."

데이지가 말을 되풀이했다.

그것은 개츠비를 향한 사랑의 표현이었고, 급기야 톰도 그 뜻을 알아차렸다. 톰은 너무 놀란 나머지 입을 벌린 채 개츠비를 바라보다가, 마치 오래전부터 알았지만 실상은 이제 막 알아본 것처럼 데이지를 돌아보았다.

"광고에 나오는 사람과 닮았어요."

데이지는 순진하게 말을 이었다.

"광고에 나온 그 사람 알아요?"

"그래, 좋아."

톰이 둘 사이에 끼어들었다.

"나도 시내에 가고 싶어. 자, 우리 모두 시내로 나가죠."

톰은 일어서면서도 계속 개츠비와 데이지를 노려봤다. 그러나 아무도 움직이지 않았다.

"자, 어서 빨리 가요!"

톰은 언성을 높였다.

"뭐야? 시내에 간다면서? 그럼 지금 가자니까."

톰은 화를 자제하느라 떨리는 손으로 마지막 맥주를 들이켰다. 드디어 데이지의 성화에 못 이겨, 우리는 뙤약볕이 이글거리는 차도로 나갔다.

"지금 갈 거예요?"

데이지가 막아섰다.

"이렇게요? 담배 한 대 피울 시간도 주지 않고요?"

"다들 밥 먹고 피웠잖아."

"좀 재미있게 놀아요."

데이지는 톰에게 조르며 말했다.

"너무 더워서 놀 수도 없잖아요."

톰은 아무런 대꾸도 하지 않았다.

"알았어요."

데이지가 말했다.

"베이커, 이리 와 봐."

여자들이 위층으로 올라가 준비를 하는 동안, 남자들은 뜨거운 자갈들을 발로 굴리면서 기다렸다. 벌써 서쪽 하늘에는 은빛 초승달이 떠올랐다. 개츠비가 무슨 말을 하려다 입을 다물자, 아니나 다를까 톰이 기다렸다는 듯 돌아서서 개츠비를 바라보았다.

"여기에 마구간이 있습니까?"

마지못해 개츠비가 질문을 던졌다.

"저 길로 약 400미터쯤 가면 있어요."

"아, 그래요."

잠시 침묵이 흘렀다.

"도대체 시내는 왜 나가자고 하는 거야?"

톰이 언짢은 표정을 드러내며 거칠게 내뱉었다.

"여자들의 머릿속에는 도대체 무슨 생각이 들어 있는지……."

"마실 걸 준비해야겠지요?"

위층 창문으로 데이지가 크게 물었다.

"위스키를 갖고 올게."

톰은 이렇게 대답하고 안으로 들어갔다.

개츠비는 굳은 표정으로 나를 보았다.

"이 집에서는 아무 말도 할 수 없군요."

"데이지는 말할 때 신중하지 못해요."

내가 대답했다.

"그녀의 목소리에는 뭔가……."

내가 머뭇거리며 망설였다.

"그녀의 목소리는 돈으로 가득 차 있죠."

개츠비가 내 말을 받아쳤다.

바로 그것이었다. 전에는 미처 깨닫지 못했는데 데이지의 목소리는 돈으로 충만했다. 데이지의 목소리가 높아졌다 낮아졌다 하는 높낮이의 매력은 바로 돈이었다. 찰랑거리기도 하고 때로는 심벌즈 소리처럼 요란하기도 했다. 하얀 궁전의 저 높은 곳에서 반짝반짝 빛나는 금으로 만든 소녀상처럼…….

톰이 약 1리터짜리 병을 수건에 감싸서 밖으로 나왔다. 뒤이어 금속성 천으로 만든 작고 딱 맞는 모자를 쓰고 팔에는 가벼운 망토를 두른 데이지와 베이커가 나왔다.

"제 차로 함께 가시죠."

개츠비가 제안했다. 개츠비는 뜨거운 태양에 달궈진 푸른 가죽 시트를 만졌다.

"그늘에 세워 놓을 걸 그랬어요."

"변속 기어인가요?"

톰이 물었다.

"네."

"그럼, 당신이 내 쿠페를 운전하시죠. 난 당신 차를 몰겠소."

개츠비는 톰의 제안이 마음에 들지 않았다.

"기름이 없어요."

개츠비가 반대했다.

"이만하면 충분해요."

톰이 계기판을 들여다보면서 의기양양하게 말했다.

"기름이 없으면 약국에 들르면 되죠. 요즘은 약국에서도 다 팔잖아요."

초점을 벗어난 얘기에 침묵이 흘렀다. 데이지가 인상을 찌푸리면서 톰을 쏘아보았고, 개츠비의 얼굴에도 불편한 기색이 스쳤다. 낯설면서도 어디선가 봤을 법한 표정으로 어렴풋하게나마 의미를 읽을 수 있는 표정이었다.

"데이지, 이리 와."

톰이 데이지를 개츠비의 차 쪽으로 밀면서 말했다.

"서커스 차로 모시지요."

톰이 차문을 열었지만, 데이지는 그의 팔에서 빠져나왔다.

"당신은 닉과 베이커를 태우고 가세요. 나는 쿠페를 타고 갈게요."

데이지는 개츠비에게 다가가서 그의 외투를 만졌다. 톰과 베이커, 그리고 나는 개츠비의 차에 올랐다. 톰은 차의 생소한 기어를 시험 삼아 만지작거리더니, 숨 막히는 열기 속으로 쏜살같이 달려 나갔다. 뒤에 남겨진 두 사람도 곧 시야에서 사라졌다.

"알고 있었지?"

톰이 물었다.

"뭘?"

톰이 매섭게 나를 노려보았다. 베이커와 내가 모든 걸 알고 있었다는 사실을 깨달은 모양이었다.

"나를 바보라고 생각하는 거야?"

톰이 물었다.

"그럴지도 모르지. 하지만 나에게도 직감은 있어. 그래서 뭘 어떻게 하라고 말해 주는 육감이란 게 있다는 말이야. 아마 믿지 않겠지만 과학적으로……."

톰은 잠시 말을 끊었다. 생각지도 못했던 돌발적인 사건이 그의 앞에 벌어졌고, 드디어 이론의 지루한 함정에서 빠져나왔다.

"저 친구 뒷조사를 좀 해 봤거든. 이럴 줄 알았으면 더 깊이 파 볼걸 그랬어."

"점쟁이한테 갔단 말이에요?"

베이커가 우스갯소리로 물었다.

"뭐라고?"

우리가 웃는 동안 톰은 당황해서 우리를 쳐다보았다.

"점쟁이?"

"개츠비에 관해서 말이야."

"개츠비에 대해서? 아니, 내 말은 그런 게 아니라 과거를 좀 알아봤다는 거야."

"그럼 개츠비가 옥스퍼드 출신이라는 것도 알았겠네요."

베이커가 무추기며 말했다.

"옥스퍼드 출신?"

톰은 믿을 수 없다는 표정을 지었다.

"웃기지 말라 그래. 분홍빛 양복을 입은 꼴을 보라고!"

"그래도 옥스퍼드 출신이에요."

"뉴멕시코의 옥스퍼드인 모양이지."

톰은 경멸하듯 콧방귀를 꼈다.

"아니면 그런 비슷한 시골 출신이든가."

"그렇게 깔보면서 초대는 왜 했어요?"

베이커가 언짢게 물었다.

"초대는 데이지가 했지. 어디서 알게 됐는지는 모르지만, 결혼하기 전부터 알던 사이라나."

우리는 취해 있었기 때문에 신경이 날카로워 있음을 깨닫고 잠시 침묵하고 달렸다. 길 아래로 닥터 에클버그의 퇴색한 눈이 나타났고, 기름 걱정을 했던 개츠비의 말이 생각났다.

"시내에 갈 정도는 있어."

톰이 말했다.

"바로 저기 주유소가 있는데."

베이커가 말했다.

"이런 불볕 아래서 기름이 떨어져 오도 가도 못하게 되면 정말 싫어요."

톰은 성급하게 브레이크를 밟았고, 차는 조지 윌슨의 정비소 간판 아래로 미끄러져 들어가 먼지를 일으키며 멈추었다. 잠시 후, 주인이 나와서 퀭한 눈으로 멍하니 차를 쳐다보았다.

"기름 좀 채워!"

톰이 거칠게 소리쳤다.

"우리가 왜 차를 세웠겠어? 한가하게 경치 구경이나 하려고 온 것 같아?"

"몸이 좋지 않아요."

윌슨은 움직이지도 않고 말했다.

"하루 종일 앓았다고요."

"왜 그래?"

"너무 지쳤어요."

"그럼 내가 직접 넣을까?"

톰이 물었다.

"전화할 때는 괜찮은 것 같더니만."

윌슨은 몸을 기대고 있던 문간에서 겨우 나와 숨을 가쁘게 몰아쉬더니 기름 탱크의 마개를 열었다. 햇빛 아래서 보니 윌슨의 얼굴은 창백하다 못해 푸르죽죽했다.

"점심시간을 방해하려던 것은 아니었어요."

윌슨이 말했다.

"하지만 돈이 좀 급하거든요. 그래서 그 차를 어떻게 할지 궁금했어요."

"이 차는 어때?"

톰이 물었다.

"지난주에 샀는데."

"노란색이 아주 근사하네요."

윌슨은 휘발유 펌프 손잡이를 잡고 대답했다.

"살래?"

"그건 어렵겠는데요."

윌슨이 힘없이 웃었다.

"하지만 괜찮아요. 다른 차도 있으니까요."

"왜 갑자기 돈이 필요한 거야?"

"이곳에 너무 오래 살았어요. 그래서 좀 옮기려고요. 집사람도 서부로 가고 싶어 하고요."

"부인도 떠나고 싶어 한다고?"

톰은 깜짝 놀라서 소리쳤다.

"집사람은 십 년 동안 그 소리를 했어요."

윌슨은 잠시 휘발유 펌프에 몸을 기대고 햇빛에 눈을 가리고 쉬었다.

"이제는 집사람이 원하든 원치 않든 떠날 겁니다. 더는 있고 싶지 않아요."

그때 쿠페가 한바탕 먼지를 일으키며 옆으로 쏜살같이 지나가는데 데이지가 손을 흔드는 게 보였다.

"얼마요?"

톰이 퉁명스럽게 물었다.

"지난 이틀 동안 이상한 사실을 알게 됐어요."

윌슨이 말했다.

"그래서 떠나려고요. 차 문제로 귀찮게 해 드린 것도 그 때문이에요."

"얼마냐니까!"

"1달러 20센트입니다."

폭염에 너무 지친 나머지 나는 좀 멍해졌다. 그러나 곧 나는 아직은 윌슨이 톰을 의심하지 않고 있다는 것을 알 수 있었다. 그는 아내인 머틀이 자기와는 다른 세계에서 생활을 하고 있다는 사실을 알아내고는 그 충격으로 병이 난 것이었다.

나는 윌슨을 쳐다본 후 톰에게 시선을 돌렸다. 그런데 톰도 불과 한 시간 전에 그와 마찬가지로 비슷한 사실을 알게 된 것이다. 그러다가 문득 사람들의 지성이나 인종의 차이는 아픈 사람과 건강한 사람의 차이에 비하면 아무것도 아니라는 생각이 머릿속을 스쳐 갔다. 윌슨의 병은 너무 심각해서 마치 죄인 같은, 용서 받을 수 없는 죄, 어떤 불쌍한 소녀를 임신이라도 시킨 사람처럼 보였다.

"그 차를 팔겠소."

톰이 말했다.

"내일 오후에 넘기지."

이 지역은 햇볕이 쨍쨍한 대낮에도 으스스해 보였다. 그 순간 등 뒤로 오싹한 느낌이 들어 뒤를 돌아보았다. 잿더미 골짜기 너머로 닥터 에클버그의 커다란 눈이 우리를 감시하듯 쳐다보고 있었다. 잠시 후 또 다른 눈이 6미터도 떨어지지 않은 곳에서 강렬한 눈빛으로 우리를 지켜보고 있다는 것을 깨달았다.

정비소 위층 창의 커튼이 옆으로 살짝 젖혀져 있고, 바로 그곳에서 머틀이 우리를 뚫어져라 내려다보고 있었던 것이다. 그녀는 너무 집중한 나머지 누가 자기를 쳐다보고 있는지도 몰랐다.

사진을 현상할 때 피사체가 서서히 드러나는 것처럼, 그녀의 얼굴에도 갖가지 감정들이 차례로 섞여 떠올랐다. 그 표정은 이상할 정도로 낯이 익었다. 대부분 여자들의 얼굴에서 흔히 볼 수 있는 표정이었지만, 지금 머틀의 얼굴은 어떤 목적도 없고 설명할 수도 없는 묘한 표정이었다. 그러다가 마침내 나는 질투와 공포에 질린 그녀의 눈동자가 톰이 아니라 조던 베이커를 겨냥하고 있음을 깨달았다. 그녀는 베이커를 톰의 아내로 착각한 것이다.

단순한 마음은 혼란에 빠지면 걷잡을 수 없는 법이다. 차를 운전하면서 톰은 뜨거운 태양에 채찍질을 당하는 것처럼 계속 불안해했다. 불과 한 시간 전만해도 온전히 자신의 소유로 여기고 침범당하지 않

을 줄 알았던 아내가 지금은 다른 사람과 함께 자기의 손아귀에서 빠져나가는 중이었다. 데이지를 빨리 따라가야겠다는 생각과 윌슨한테서 떨어져야겠다는 이중적인 생각이 엇갈리면서, 톰은 미친 듯이 가속 페달을 밟았다. 에스토리아를 향해 시속 80킬로미터로 달려갔다. 마침내 고가 철도의 거미줄 같은 다리에 도착하니, 한가로이 굴러가는 푸른색 쿠페가 보였다.

"50번가 주변의 영화관이 시원해요."

베이커가 제안했다.

"사람들이 빠져나간 여름 오후의 뉴욕이 참 좋아요. 어딘지 모르게 감각적인 데가 있거든요. 맛있는 과일들을 따지 않아도 저절로 떨어질 것 같은 무르익음이라고나 할까요."

'감각적'이라는 말이 톰의 마음을 더욱 불안하게 했다. 미처 다른 말을 하기 전에 쿠페가 멈췄고, 데이지가 옆에 차를 세우라는 손짓을 보냈다.

"어디로 갈까요?"

데이지가 소리쳤다.

"영화를 봐요."

"너무 덥잖아요."

데이지가 불평했다.

"당신들이나 가요. 우리는 드라이브를 조금 더 할래요. 나중에 합쳐요."

데이지는 재미있게 보이려고 애를 썼다.

"어느 모퉁이에서 만나요. 한 입에 담배 두 개비를 물고 있는 사람을 보면 나라고 생각해요."

"여기서 이러고 있을 순 없어."

톰이 서두르며 말했다. 뒤에서 트럭이 빨리 비키라고 욕설을 퍼부으며 심하게 경적을 울렸다.

"우리를 따라서 센트럴 파크 남쪽에 있는 플라자호텔로 오세요."

톰은 가는 도중 몇 번이나 뒤를 돌아보며 데이지와 개츠비의 차를 확인했다. 그러면서 개츠비의 차가 신호에 걸려 늦어지면, 다시 보일 때까지 속도를 늦추고 기다리곤 했다. 둘이 옆길로 달아나 자신의 삶에서 영원히 사라지지 않을까 걱정하는 것 같았다.

하지만 개츠비는 그러지 않았다. 오히려 우리는 플라자 호텔의 특실을 빌리는 더욱 설명하기 어려운 황당한 일을 저질렀다.

우리는 줄지어 특실로 들어가면서 지루하고 소란스러운 대화를 나눈 것 같은데 내용은 잘 기억나지 않는다. 다만 그 와중에 속옷이 축축이 젖어 뱀처럼 다리를 휘감고, 구슬 같은 땀방울이 등줄기로 서늘하게 흘러내렸던 감각만은 아직도 생생하다.

처음에는 데이지가 욕실 다섯 개를 빌려 냉수욕을 하자고 제안했다가, 민트 줄렙을 마실 만한 장소로 구체화되면서 바뀌었다. 우리 모두 제정신이 아니라고 호들갑을 떨었다. 그리고 어리둥절하게 쳐다보는 호텔 직원에게 다가가 말을 걸고는 아주 재미있는 장난을 하고 있다고 착각했다.

특실은 넓었지만 답답했다. 네 시가 되었지만 열린 창문으로는 여전히 뜨거운 바람만이 불어왔다. 데이지는 거울 앞에서 등을 돌리고 앉아 머리를 고쳤다.

"대단한 방이네요."

베이커가 감탄하듯 말해서 모두가 웃었다.

"창문을 다 열어."

데이지가 돌아보지도 않고 명령조로 말했다.

"열 창문이 더 없는걸."

"그럼 전화를 걸어 도끼라도 가져오라고 해."

"가만히 좀 있어."

톰이 짜증스럽게 말했다.

"자꾸 불평하면 더 덥잖아."

톰은 수건에 감싸여 있던 위스키를 테이블에 올려놓았다.

"그녀는 그냥 내버려 두시죠."

개츠비가 입을 열었다.

"시내에 가자고 서두른 건 당신이잖소."

잠시 침묵이 흘렀다. 못에 걸려 있던 전화번호부가 바닥에 떨어졌다. 베이커가 재빨리, "아, 실례했습니다"라고 속삭였지만 아무도 웃지 않았다.

"내가 주울게요."

내가 말했다.

"벌써 주웠어."

개츠비가 끊어진 줄을 살펴보면서 재미있다는 듯 "흠!" 하더니 의자에 내던졌다.

"표현이 아주 멋지군요."

톰이 날카롭게 쏘아붙였다.

"뭐가요?"

"그 말투 말이요. 그런 말은 어디서 배웠소?"

"이봐, 톰."

데이지가 거울에서 돌아서며 말했다.

"계속해서 사람을 무안하게 할 거라면 난 그만 갈래요. 전화해서 칵테일 얼음이나 더 주문해요."

톰이 수화기를 들자 찌는 더위에 눌려 있던 음악 소리가 터져 나왔

다. 우리는 아래층 무도회장에서 울려 퍼지는 멘델스존의 장중한 결혼 행진곡에 귀를 기울였다.

"세상에, 이 더위에 결혼식을 올리다니!"

베이커가 우울하게 내뱉었다.

"하긴, 나도 6월 중순에 결혼했어."

데이지가 회상했다.

"6월에 루이빌에서 말이야! 누군가 기절을 했었는데…… 톰, 그게 누구였지?"

"빌럭시였어."

톰이 짧게 대꾸했다.

"아, 맞아. 빌럭시. 상자를 만든다고 다들 '블록스 빌럭시'라고 했지. 고향이 테네시주의 빌럭시 출신이었어."

"사람들이 빌럭시를 우리 집에 업고 왔잖아요."

베이커가 이야기를 보탰나.

"우리 집이 교회 바로 옆이었어요. 그렇게 우리 집에 와서 삼 주나 머물었어요. 나중에는 아빠가 나가 달라고 했어요. 그 사람이 떠난 바로 다음 날, 아빠가 돌아가셨어요."

자기 말이 좀 이상하다고 생각했는지, 잠시 후 베이커는 덧붙여 말했다.

"두 날 사이에 무슨 관련이 있는 건 아니에요."

"나도 멤피스 출신의 빌 빌럭시라는 사람을 알아요."

내가 말했다.

"둘이 사촌이에요. 그 사람이 집안 얘기를 해 줬거든요. 그때 빌럭시가 준 골프채를 지금도 쓰고 있어요."

결혼식이 시작되자 음악 소리가 작아지면서 축하의 박수 소리가 창문 밖으로 흘러나왔다. 뒤이어 "으와, 우와, 야호!" 응원의 소리가 간간히 들렸고 나중에는 재즈 음악이 터져 나오면서 댄스파티가 이어졌다.

"우리도 늙었나 봐."

데이지가 말했다

"젊었다면 이럴 때 일어나서 같이 춤을 췄을 텐데 말이야."

"빌럭시를 잊지 마요."

베이커가 경고했다.

"톰은 빌럭시를 어디서 알았어요?"

"빌럭시 말이야?"

톰은 기억을 더듬으려 애를 썼다.

"만난 적은 없었어. 데이지의 친구였잖아."

"친구는 아니에요."

데이지가 부인했다.

"난 본 적도 없어요. 그 사람은 당신 차로 왔잖아요."

"빌럭시는 당신을 안다고 했어. 루이빌 출신이라고 하더군. 아서 버드가 막판에 데리고 와서 남는 자리가 있느냐고 물었지."

베이커가 미소를 지었다.

"남의 차로 고향에 가는 중이었나 보죠. 예일대 시절에 회장이었다고 했어요."

톰과 나는 어이가 없어 마주 보았다.

"빌럭시가?"

"예일대에는 회장이라는 게 없어요."

개츠비는 불안한 듯 발끝으로 마룻바닥을 또각거리며 두드리자 톰이 그를 바라보았다.

"그런데 개츠비, 옥스퍼드 출신이라면서요?"

"꼭 그런 건 아닙니다."

"옥스퍼드 대학에서 공부했다고 들었소."

"네, 그곳에 있긴 했지요."

잠시 말이 끊기고 침묵이 흘렀다. 이윽고 톰이 믿을 수 없다는 듯이 모욕적인 말투로 내뱉었다.

"그러니까 빌럭시가 예일에 다닐 때, 당신은 옥스퍼드를 다녔군요."

또다시 대화가 끊겼다. 웨이터가 노크를 하고 잘게 자른 박하와 얼

음을 가지고 들어왔다가 "감사합니다." 인사를 하고 살며시 문을 닫고 나가는 동안에도 침묵은 깨지지 않았다. 드디어 개츠비의 엄청난 과거가 밝혀지는 순간이었다.

"다녔다고 말씀드렸지요."

개츠비가 말했다.

"들었소. 그게 언제였는지 궁금한 거요."

"1919년에 5개월 정도 머물렀습니다. 그러니까 옥스퍼드 출신이라고 할 수는 없는 거죠."

톰은 우리도 자기처럼 그 말을 불신하는지 살피려고 힐끗 둘러보았다. 그러나 우리는 모두 개츠비를 쳐다보고 있었다.

"전쟁 후에 일부 장교들에게 그런 기회가 주어졌어요."

개츠비가 말을 이었다.

"영국이나 프랑스에 있는 대학교라면 어디든 상관없이 갈 수 있었어요."

나는 일어서서 개츠비의 등이라도 쓰다듬어 주고 싶었다. 전에도 그랬지만 개츠비를 믿는 마음이 새롭게 되살아나는 것 같았다.

데이지는 엷은 미소를 지으며 자리에서 일어나 탁자로 갔다.

"톰, 위스키나 따 줘요."

데이지는 명령했다.

"민트 줄렙을 만들어 줄게요. 한 잔 마시면 그렇게 바보같이 굴진 않을 거예요."

"좀 기다려."

톰이 버럭 소리를 질렀다.

"물어볼 게 더 있어."

"말씀하세요."

개츠비가 정중하게 말했다.

"도대체 우리 집에 무슨 소란을 일으키려는 거요?"

마침내 두 사람은 노골적으로 부딪쳤고, 개츠비는 오히려 잘 됐다고 생각했다.

"저 사람이 소란을 일으키는 게 아니잖아요."

데이지는 절망적인 표정으로 두 사람을 번갈아 보며 말했다.

"문제는 당신이 일으키고 있어요. 제발 조금이라도 자제력을 가지고 그만두세요."

"그만하라고?"

톰은 믿기지 않는 듯 되풀이했다.

"어디서 굴러먹던 누군지도 모르는 작자가 자기 마누라하고 바람이 났는데 어떻게 모르는 척 가만히 있으라는 거야? 글쎄, 당신 생각이라면 난 빠 주는 게 좋겠어. 요즘 사람들은 가족생활과 가족 제도를

우습게 여기는데, 이러다가 나중에는 다 팽개치고 백인이 흑인하고 결혼하는 시대도 오겠군."

흥분해서 횡설수설하느라 얼굴이 벌겋게 달아오른 톰은 문명의 마지막 한계선에 홀로 서 있다는 걸 깨달았다.

"여기 있는 사람들 다 백인이잖아요."

베이커가 나지막하게 말했다.

"내가 별로 인기가 없다는 건 나도 잘 알아. 난 화려한 파티는 열지 않으니까. 요즘은 친구를 사귀려면 자기 집을 돼지우리로 만들어야 하나 보군."

나도 남들처럼 화가 치밀었지만, 톰이 말을 할 때마다 웃음이 터질 것만 같았다. 톰이 난봉꾼에서 성인군자로 변했기 때문이다.

"당신한테 할 말이 있어요."

개츠비가 입을 열었다. 그러자 데이지가 금방 의도를 알아차렸다.

"제발 그만두세요!"

데이지는 당황하며 개츠비의 말을 가로막았다.

"다들 집으로 가요. 우리 모두 돌아가는 게 좋겠어요."

"그래, 좋은 생각이야."

내가 일어섰다.

"톰, 그만 가지. 아무도 술 마실 기분이 아니야."

"개츠비가 하고 싶은 말이 뭔지 들어야겠어."

"데이지는 당신을 사랑하지 않아요."

개츠비가 말했다.

"당신을 사랑한 적이 없어요. 나를 사랑한단 말이오."

"미쳤군!"

톰이 반사적으로 소리를 질렀다.

개츠비도 흥분을 감추지 못하고 벌떡 일어섰다.

"당신을 사랑한 적이 없단 말입니다. 알아들었소?"

개츠비가 외쳤다.

"내가 가난했기 때문에 기다리다 지쳐서 당신과 결혼한 것뿐이오. 물론 아주 끔찍한 실수였지만, 그녀의 마음은 언제나 나 말고는 어느 누구도 사랑하지 않았던 거요!"

나는 베이커와 자리를 뜨려고 했지만 톰과 개츠비가 남아 있으라고 단호하게 고집했다. 이제 그들은 더 이상 감출 것이 없었다. 내가 그들의 감정을 보고 듣는 것이 무슨 특권이라도 되는 것처럼 행동했다.

"데이지, 이리 와서 앉아."

톰이 아버지 같은 말투로 점잖게 말했지만 어색했다.

"도대체 그동안 무슨 일이 있었던 거야? 나도 알아야겠어."

"지금까지 그동안 있었던 일을 말하지 않았소."

개츠비가 말했다.

"당신은 몰랐지만, 이제 오 년이 되어 갑니다."

톰이 데이지를 매섭게 쏘아보았다.

"오 년 동안 저자를 만났다는 거야?"

"누가 만났다고 했소?"

개츠비가 말했다.

"그동안 우리는 만날 수 없었소. 하지만 줄곧 사랑했소. 당신이 몰랐던 거요. 가끔은 웃음이 나기도 했소."

그러나 그의 눈에는 전혀 웃음기가 없었다.

"당신이 아무것도 모르고 있다는 생각을 하니 말이오."

"그래, 이게 전부요?"

톰은 굵직한 손가락을 성직자처럼 두드리더니 의자 깊숙이 등을 기대앉았다.

"당신은 미쳤어!"

마침내 톰은 폭발했다.

"그래, 오 년 전 일에 대해서는 뭐라고 하지 않겠소. 나도 데이지를 만나기 전이니까. 뒷문으로 드나들면서 식료품 배달을 하다 눈이 맞았을 지도 모르지. 하지만 나머지는 모두 거짓말이오. 데이지는 날 사랑해서 결혼했고 지금도 나를 사랑해."

"그렇지 않소."

개츠비가 고개를 저으며 말을 받았다.

"데이지는 날 사랑해. 가끔은 엉뚱한 생각을 하거나, 자기도 모르는 행동을 해서 탈이긴 하지만."

톰은 확신에 찬 듯이 고개를 끄덕이며 말했다.

"그리고 나도 데이지를 사랑하오. 술자리에서 바보처럼 굴 때도 있지만, 결국은 항상 제자리로 돌아왔어. 그리고 마음속으로 항상 그녀를 사랑하고 있소."

"구역질이 나는군요."

데이지가 쏘아붙였다. 데이지는 내게로 시선을 돌렸다. 뒤이어 한층 낮아진 목소리가 경멸감을 드러내며 방 안을 가득 채웠다.

"우리가 왜 시카고를 떠났는지 알아요? 그 흥청망청한 짓거리에 대해 당신에게 얘기해 주는 사람이 없다는 게 정말 놀라워요."

개츠비가 데이지의 옆으로 걸어갔다.

"데이지. 이제 다 끝났어요."

개츠비가 진지하게 말했다.

"더 이상 아무런 문제가 없어요. 톰, 저 사람에게 진실만 말해요. 그를 사랑한 적이 없다고, 그러면 모든 건 영원히 지워지는 거지."

데이지는 멍하니 개츠비를 쳐다보았다.

"어떻게 내가 저 사람을 사랑할 수 있겠어요?"

"당신은 저 사람을 사랑한 적이 없잖소."

데이지는 잠시 망설였다. 데이지는 뭔가 애원하는 눈빛으로 베이커와 나를 쳐다보았다. 이제야 자기가 저지른 일이 어떤 건지 깨달은 표정이었다. 처음부터 그럴 의도는 없었다는 표정이었다. 그러나 이미 물은 엎질러졌고 때는 늦었다.

"톰을 사랑한 적이 없어요."

데이지는 눈에 띄게 내키지 않는 말투로 말했다.

"카피올라니[22]에서도 그랬어?"

톰이 느닷없이 따졌다.

"그래요. 사랑하지 않았어요."

아래층 무도회장에서 숨이 막힐 것 같이 탁한 음악이 뜨거운 바람을 타고 올라왔다.

"당신 신발이 젖을까 봐 펀치볼[23]에서 안고 내려왔던 그날도 말이야?"

톰의 쉰 목소리에 살가운 감정이 깃들어 부드러워졌다.

"데이지?"

"제발, 그만해요."

데이지의 목소리는 쌀쌀맞았지만 미움의 감정은 없어 보였다. 그녀

는 개츠비를 쳐다보았다.

"저기, 개츠비."

그녀는 말했다. 담배에 불을 붙이려는 손이 가늘게 떨렸다. 그러더니 별안간 담배와 불이 붙은 성냥을 카펫 위에 던져 버렸다.

"개츠비, 나에게 너무 많은 걸 바라는군요!"

데이지가 개츠비에게 큰 소리로 말했다.

"지금 난 당신을 사랑해요. 그걸로 족하지 않아요? 과거는 어쩔 수 없잖아요."

데이지는 절망스럽게 흐느끼기 시작했다.

"저 사람을 사랑하기도 했어요. 하지만 당신도 사랑했어요."

개츠비는 눈을 떴다 다시 감았다.

"나도 사랑했다고?"

개츠비가 그녀의 말을 반복했다.

"그것도 거짓말이야."

톰이 잔인하게 내뱉었다.

"데이지는 당신이 살아 있는 것도 몰랐어. 사실…… 데이지와 나 사이에는 당신이 알지 못하는 일들이 있소. 우리 둘 다 영원히 잊을 수 없는 것들이지."

톰의 그 말은 개츠비의 살을 물어뜯는 것 같았다.

"데이지와 둘이 얘기하고 싶소."

개츠비가 고집스럽게 말했다.

"그녀는 지금 너무 흥분해 있어요."

"단둘이 있었더라도 톰을 사랑하지 않았다고 말할 수는 없어요."

데이지가 애처롭게 털어놓았다.

"그건 진실이 아니니까요."

"물론이지. 당연히 사실이 아니지."

톰이 맞장구를 쳤다.

데이지는 톰을 돌아보았다.

"그게 그렇게 중요해요?"

그녀가 말했다.

"당연히 중요하지. 앞으로는 당신에게 더 잘하려고."

"아직 이해를 못했군."

개츠비는 당황한 기색이 역력한 얼굴로 입을 열었다.

"이젠 더 이상 잘해 줄 필요가 없을 거요."

"잘해 줄 필요가 없다고?"

톰은 눈을 크게 뜨면서 기막히다는 듯 껄껄 웃음을 터뜨렸다. 이제야 좀 마음의 여유가 생긴 모양이었다.

"왜 그렇소?"

"데이지가 당신을 떠날 테니까요."

"말도 안 돼."

"하지만 사실이에요."

데이지는 안간힘을 쓰면서 말했다.

"데이지는 나를 떠나지 않아!"

톰이 개츠비에게 윽박지르며 말했다.

"손가락에 끼워 줄 반지 하나도 훔쳐야 하는 상스런 사기꾼에게 간다고? 말도 안 돼. 있을 수 없는 일이야."

"더는 못 참아요!"

데이지가 소리쳤다.

"제발 여기서 다 나가요."

"도대체 네 놈의 정체가 뭐야?"

톰은 분노를 참지 못하고 소리쳤다.

"울프심의 패거리지. 그 정도는 나도 알아. 당신이 한다는 사업에 대해서도 벌써 알아봤어. 내일은 더 자세히 알아볼 참이야."

"마음대로 하시지."

개츠비는 차분하게 대답했다.

"또 당신의 그 약국이란 것도 알아봤어."

톰이 이번에는 우리를 향해 떠들었다.

“이자와 그 울프심은 여기하고 시카고의 뒷골목 약국들을 사들여 알코올을 팔고 있지. 그게 저자의 특기 중의 하나인가 보지. 처음 봤을 때부터 밀주 업자라고 생각했는데, 과연 내 감이 틀리지 않았어.”

“그래서 어쨌다는 거요?”

개츠비가 정중하게 물었다.

“당신의 친구 월터 체이스는 자존심이고 뭐고 다 버리고, 우리 사업에 낀 모양이더군.”

“그런데 당신은 곤경에 빠진 그 친구를 버렸잖소. 뉴저지의 감옥에서 한 달 동안이나 썩도록 그냥 내버려 두었잖아. 아는 척도 안 했지. 아차, 월터가 당신을 두고 하는 말을 들었어야 하는 건데.”

“우리한테 왔을 때는 빈털터리였지. 돈을 좀 만지더니 얼마나 좋아했는지 아시오? 친구.”

“친구라고 말하지 마!”

톰이 고함쳤다. 개츠비는 아무런 대꾸도 하지 않았다.

“월터는 당신을 도박 금지법으로 잡아넣을 수도 있었어. 그런데 울프심이 협박하는 바람에 입을 다물고 있는 줄 아시오.”

여전히 낯설지만 의미를 알 수 있는 개츠비 특유의 표정이 얼굴에 드러났다.

"그 약국 사업이란 건 푼돈 벌이에 지나지 않지."

톰이 천천히 말을 이었다.

"월터가 겁이 나서 털어놓지 못하는 또 다른 수작을 당신은 꾸미고 있어."

내 시선이 데이지에게 향했다. 그녀는 놀라움을 넘어서서 공포에 질려 개츠비와 톰을 번갈아 보았고, 베이커는 턱 끝에 물체를 올려놓은 듯 균형 잡는 자세를 취하고 있었다.

나는 다시 개츠비에게 시선을 옮겼는데, 그의 표정을 보고 깜짝 놀랐다. 그의 정원에서 사람들이 쑥덕거리던 모략은 무시하더라도, 개츠비는 마치 살인이라도 한 사람의 표정의 짓고 있었다. 그의 표정은 정말 그렇게 밖에는 표현할 길이 없었다.

그러나 섬뜩한 표정은 곧 사라졌고, 그는 흥분해서 해명하기 시작했다. 톰의 말을 모두 부정하고, 아무도 입에 올리지 않은 비난에 대해 서까지 자신을 변호했다. 그러나 말을 할수록 데이지는 점점 더 멀어져 갔고, 결국 개츠비는 변명을 그만두고 말았다.

늦은 오후의 해가 저물어 가는 동안 깨어진 꿈만이 만질 수 없는 것을 붙잡으려고 애썼다. 불행하지만 절망하지도 않으면서, 방을 채우던 잃어버린 목소리를 찾으려고 안간힘을 다하고 있었다.

그 잃어버린 목소리의 주인공이 다시 집으로 가자고 애원을 했다.

"제발, 톰! 더는 못 참겠어요."

겁에 질린 데이지의 눈은 지금껏 힘겹게 지켜 왔던 의지나 용기가 다 사라졌다고 말하고 있었다.

"데이지, 개츠비의 차로 먼저 가."

톰이 말했다.

데이지는 놀란 눈으로 톰을 쳐다보았지만, 톰은 경멸감을 드러내며 둘이 가라고 고집했다.

"먼저 가. 저자가 당신을 괴롭히지는 않을 거야. 주제넘은 사랑 타령이 끝났다는 걸 알았을 테니 말이야."

두 사람은 아무 말 없이 홀연히 떠났다. 우연히 들렀던 사람들처럼, 마치 유령처럼, 그리고 우리의 동정심으로부터도 멀어졌다.

잠시 후 톰이 자리에서 일어나 위스키 병을 다시 수건에 싸기 시작했다.

"한잔할까?"

나는 아무 말도 하지 않았다.

"닉?"

톰이 다시 물었다.

"뭐라고 했지?"

"좀 마시겠냐고."

"아, 그러고 보니 오늘이 내 생일이네."

나는 이제 서른이 되었다. 앞으로 새로운 십 년이 펼쳐진다는 게 불안하고 두려웠다.

우리는 일곱 시쯤 톰과 함께 쿠페를 타고 롱아일랜드로 출발했다. 톰은 의기양양해서 웃기도 하고 기분이 좋아 쉴 새 없이 지껄였다. 그러나 베이커와 나에게 톰의 목소리는 길가에 스쳐 가는 외국인들의 알아들을 수 없는 중얼거림이나 머리 위를 달리는 고가 철도의 소음처럼 별 의미 없이 멀게만 느껴졌다.

인간의 공감에도 한계가 있기 마련이다. 우리는 그들의 비극적인 언쟁이 도시의 불빛과 함께 사라지는 것을 다행스럽게 생각했다.

서른 살. 외로운 십 년을 약속하는 나이. 독신자는 점점 줄어들며, 야망도 점차 흐려지고, 머리카락도 조금씩 가늘어지는 시기다. 그렇지만 지금 내 곁에는 베이커가 있었다. 데이지와는 달리 아주 지혜로운 여자, 잃어버린 꿈을 질질 끌고 다닐 어리석은 여자가 아니었다. 어두운 다리 위를 지나고 있을 때, 그녀는 창백한 얼굴을 내 어깨에 사뿐히 기댔다. 내 손을 부드럽게 감싸는 그녀의 손길에서 서른 살의 두려움도 사라져 가고 있었다.

우리는 서늘한 저녁노을을 뚫고 죽음을 향해 달려가고 있었다.

잿더미 골짜기 옆에서 카페를 운영하던 젊은 그리스 출신의 미카엘리스는 사건의 가장 중요한 목격자였다. 그는 다섯 시가 넘도록 한낮의 뜨거운 열기 속에서 낮잠을 자다가 정비소에 슬슬 걸어갔는데 윌슨이 사무실에서 시름시름 앓고 있는 것을 발견했다. 얼마나 심하게 앓았는지 얼굴은 하얀 머리 색깔만큼이나 창백했고 그 더위에도 온몸을 덜덜 떨고 있었다. 미카엘리스는 침대에 누우라고 권했지만 윌슨은 손님을 놓친다고 고집을 부렸다. 청년과 실랑이를 벌이는 동안 위층에서는 요란한 소리가 들렸다.

"집사람을 위층에 가뒀어."

윌슨이 차분히 설명했다.

"모레까지 가둬 놓을 거야. 그리고 우리는 떠날 작정이야."

미카엘리스는 깜짝 놀랐다. 사 년이나 옆집에 살았지만 윌슨에게 그런 용기가 있는 줄은 생각도 못했기 때문이다. 윌슨은 늘 지쳐 있었고, 일이 없을 때에는 문간 의자에 앉아 지나가는 사람과 자동차를 무기력하게 바라보고 있었다. 누가 말이라도 걸면 친절하지만 힘없는 웃음을 지었다. 그저 아내 뜻대로 휘둘리는 남자였다.

미카엘리스는 무슨 일이 있느냐고 물었지만 윌슨은 아무 말도 하지 않았다. 오히려 미카엘리스의 호기심이 의심을 불러일으켜 어느 날 몇 시에 뭘 하고 있었는지 따져 물었다. 미카엘리스가 불쾌감이 들던

차에, 카페 앞으로 노동자 몇 명이 지나가는 것을 보고는 나중에 다시 와야겠다고 생각하며 자리를 떴다. 그러나 결국 다시 가지는 못했다. 다른 이유가 있던 것은 아니고, 단순히 잊어버린 것뿐이었다. 오후 일곱 시가 조금 지나서 밖으로 나왔더니, 머틀이 아래층으로 내려와 윌슨한테 욕설을 퍼부으면서 소리를 지르고 있었다. 그 소리를 듣고는 아까 윌슨이 했던 말이 생각났다.

"어서 때려 봐!"

머틀이 울부짖었다.

"어디 해 보라고, 이 겁쟁이 자식아!"

잠시 뒤 머틀은 소리를 지르고 손을 흔들며 어두운 밖으로 뛰쳐나갔다. 윌슨이 자기 집 문간에서 움직이기도 전에 이미 사건은 끝나고 말았다.

신문에서 말하는 그 '죽음의 자동차'라고 불린 차는 멈추지 않았다. 그 차는 점점 더 짙어지는 어둠 속에서 나타나 아주 잠깐 비틀거리다가 다시 모퉁이를 돌아 사라졌다.

미카엘리스는 자동차의 색깔도 잘 기억하지 못했다. 제일 먼저 달려온 경찰에게는 밝은 녹색이라고 말했다. 뉴욕으로 가던 차가 약 90미터쯤 지나다 정지했고, 운전자가 황급히 차를 돌려 사고 현장에 도착했을 때 이미 머틀은 무참하게 목숨이 끊긴 채 검붉은 피와 먼지에

범벅이 되어 길바닥에 쓰러진 상태였다.

미카엘리스와 운전기사가 제일 먼저 머틀이 쓰러진 곳으로 달려갔다. 아직도 땀에 젖어 축축한 블라우스를 찢어 보니, 왼쪽 가슴이 떨어져 나가 헝겊 조각처럼 축 늘어져 너덜거리고 있었다. 심장 소리는 들어 볼 필요도 없었다. 입은 넓게 벌린 채 오랫동안 축적해 놓은 생명력을 한입으로 다 쏟아 내기에는 역부족이었는지 양쪽 가장자리가 찢겨져 있었다.

현장과는 꽤 떨어져 있음에도 불구하고 서너 대의 자동차와 사람들이 몰려 있는 것이 보였다.

"사고가 났나 봐!"

톰이 말했다.

"잘 됐네. 윌슨한테 일거리가 생겨서."

톰은 속력을 늦추긴 했지만 멈추지는 않았다. 그러나 현장이 점점 가까워지면서 모여 있는 사람들이 심각한 얼굴로 입을 나물고 있는 것을 보자, 자기도 모르게 브레이크를 밟았다.

"잠깐 보고 가자."

톰은 미심쩍은 표정으로 말했다.

"구경만 하자고."

바로 그때, 주유소 안에서는 침통한 울음소리가 끊임없이 들려오고

있었다. 우리가 쿠페에서 내려 문간으로 걸어가자 그 소리는 울부짖는 신음이 되어 "오, 세상에!"라는 통곡으로 바뀌었다.

"여기서 큰 사고가 났나 봐."

톰이 흥분하며 말했다.

톰은 까치발을 하고 사람들의 머리 너머로 주유소를 들여다보았다. 머리 위로 흔들리는 철제 바구니에 노란 전등만이 방 안을 비추고 있을 뿐이었다. 마침내 톰이 흥분하여 거칠게 소리를 치더니, 억센 팔로 사람들을 밀어젖히고 안으로 들어갔다.

사람들은 벌어졌던 틈새를 다시 메우고 모여들면서 투덜거렸다. 한동안 나는 아무것도 볼 수 없었다. 그러다 새로운 구경꾼들이 모여들어 줄을 흐트러뜨리자 베이커와 나도 느닷없이 안으로 떠밀려 들어갔다.

머틀의 시신은 더운 여름에 추위라도 탈까 봐 담요로 덮어 두었고, 그 위에 또 담요를 덧씌워 벽 옆의 작업대에 눕혀 두었다. 톰은 등을 돌린 채 꼼짝도 하지 않고 머틀의 시신을 굽어보고 있었다. 그 옆에서는 오토바이 경찰이 땀을 뻘뻘 흘리면서 수첩에 사람들의 이름을 받아 적었다가 다시 고쳐 적고 있었다. 처음에는 휑한 주유소에서 크게 울려 퍼지는 신음 소리가 어디서 나는지를 알 수 없었다. 잠시 후에 윌슨이 사무실의 높은 문턱 위해 서서 문설주를 잡고 몸을 흔드는 모

습이 보였다. 어떤 사람이 낮은 목소리로 얘기를 하며 어깨에 손을 얹어 주곤 했지만, 윌슨에게는 들리지도 보이지도 않는 것 같았다. 윌슨은 흔들리는 전등을 보다가 시선을 떨어뜨려 시체를 봤다가 또다시 전등 쪽으로 시선을 옮겼고, 그럴 때마다 끊임없이 목청껏 비명을 질렀다.

"오, 하느님! 하느님 맙소사, 오, 하느님! 오, 맙소사!"

별안간 톰이 고개를 쳐들고 흐릿한 눈으로 정비소 안을 둘러보더니, 경찰에게 다가가 두서없이 중얼거렸다.

"M, a, v……."

경찰이 말했다.

"o……."

"아니, r…… 다음에요."

어떤 사람이 정정했다.

"M, a, v, r……."

"이봐요, 내 말 좀 들어 보세요!"

톰이 날카롭게 말했다.

"r…… 다음에……."

경찰은 계속 중얼거리고 있었다.

"o……."

"g……."

"g……."

톰의 큼지막한 손이 경찰관의 어깨를 잡자 그는 고개를 쳐들었다.

"뭡니까?"

"무슨 일입니까? 설명 좀 해 줘요."

"여자가 차에 치였어요. 즉사했습니다."

"즉사했다고요?"

톰이 눈을 동그랗게 뜨며 되풀이했다.

"여자가 도로로 뛰어들었어요. 그 자식은 차를 멈추지 않았고요."

"차가 두 대였어요."

미카엘리스가 말했다.

"한 대는 오고 또 한 대는 가고, 무슨 말인지 알겠어요?"

"어디로 갔다고요?"

경찰이 날카롭게 물었다.

"두 대의 차가 각각 양쪽 방향으로 가고 있었어요. 근데 저 여자가……."

그의 손이 담요 쪽으로 올라갔다가 다시 옆구리로 내려왔다.

"저 여자가 길가로 뛰어들었고, 뉴욕에서 오던 차는 여자를 정면으로 들이받았어요. 시속 48킬로미터에서 64킬로미터는 됐을 겁니다."

"이곳 지명이 뭡니까?"

경찰이 물었다.

"뭐, 이름 같은 건 없어요."

피부색이 하얗고 옷을 잘 차려입은 흑인이 다가섰다.

"노란 차였어요."

흑인이 말했다.

"큰 노란 차였어요."

"사고를 목격했소?"

경찰이 물었다.

"아니, 보지는 못했소. 하지만 그 차가 저쪽에서 내 차를 지나쳤거든요. 64킬로미터가 넘는 속도로 내려갔습니다. 아마 80에서 96킬로미터는 될 겁니다."

"이리 오세요. 이름 좀 적어야겠소. 자, 비켜요."

이렇게 오가던 대화가 문간에서 몸을 흔들고 있던 윌슨에게 들린 것이 틀림없었다. 왜냐하면 그의 침통한 울음 사이로 새로운 사실이 흘러나왔기 때문이다.

"더 말할 필요도 없어. 그 차를 알고 있으니까!"

톰의 어깨 뒤로 근육이 뭉쳐 굳어지는 게 보였다. 톰은 재빨리 윌슨에게 걸어가서 그의 두 팔을 꽉 붙잡았다.

"정신 똑바로 차려."

톰은 무뚝뚝했지만 부드럽게 타일렀다.

윌슨은 톰을 보고 화들짝 놀랐다. 톰이 재빨리 몸을 받지 않았더라면 무릎을 꿇고 쓰러졌을지도 모른다.

"말 좀 들어."

톰이 윌슨을 붙잡고 흔들며 말했다.

"나는 지금 막 뉴욕에서 왔어. 그동안 얘기했던 쿠페를 갖다 주려고 지금 왔다고. 오늘 오후에 운전했던 그 노란 차는 내가 아니야. 알아들어? 나는 그 차를 하루 종일 보지도 못했다고."

흑인과 나만이 가까이에서 톰의 말을 겨우 들었지만, 경찰이 무슨 낌새를 알아챘는지 험상궂은 눈초리로 우리를 훑어보았다.

"지금 무슨 얘기를 하는 거요?"

경찰이 물었다.

"나는 이 사람의 친구입니다."

톰은 고개를 돌렸지만 여전히 윌슨을 붙잡고 있었다.

"사고를 낸 차를 알고 있답니다. 노란색 차라고 하더군요."

어떤 감을 잡았는지 경찰은 수상하다는 눈빛으로 톰을 이리저리 살폈다.

"당신 차는 무슨 색이요?"

"푸른색 쿠페입니다."

"우리는 지금 뉴욕에서 왔어요."

내가 말했다.

우리보다 얼마쯤 뒤에서 차를 몰았던 운전자가 그 말을 확인해 주자, 경찰은 다른 곳으로 얼굴을 돌렸다.

"자, 다시 정확하게 이름을 불러 주시겠어요?"

톰은 윌슨을 인형처럼 번쩍 들어 올려 사무실에 앉히고 나왔다.

"누가 여기서 좀 같이 있어 줘요."

톰은 명령조로 딱 잘라 말했다. 가장 가까이 서 있던 두 남자가 서로 쳐다보면서 마지못해 들어가는 것을 톰은 지켜보았다. 그러고는 문을 닫고 시체가 놓인 작업대 쪽을 피하여 계단을 내려왔다. 톰은 나를 스치면서 속삭였다.

"그만 가지."

좀 쑥스럽긴 하지만 우리는 톰의 억센 팔이 길을 터 주는 대로 군중 사이를 뚫고 나올 수 있었다. 혹시나 하는 기대로 불렀던 의사가 그제야 왕진 가방을 들고 헐레벌떡 달려오는 모습이 보였다.

톰은 처음에는 차를 천천히 운전하다가, 의사가 모퉁이를 돌아가는 것을 보고서는 가속 페달을 밟아 어둠을 뚫고 질주했다. 잠시 후, 거칠게 흐느끼는 소리가 들렸고 톰의 얼굴에는 눈물이 흐르고 있었다.

"이, 비겁한 놈!"

톰이 울먹였다.

"차를 세우지도 않다니."

어느새 바람에 스치는 나무들 사이로 톰의 집이 나타났다. 톰은 현관에 차를 세우고, 담쟁이넝쿨 사이로 환하게 불이 켜져 빛나고 있는 위층 창문을 올려다보았다.

"데이지가 왔네."

톰이 말했다. 차에서 내렸을 때 나를 힐끗 쳐다보며 이맛살을 약간 찌푸렸다.

"닉은 웨스트에그에 내려 줄 걸 그랬군. 오늘은 아무것도 할 수 없을 테니 말이야."

아까와는 달리 엄숙하고 단호한 태도였다. 달빛이 깔린 자갈길을 지나 현관으로 가면서도 톰은 냉정한 말투로 일을 처리했다.

"콜택시를 불러 줄게. 택시를 기다리는 동안 베이커와 저녁을 먹고 있어. 밥 생각이 있으면 말이야."

톰이 현관문을 열었다.

"자, 들어와."

"아니야, 괜찮아. 택시만 불러 줘. 밖에서 기다릴게."

베이커가 내 팔을 잡았다.

"닉, 들어가지 않을래요?"

"아니, 난 사양하겠어."

나는 몸도 마음도 편치 않아서 혼자 있고 싶었다. 그러나 베이커는 잠시 서성거렸다.

"겨우 아홉 시 삼십 분이에요."

베이커가 말했다.

이 집에 들어가느니 차라리 지옥을 가는 게 나을 것 같았다. 하루 종일 시달린 것만으로도 진절머리가 났다. 베이커도 나를 질리게 하는 건 마찬가지였다. 베이커는 내 기분을 눈치 챘는지, 갑자기 획 돌아서서 현관 계단을 뛰어올라 집으로 들어갔다. 나는 한동안 머리를 감싸고 앉아 있었다. 이윽고 안에서는 집사가 택시를 부르는 소리가 들렸다. 나는 대문에서 택시를 기다리려고 천천히 차도로 걸어갔다.

20미터도 못 가서 내 이름을 부르는 소리가 들리더니, 개츠비가 관목 덤불 사이에서 걸어 나왔다. 이때 나는 꽤 섬뜩한 기분을 느꼈다. 왜냐하면 달빛 아래에서 그의 분홍빛 양복이 유난히 빛난다는 것 외에는 아무 생각도 나지 않았기 때문이다.

"여기서 뭐해요?"

내가 물었다.

"그냥 서 있었소."

어쩐지 비열한 짓처럼 느껴졌다. 금방이라도 도둑질하러 집에 쳐들어갈 것만 같았다. 등 뒤의 컴컴한 나무들 사이로 험상궂은 얼굴, 울프심의 패거리들이 보인다고 해도 놀라지 않았을 것이다.

"길에서 사고 난 걸 보았소?"

잠시 후 개츠비가 물었다.

"네."

개츠비는 한동안 주저했다.

"그 여자는 죽었소?"

"네."

"그럴 줄 알았소. 데이지한테도 그렇게 말했어요. 충격은 한꺼번에 받는 게 나으니까. 그래도 데이지는 침착하게 잘 받아들이더군요."

개츠비는 데이지의 반응만이 중요한 문제인 양 말했다.

"나는 지름길로 웨스트에그에 갔어요."

개츠비는 말을 이었다.

"우리 집 차고에 차를 넣어 뒀어요. 아무도 본 사람은 없는 것 같아요. 물론 확신할 수는 없지만."

그 순간 개츠비가 너무 혐오스러워서 나는 어떤 말도 할 필요조차 느끼지 않았다.

"그 여자는 누구예요?"

개츠비가 물었다.

"머틀 윌슨이요. 그 정비소 주인이 남편입니다. 도대체 어쩌다가 그랬어요?"

"글쎄, 내가 핸들을 꺾으려는 순간……."

개츠비는 더 말을 잇지 못했다. 순간적으로 나는 진실을 직감했다.

"데이지가 운전하고 있었군요?"

"그렇소."

잠시 후에 개츠비가 대답했다.

"하지만 내가 운전했다고 말할 겁니다. 사실은 뉴욕에서 떠날 때, 데이지가 너무 흥분한 상태라 운전이라도 하면 좀 진정이 될까 생각했지요. 그런데 우리가 맞은편의 차와 엇갈리는 순간, 그 여자가 우리 차로 뛰쳐나온 겁니다. 너무나 순식간이었어요. 그 여자는 우리한테 무슨 말을 하려고 했던 것 같아요. 아마 우리를 아는 사람으로 착각한 것 같아요. 처음에 데이지는 그 여자를 피해서 마주 오는 차 쪽으로 핸들을 꺾었다가 그만 겁을 먹는 바람에 다시 핸들을 돌렸어요. 내 손이 핸들에 닿는 순간, 그 여자를 친 충격이 느껴지더군요. 아마 즉사했을 겁니다."

"몸이 갈기갈기 찢어졌어요."

"아, 말하지 마요."

개츠비는 몸을 움츠렸다.

"아무튼…… 데이지는 사람을 치고도 차를 세우지 않았어요. 내가 차를 세우려고 했지만 그게 안됐죠. 결국 내가 비상 브레이크를 당기자, 데이지는 내 무릎에 쓰러지고 말았어요. 그때부터는 내가 운전을 했어요."

"데이지는 괜찮을 거예요."

개츠비는 계속 말을 했다.

"오늘 언짢은 일로 톰이 데이지를 괴롭히지나 않을까, 걱정이 되서 좀 지켜보려고요. 데이지는 지금 방문을 걸어 잠그고 있어요. 톰이 폭력을 쓰려고 하면 불을 껐다가 다시 켜기로 약속했거든요."

"톰은 건드리지도 않을 겁니다."

내가 말했다.

"지금 톰에게 데이지는 안중에도 없어요."

"나는 톰을 믿을 수 없소."

"얼마나 더 기다릴 건데요?"

"필요하다면 밤이라도 샐 수 있어요. 어쨌든 다들 잠들 때까지는 있어야지요."

문득 새로운 생각이 내 머리를 스쳤다. 데이지가 운전했다는 사실

을 톰이 알게 된다면 어떻게 될까? 거기에 분명 어떤 관계가 있다고 생각할지도 모른다. 사실상 톰은 또 다른 생각이라도 할 수 있는 인물이었다. 나는 톰의 집을 올려다보았다. 아래층 창문 몇 군데에는 아직 불이 켜져 있었고, 위층의 데이지 방에서는 분홍빛 불빛이 새어 나오고 있었다.

"여기서 잠시 기다리세요."

내가 말했다.

"분위기를 좀 살펴보고 오겠소."

나는 잔디밭 가장자리를 따라 돌아가 자갈길을 가로질렀다. 그리고 발꿈치를 들어 베란다 계단을 조심스럽게 올라갔다. 거실 커튼이 열려 있고, 방 안은 텅 비어 있었다.

석 달 전, 그러니까 6월의 그날 밤 우리가 저녁 식사를 했던 베란다를 지나서 보이는 직사각형의 불빛을 따라갔다. 아마도 식당인 모양이었다. 차양이 내려져 있었으나 창문에 틈이 하나 보였다.

데이지와 톰이 식탁에 마주 앉아 있었다. 식탁에는 다 식어 버린 치킨 한 접시와 흑맥주 두 병이 놓여 있었다. 톰은 식탁 너머로 데이지에게 뭔가를 열심히 말하고 있었고, 손으로 데이지의 손을 감싸고 있었다. 이따금씩 데이지는 톰을 올려다보며 톰의 말에 수긍하는 듯이 고개를 끄덕였다. 둘 다 즐거운 표정은 아니었고 치킨이나 맥주는 손

도 대지 않았다. 그렇다고 불행해 보인 것도 아니었다. 그 모습에는 자연스러운 친밀감이 엿보였다. 누가 봐도 무슨 음모를 꾸미는 장면이라고 생각했을 것이다.

까치발로 조용히 걸어 나오고 있을 때, 택시가 어둠 속에서 천천히 집을 향해 들어오는 소리가 들렸다. 개츠비는 나와 헤어진 그 자리에 그대로 있었다.

"다들 조용해요?"

개츠비는 걱정스럽게 물었다.

"네, 조용해요."

나는 망설이다가 말을 이었다.

"집에 돌아가서 좀 주무시는 게 좋을 것 같네요."

개츠비는 고개를 저었다.

"데이지가 잠들 때까지 기다릴 거요. 먼저 가세요."

그는 웃옷 주머니에 손을 찔러 넣고 진지하게 집 안의 동정을 살피기 시작했다. 마치 내가 자신의 신성한 불침번에 흠집이라도 되는 태도로 말이다. 나는 걸어 나왔다. 개츠비는 달빛 아래 서서 아무 일도 일어나지 않을 집을 마냥 지켜보고 있었다.

8

나는 밤새도록 잠을 이룰 수가 없었다. 바다에서는 끊임없이 경보가 울렸고, 괴이한 현실과 사나운 꿈자리에 시달려 엎치락뒤치락했다. 새벽녘에 개츠비의 저택으로 택시가 올라가는 소리가 들렸다. 나는 곧장 일어나 옷을 입었다. 그에게 할 말이 있었다. 조심하라고 일러둬야 하는데 아침이 되면 늦을 것 같았다.

잔디밭을 가로질러 가 보니 현관문이 열려 있었다. 개츠비는 상심에 젖었는지 졸음이 몰려온 건지 테이블에 기대고 축 늘어져 있었다.

"아무 일도 없었어요."

개츠비는 힘없이 말했다.

"밤새 기다렸어요. 새벽 네 시쯤 데이지가 창가에 잠시 서 있더니 불을 끄더군요."

우리는 담배를 찾으려고 방들을 헤매고 다녔는데, 그날 밤처럼 개츠비의 집이 크게 느껴진 적이 없었다. 큰 천막 같은 커튼을 열어젖히고 전등 스위치를 찾느라 어둠 속에서 한참이나 벽을 더듬어야 했다. 나는 뭔가에 걸려 넘어지는 바람에 피아노 건반을 건드려 요란한 소

리를 내기도 했다. 집 안 구석구석에는 먼지가 수북이 쌓여 있었고, 방들은 오랫동안 통풍을 안 시켰는지 곰팡이 냄새가 역하게 풍겼다. 처음 보는 테이블에서 담배 상자를 찾았는데, 그 안에는 오래 되어 바싹 마른 담배 두 개비가 들어 있었다. 우리는 거실 창문을 활짝 열고 어둠 속에서 담배를 피웠다.

"여길 떠나야 합니다."

내가 말했다.

"당신 차를 추적할 게 틀림없어요."

"지금 당장이요?"

"일주일 정도 애틀랜틱시티에 가든지, 아니면 몬트리올로 가서 있어요."

개츠비는 그러려고 하지 않았다. 개츠비는 데이지의 생각을 알기 전에는 떠날 수 없다는 것이었다. 마지막 희망의 끈을 부여잡고 있는 개츠비에게, 차마 그것조차 떨어지게 할 수는 없었다.

댄 코디와 함께 보낸 특이한 청년기를 이야기 해 준 건 바로 그날 밤이었다. 그 이야기를 꺼낸 이유는 개츠비의 꿈이었던 'J. 개츠비'가 톰의 매정한 악의에 부딪혀 유리 조각처럼 산산이 부서졌기 때문이다. 오랜 세월 간직한 은밀한 희망이 이제는 완전히 막을 내렸다는 뜻이다. 지금 생각하면 그는 무슨 얘기라도 숨김없이 털어놓을 수도 있

었지만, 개츠비는 데이지에 대해서만 얘기하고 싶어 했다.

데이지는 개츠비가 알던 어떤 여자들보다 고상하고 괜찮은 여자였다. 개츠비는 여러 여자들을 만났지만 그들과의 관계에는 언제나 보이지 않는 거리감이 있었다. 그러나 데이지는 주체할 수 없을 정도로 개츠비의 가슴을 두근거리게 만들었다.

처음에는 캠프 테일러의 다른 장교들과 함께 데이지의 집에 놀러 갔지만 나중에는 혼자서 찾아갔다. 데이지의 집은 환상적이었다. 개츠비는 그렇게 아름다운 집을 본 적이 없었다. 그러나 멋진 집보다 더욱 가슴을 설레게 한 것은 바로 그 집에 데이지가 살고 있다는 사실이었다. 개츠비에게 천막의 막사가 자연스러운 것처럼 데이지에게는 그 집이 일상이었다. 데이지의 집에는 어떤 신비로움이 감돌고 있었다.

위층에는 너무나 아름답고 시원한 침실이 자리하고, 복도에는 늘 즐거운 일들만 가득할 것 같았다. 게다가 케케묵은 로맨스가 아니라, 최신형 고급차의 향기를 뿜어내는 따끈따끈하고 생생한 로맨스가 펼쳐지고, 조금도 시들지 않은 꽃봉오리들이 춤을 출 것만 같았다. 벌써 많은 남자들이 데이지에게 마음을 빼앗겼다는 것도 개츠비를 자극하는 요소였다. 데이지의 가치가 그만큼 커 보였기 때문이다. 지금도 남자들이 집 안 여기저기 둘러서서 두근거리는 감정을 발산하고 있다는 느낌을 받았다.

그러나 개츠비가 데이지네 집을 방문한 것은 우연이었다. 개츠비는 그걸 너무나 잘 알고 있었다. 제이 개츠비로서의 장래가 아무리 찬란하더라도, 현재 자신의 모습은 너무나 초라한 젊은이에 불과했다. 그나마 자신의 정체를 감추는 군복도 언제 벗겨질지 모를 일이었다. 그래서 개츠비는 주어진 시간을 최대한 이용했다. 가질 수 있는 것은 염치 불구하고 뭐든지 챙기기 바빴다. 10월의 어느 날 밤, 개츠비는 데이지의 손을 잡을 만한 자격이 없다는 이유로 그녀를 가졌다.

개츠비는 거짓된 가면으로 데이지를 차지했기 때문에 스스로를 경멸할 수도 있었다. 그가 있지도 않은 돈을 미끼로 흥정을 했다는 뜻이 아니라, 은연중에 데이지가 그렇게 믿도록 유도했다. 자신도 그녀와 같은 상류층 출신이고, 그녀의 장래를 충분히 책임질 수 있는 것처럼 믿음과 안정감을 심어 준 것이다. 사실 개츠비에게는 그럴 만한 능력이 없었다. 그에게는 풍족한 집안의 뒷받침도 없었으며, 악랄한 정부에 의해 언제든 다른 나라로 보내질 수 있는 신세였다.

그러나 개츠비는 자신을 경멸하지도 않았고, 상상한 대로 일이 되지도 않았다. 아마도 모든 걸 손에 넣으면, 개츠비는 순순히 떠날 생각이었는지도 모른다. 그러나 이제는 자기가 성배(聖杯)를 찾아 헤매는 처지가 되었다는 걸 깨달았다. 데이지가 평범한 여자가 아니라는 건 알고 있었지만, 그렇게 괜찮은 여자가 사실 얼마나 비범한지는 미

처 깨닫지 못했던 것이다. 데이지는 화려한 집과 부유하고 풍족한 생활 속으로 사라져 버렸다. 결국 개츠비에게는 아무것도 남는 것이 없었다. 그저 데이지와의 결혼을 꿈꾼 것, 오직 그것이 전부였다.

이틀 뒤 데이지를 다시 만났을 때, 가슴이 설렌 것도 배신감을 느낀 것도 개츠비였다. 데이지의 집 현관은 사치스러운 등불로 화려하게 빛나고 있었다. 데이지가 개츠비에게 몸을 돌리자, 그는 그녀의 입술에 키스했다. 고리버들로 만든 의자가 멋대로 삐걱거렸다. 감기에 걸린 데이지의 목소리는 유난히 허스키한 소리를 냈고, 여느 때보다 더 매력적으로 들렸다. 개츠비는 부유함 속에서 젊음과 돈이 유지된다는 것, 데이지의 화려한 옷가지, 은빛으로 빛나는 신선한 생동감이 가난한 이들의 처절한 삶과는 무관하게 평화로운 삶을 유지할 수 있다는 사실에 완전히 압도되었다.

"데이지를 사랑한다는 걸 알았을 때 나 스스로도 얼마나 놀랐는지 몰라요. 오히려 데이지가 나를 버려 주길 바랐죠. 그런데 데이지는 그러지 않았어요. 그녀도 나를 사랑하고 있었죠. 그녀는 자기가 모르는 걸 내가 알고 있었기 때문에 나를 박식하다고 여기는 것 같았어요. 아무튼 점점 내 야망도 잊어버리고 더 깊은 사랑에 빠져들었어요. 어느덧 나도 모든 일에 대해서 무관심하게 변했어요. 그녀에게 앞으로 내

가 할 일을 들려주는 것만으로도 행복이 넘치는데, 대단한 일을 하는 게 무슨 의미가 있겠어요?"

개츠비가 외국으로 떠나기 전날 오후, 그는 데이지를 껴안고 오랫동안 아무 말 없이 앉아 있었다. 쌀쌀한 가을이라 방에는 난로를 피웠고, 데이지의 볼은 뜨겁게 달아올랐다. 가끔 그녀가 움직이면 개츠비도 팔의 위치를 조금씩 바꾸어 편하게 해 주었고, 검게 빛나는 데이지의 머리칼에 입을 맞추기도 했다. 오랜 이별을 위해 추억이라도 만들어 주려는 듯 그날 오후는 아주 조용했다. 데이지는 조용히 개츠비의 어깨에 입을 맞췄고, 개츠비는 데이지가 잠들어 있는 것처럼 손가락 끝을 살며시 어루만졌다. 한 달간 사랑을 속삭였던 두 사람이 그날만큼 가깝게 서로를 깊이 마음에 새긴 적은 없었다.

전쟁 중에 개츠비의 활약은 놀라울 정도로 대단했다. 전선에 배치되기 전에 이미 대위로 진급했고, 아르곤 전투 후에는 소령으로 진급하여 사단의 기관총 대대를 지휘했다. 휴전이 되자 개츠비는 귀국하려고 무진 애를 썼지만, 행정 착오 때문이었는지 옥스퍼드로 파견되었다. 개츠비는 걱정이 이만저만이 아니었다. 데이지의 편지가 절망적인 표현으로 가득 차 있었기 때문에 불안했다. 데이지는 개츠비가 귀국하지 못하는 이유를 이해할 수 없었다. 게다가 외부의 압력도 있었기 때문에 데이지는 개츠비가 곁에 있기를 원했다. 그리고 무엇보

다 그녀는 자신이 정당했다고 확인받고 싶었다.

데이지는 젊고 아름다웠으며, 그녀의 세계는 난초 향과 즐겁고 유쾌한 속물근성의 냄새로 가득했다. 오케스트라는 슬픔과 인생에 대한 암시를 새로운 리듬의 곡조로 만들어 연주하는 분위기를 풍겼다. 밤새도록 색소폰들이 '빌 스트리트 블루스'의 절망적인 가사를 흐느끼며 부르는 동안, 은색의 화려한 수백 켤레의 실내화는 반짝이는 먼지를 흩날리며 빠른 스텝으로 춤을 추었다. 어스름 무렵의 티타임에는 언제나 방마다 나지막하고 달콤한 열기로 가슴이 요동치는 것 같았고, 슬픈 나팔 소리에 날려서 방바닥에 흩어지는 장미 꽃잎처럼 여기저기 새로운 얼굴들이 돌아다니고 있었다.

계절이 바뀌면서 데이지는 사교계에 드나들기 시작했다. 하루에 남자를 대여섯 명이나 만나서 데이트를 하고, 새벽녘이 되어서야 화려한 이브닝드레스를 침대 머리맡에 놓인 시들어 가는 난초 사이에 아무렇게나 벗어던지고는 잠이 들곤 했다. 그러면서도 항상 마음속으로는 어떤 결단을 요구하는 외침이 들렸다. 그리고 그런 결정은 어떤 힘으로 내려질 수밖에 없는 것이었다. 사랑이나 돈, 아니면 의문의 여지가 없는 현실적인 이유와 같은 불가항력에 의해 이루어져야 했다. 그리고 그것들은 모두 그녀의 곁에 있었다.

완연한 봄이 되었을 무렵, 톰의 등장이 바로 그 힘이 되었다. 톰의

외모와 지위는 데이지의 마음에 꼭 들었다. 그의 됨됨이나 사회적 위치의 무게감에 데이지는 우쭐해졌다. 물론 데이지가 어느 정도 갈등을 겪은 것은 사실이지만 약간의 안도감을 찾은 것은 분명했다.

어느새 롱아일랜드에도 새벽이 밝았다. 우리는 아래층의 창문들을 활짝 열고 잿빛과 금빛의 새벽 햇빛으로 집 안을 가득 채웠다. 이슬 위에 한 그루의 나무 그림자가 드리워지고, 푸른 나뭇잎 사이로 새들이 지저귀기 시작했다. 바람이 불지 않는 대기에는 여유 있고 상쾌한 기운이 감돌아 시원하고 화창한 날씨를 예고하고 있었다.

"데이지가 톰을 사랑했다고 생각하지 않습니다."

창가에 서 있던 개츠비가 내게로 몸을 돌리며 자신 있는 눈빛으로 나를 쳐다보았다.

"어제는 데이지가 몹시 흥분했던 거 기억하죠? 그 친구가 그렇게 얘기를 하니까 데이지가 놀란 거예요. 나를 마치 형편없는 사기꾼인 것처럼 몰아세웠지요. 결국 데이지는 자기가 무슨 말을 하는지도 몰랐던 겁니다."

그는 침울하게 의자에 주저앉았다.

"물론 신혼 때는 사랑했을 지도 모르지요. 그렇지만 그때조차 나를 더 사랑하고 있었어요. 알겠어요?"

그러고는 느닷없이 엉뚱한 이야기를 꺼냈다.

"어쨌든 그건 개인적인 문제일 뿐이에요."

이건 또 무슨 말인가? 다만 지금 개츠비는 상상할 수도 없을 정도로 강렬한 감정에 휩싸여, 그 사건에 지나치게 집착하고 있다고 해석할 수밖에 없었다.

아직 톰과 데이지가 신혼여행 중이었을 때, 개츠비는 프랑스에서 돌아와 마지막 봉급을 털어 루이빌로 여행을 떠났다. 심정은 참혹했지만 그렇게 하지 않고는 견딜 수가 없었다. 일주일 동안 머물면서, 11월의 밤에 데이지와 함께 또각또각 발소리를 내며 거닐었던 거리를 서성거렸고, 그녀의 하얀 차로 드라이브를 했던 한적한 교외도 찾아가 보았다. 그녀의 집이 다른 어떤 집보다 신비롭고 즐겁게 느껴졌던 것처럼 개츠비에게 루이빌은 지금도 우울하면서도 아름다운 도시로 남아 있었다.

개츠비는 루이빌을 떠나면서, 좀 더 애를 쓴다면 그녀를 찾을 수 있을지도 모른다는 희망을 품었다. 어쩐지 데이지를 남겨 두고 떠나는 느낌이 들었던 것이다. 그의 주머니는 한 푼도 없어 가벼웠고, 일반 객차는 몹시 더웠다. 그는 객차의 연결 복도로 나가서 접이식 의자에 앉았다. 역은 점차 멀어지고 낯선 건물의 뒷모습이 스쳐 갔다. 기차가 봄의 들판에 들어서자, 사람들을 태운 노란 전동차가 열차와 경주하듯

나란히 달렸다. 전차에 탄 사람들은 거리를 지나다 하얗고 매력적인 데이지의 얼굴을 마주쳤을지도 모른다. 개츠비는 데이지에 대한 미련을 떨치지 못했다.

철로가 곡선을 그리며 꺾이자 서서히 태양도 멀어지고 있었다. 햇볕은 점점 낮게 기울고, 한때 데이지가 숨을 쉬던 사라져 가는 도시 위에 축복의 빛을 뿌리고 있었다. 개츠비는 한 줌의 공기라도 움켜쥐려고 필사적으로 손을 뻗었다. 그러나 눈물에 흐려진 그의 눈에는 모든 게 너무나 빨리 지나가고 있었다. 그때 그는 그곳에서 가장 순수하고 아름다웠던 순간을 영원히 잃어버렸다는 사실을 깨달았다.

우리가 아침을 먹고 밖으로 나갔을 때는 벌써 아홉 시였다. 하룻밤 사이에 날씨가 바뀌어서 대기에는 완연한 가을 기운이 감돌고 있었다. 개츠비의 하인들 중에서 유일하게 남아 있던 정원사가 현관 계단 밑으로 다가왔다.

"저, 오늘은 수영장의 물을 뺄까 하는데요. 낙엽이 떨어지기 시작하면 배수구에 문제가 생기거든요."

"오늘은 그냥 둬요."

개츠비가 대답했다. 그리고 변명하듯 내 쪽으로 몸을 돌렸다.

"이번 여름에는 수영장을 한 번도 사용하지 못했거든요. 우습죠?"

나는 시계를 보면서 자리에서 일어섰다.

"기차 시간이 십이 분밖에 남지 않았네요."

그날은 왠지 시내에 가고 싶지 않았다. 별로 일이 없기도 했지만, 사실은 더 중요한 이유가 있었다. 개츠비를 혼자 두고 싶지 않았기 때문이다. 나는 그 기차를 보내고, 다음 기차까지 놓친 후에야 어쩔 수 없이 개츠비의 집을 나섰다.

"전화할게요."

내가 말했다.

"그래요."

"열두 시쯤 전화를 걸게요."

우리는 천천히 계단을 걸어 내려갔다.

"데이지도 전화하겠죠."

개츠비는 내가 그 말을 뒷받침해 주길 바라는 간절한 눈빛으로 나를 바라보았다

"그럴 겁니다."

"그럼, 조심히 가세요."

나는 악수를 하고는 집을 떠났다. 울타리에 이르기 직전, 나는 갑자기 떠오르는 생각이 있어서 돌아섰다.

"그 인간들은 썩어 빠진 속물이에요."

나는 잔디밭 너머로 소리쳤다.

"당신이 그 인간들을 다 합친 것보다 더 가치가 있는 사람입니다."

나는 지금까지도 그때 그렇게 외친 것을 잘한 일이라 생각한다. 사실 처음부터 끝까지 그의 행동을 좋게 보지 않았기 때문에 그 말은 개츠비를 향한 유일한 칭찬이었다.

개츠비는 처음에는 정중하게 고개를 끄덕이더니, 곧이어 얼굴에 밝은 웃음이 피어났다. 마치 그 점에 대해서 진작부터 공모라도 했던 것처럼 알아들었다는 미소를 보였다. 개츠비의 우아한 분홍 양복이 하얀 돌계단을 배경으로 밝은 무늬를 만들고 있는 모습을 보자, 나는 석 달 전에 이 저택을 처음 방문했던 밤이 떠올랐다. 그날 잔디밭과 진입로에는 그를 불신하면서 온갖 무성한 추측을 지어내는 사람들로 가득 차 있었다. 그리고 개츠비는 저 계단에 서서 절대 부패할 수 없는 순수한 꿈을 간직한 채, 그들에게 손을 흔들어 작별을 고하고 있었던 것이다.

나는 그의 환대에 고맙다는 인사를 했다. 그러고 보니 우리는 언제나 항상 그에게 고맙다는 인사를 했다. 나, 그리고 다른 사람들 모두.

"안녕히 계십시오."

내가 외쳤다.

"아침 잘 먹었어요. 개츠비 씨."

뉴욕으로 돌아온 나는 한동안 끝도 없이 전달되는 주식 시세표를 작성하느라 애쓰다가 그만 회전의자에 앉은 채 잠이 들었다. 점심시간 바로 직전에 전화 소리에 잠이 깨서 벌떡 일어났다. 이마에는 땀방울이 흘러내리고 있었다. 전화를 건 사람은 베이커였다. 그녀는 종종 이 시간에 전화를 걸었다. 확실한 일정을 세우지 않고 호텔과 골프장, 친구들의 집을 오가는 생활 때문에 마땅히 전화할 시간을 내기 어려웠을 것이다. 전화 속 베이커의 목소리는 여느 때와 좀 달랐다. 보통 때는 골프장의 푸른 잔디 조각이 사무실 창문으로 날아드는 것처럼 상쾌하고 시원하게 느껴졌는데, 왠지 그날은 거칠고 메마른 목소리였다.

"데이지의 집에서 나왔어요."

그녀가 말했다.

"지금 헴스테드 호텔에 묵고 있는데, 오후에는 사우샘프턴으로 내려갈 생각이에요."

데이지의 집에서 나온 것이 영리한 행동일 수는 있지만, 나는 그녀의 행동이 불쾌하게 느껴졌고, 연이은 베이커의 말은 나를 섬뜩하게 했다.

"어젯밤에 당신은 나한테 친절하지 않았어요."

"그 상황에서 그게 중요합니까?"

잠시 침묵이 흘렀다. 그리고 베이커가 말했다.

"하지만 당신을 만나고 싶어요."

"나도 만나고 싶소."

"사우샘프턴으로 가지 말고 시내로 나갈까요?"

"아니, 아무래도 오늘 오후는 어려울 것 같소."

"알았어요."

"오늘 오후는 도저히 안 되겠어요. 여러 가지로……."

우리는 한동안 이렇게 말을 주고받다가 갑자기 둘 다 입을 다물고 말았다. 어느 쪽이 먼저 전화를 끊었는지 모르겠지만, 아무래도 상관없었다. 다시는 베이커와 이야기를 할 수 없게 된다고 해도 그날만큼은 차나 마시면서 한가하게 노닥거리고 있을 수가 없었다.

몇 분 후에 개츠비에게 전화를 걸었지만 계속 통화 중이었다. 네 번이나 걸었더니 급기야 화가 난 교환수가 그 번호는 디트로이트에서 장거리 전화를 기다리고 있는 중이라고 알려 주었다. 나는 기차 시간표를 꺼내서 세 시 오십 분 열차에 조그만 동그라미를 그렸다. 그리고 의자에 푹 기대앉아 생각해 보려고 애썼다. 이때가 바로 정오였다.

그날 아침 잿더미 골짜기를 지날 때 나는 일부러 객석의 맞은편으로 바꿔 앉았다. 그곳에는 호기심 많은 사람들이 하루 종일 모여 있고, 아이들은 먼지를 뒤집어쓴 채 검은 핏자국을 찾을 것이며, 남 얘기를 즐기는 수다쟁이들은 수없이 되풀이하다 마침내 그 사건은 현실감

을 잃어 더 이상 말하지 않고 입을 다물게 될 것이다. 그런 후에야 머틀 윌슨의 비극적인 사건도 잊힐 것이다. 여기에서 잠시 뒤로 돌아가, 전날 밤 우리가 떠난 다음에 머틀의 정비소에서 일어난 일에 대해 말해야 할 것 같다.

경찰들은 머틀의 여동생 캐서린을 찾느라고 한참이나 헤맸다. 그날 밤, 캐서린은 술을 마시지 않겠다는 스스로의 다짐을 깼던 모양이다. 머틀의 가게에 도착했을 때에는 이미 정신없이 취해서 구급차가 머틀을 싣고 플러싱[24]으로 떠났다는 말도 제대로 알아듣지 못했다. 겨우 알아듣게 설명을 했더니 그만 기절하고 말았다. 어떤 사람이 친절인지 호기심인지 모르지만, 아무튼 캐서린을 자기 차에 태워 언니의 시신을 쫓아가 주었다.

자정이 한참 지난 뒤에도 구경꾼들이 머틀의 정비소에 밀어닥치는 동안, 머틀의 남편 조지 윌슨은 사무실의 긴 소파에 앞뒤로 몸을 흔들며 앉아 있었다. 사무실이 마냥 열려 있어서 가게에 들어오는 사람은 누구나 그 안을 들여다보지 않을 수 없었다. 결국 누군가가 윌슨의 체면을 생각해 문을 닫아 주었다. 미카엘리스와 몇몇 사람이 윌슨과 함께 있었는데, 처음에는 네댓 명이다가 나중에는 두세 명으로 줄었다. 시간이 더 흐르자 미카엘리스가 마지막으로 남아 있는 낯선 남자에게 가게에 돌아가서 커피를 끓여 올 때까지 십오 분만 더 기다려 달라고

부탁했다. 그 뒤로는 혼자 남아 새벽 늦게까지 윌슨과 함께 있었다.

새벽 세 시쯤 되자 윌슨의 두서없는 중얼거림에 변화가 일어났다. 차분해지면서 노란 차 이야기를 꺼내기 시작했다. 그는 노란 차가 누구의 소유인지 알아낼 방도가 있다고 큰소리치면서, 두 달 전에 아내 머틀이 시내를 다녀왔는데 얼굴이 맞은 것처럼 멍이 들어 코가 부어서 온 적이 있었다는 말도 털어놓았다.

하지만 자기가 무슨 말을 했는지 깨닫고는 몸을 덜덜 떨면서 "아, 하느님 맙소사!"라고 울부짖기 시작했다. 미카엘리스가 그를 달래고 위로하느라 애를 먹었다.

"결혼한 지는 얼마나 됐어요? 조용히 앉아서 제가 묻는 말에 대답 좀 해 보세요. 결혼한 지 얼마나 되셨어요?"

"십이 년 됐어."

"아이는요? 가만히 좀 있어요. 아이는 있었나요?"

겉이 딱딱한 갈색 딱정벌레들이 자꾸만 날아와 희미한 선등에 부딪치는 소리를 냈다. 밖에서 자동차들이 지나가는 소리가 들릴 때마다, 미카엘리스는 몇 시간 전에 사고를 내고 그냥 달아났던 자동차가 떠올랐다. 머틀의 시신이 누워 있던 작업대에는 아직도 피딱지가 묻어 있어서 정비소에는 들어가고 싶지 않았다. 때문에 사무실 주위만 계속 서성이고 있었는데, 그 덕분에 아침이 밝아 오기 전까지 사무실 안

의 물건들을 모조리 기억할 수 있었다. 그리고 때때로 윌슨을 진정시키기도 했다.

"가끔이라도 나가는 교회가 있어요? 오랫동안 발길을 끊었던 교회라도 있으면, 제가 전화해서 목사님을 좀 오시게 하면 어떨까요? 이야기라도 나누면 좋을 것 같은데요."

"아무 교회도 안 다녀요."

"이런 때를 대비해서 교회를 다녀야 하는 거예요. 한 번도 나간 적 없어요? 결혼식은 교회에서 하지 않았어요? 윌슨, 내 말 좀 들어봐요. 결혼식은 교회에서 하지 않았어요?

"아주 옛날 일이지."

그나마 대답을 하려고 노력한 바람에 앞뒤로 몸을 흔들던 리듬이 깨졌다. 잠시 말이 없었다. 그러나 곧이어 반은 아는 것 같고, 또 반은 정신이 나간 것처럼 보이기도 하는 멍한 눈빛으로 돌아왔다.

"기기 시랍을 좀 봐요."

윌슨이 책상을 가리키며 말했다.

"어디요?"

"그 서랍, 그거 말이오."

미카엘리스는 제일 가까운 서랍을 열었다. 안에는 가죽과 은실을 꼰 값비싼 개 줄 말고는 아무것도 없었다. 개 줄은 새 것 같았다.

"이거요?"

미카엘리스가 개 줄을 들어 올리며 물었다.

윌슨이 쳐다보고는 고개를 끄덕였다.

"어제 오후에 발견했어요. 머틀이 무슨 얘기를 하려고 했는데 좀 이상하다는 생각이 들었소."

"부인이 이걸 사셨다는 말씀이세요?"

"마누라가 화장지로 싸서 화장대 위에 올려놨거든."

미카엘리스가 보기에는 이상한 점을 발견할 수 없었다. 그래서 머틀이 개 줄을 살 만한 이유를 몇 가지 제시했다. 그러나 윌슨은 머틀한테서도 그런 설명을 이미 들었는지, "오, 하느님 맙소사!"라고만 중얼거렸다. 그 바람에 다른 위로의 말들은 허공으로 날아가고 말았다.

"그러니까 그자가 머틀을 죽였어."

윌슨의 입이 갑자기 쩍 벌어지더니 말이 나왔다.

"누가 죽였다고요?"

"알아낼 방법이 있어."

"아저씨는 지금 제정신이 아니에요."

그가 말했다.

"이번 일로 너무 놀라서 무슨 말을 하는지 모르고 계세요. 아침까지 그냥 조용히 쉬는 게 좋겠어요."

"그놈이 머틀을 무자비하게 죽였다고."

"그건 사고였어요."

윌슨은 고개를 강하게 흔들었다. 두 눈을 가늘게 뜨고 입을 벌리면서 "흠!" 하고 귀신같은 소리를 냈다.

"난 알아."

윌슨은 명확하게 말했다.

"난 원래 악의가 없어서 사람 말을 잘 믿지. 그리고 남들한테 해를 끼치는 일은 하지 않아. 그렇지만 내가 뭘 안다고 말하면 그건 진짜 아는 거야. 바로 그놈이 차에 타고 있었던 거야. 마누라가 그놈한테 얘기를 하려고 뛰쳐나갔는데, 그자는 차를 세우지 않았던 거야."

미카엘리스도 그 장면을 목격하긴 했지만 거기에 무슨 특별한 의미가 있는 줄은 몰랐다. 그 차를 세우려고 했다기보다는 단지 남편한테서 벗어나려고 도망치는 줄 알았다.

"머틀이 왜 그랬을까요?"

"교활한 여자."

윌슨은 그게 대답이라도 되는 것처럼 말했다.

윌슨은 다시 몸을 흔들기 시작했고, 미카엘리스는 개 줄을 비비 꼬면서 서 있었다.

"어디 전화 걸어 드릴 만한 친구는 없어요?"

참 허탈한 질문이었다. 윌슨에게 친구가 없다는 것은 그도 잘 알고 있는 사실이었다. 친구는커녕 아내도 감당하지 못하는 사람이었다. 얼마쯤 지나자 창가에 푸른빛이 되살아나면서 방 안 분위기가 달라졌고, 새벽이 멀지 않았음을 알게 되자 미카엘리스의 기분도 좀 나아졌다. 다섯 시쯤에는 전등을 꺼도 될 만큼 날이 밝았다.

윌슨의 멍한 시선은 잿더미 골짜기를 향했다. 작은 잿빛 구름들이 환상적인 모습으로 새벽바람에 이리저리 떠돌고 있었다.

"내가 마누라에게 말했지."

윌슨은 한참 동안 조용히 있다가 이윽고 말을 꺼냈다.

"나를 속일 수 있을지는 몰라도, 하느님을 속일 수는 없다고 말이오. 나는 머틀을 창가로 데리고 갔어."

그는 힘겹게 자리에서 일어나 뒤쪽 창가로 걸어가 얼굴을 창문에 바싹 밀착시켰다.

"하느님은 당신이 한 일을 알고 있어. 당신이 한 짓 모두. 당신이 나를 속일 수는 있어도, 그분을 속일 수는 없어!"

뒤에 서 있던 미카엘리스는 윌슨이 닥터 에클버그의 눈을 쳐다보고 있는 것을 보고 깜짝 놀랐다. 에클버그의 눈은 서서히 사라지는 어둠 속에서 창백하고 거대한 모습을 드러내고 있었다.

"주님은 모든 것을 보고 계셔."

윌슨은 같은 말을 반복했다.

"저건 광고판이에요."

미카엘리스가 말했다. 때마침 미카엘리스는 창문에서 시선을 돌려 방을 둘러보았다. 윌슨은 창에 얼굴을 바싹 대고 새벽 어스름을 뚫고 올라오는 일출을 향해 머리를 끄덕이며 오래오래 그 자리에 서 있었다.

오후 여섯 시가 되자 미카엘리스는 너무 지쳐 녹초가 되었다. 바깥에서 차 소리가 들리자 그렇게 반가울 수가 없었다. 찾아온 사람은 어젯밤 같이 자리를 지키다가 아침에 다시 오겠다고 약속했던 경비원이었다. 미카엘리스가 아침 식사를 준비했지만, 윌슨이 먹으려 하지 않아 결국 둘만 조용히 아침을 먹었다. 윌슨이 좀 진정된 것 같아서 미카엘리스는 눈 좀 붙이려고 집으로 돌아갔다. 네 시간 뒤에 깨어나 다시 정비소로 달려갔는데 윌슨은 보이지 않았다.

나중에 윌슨의 행방을 추적했더니, 하루 종일 거리를 걸어 다녔다고 했다. 먼저 포트 루스벨트에 갔다가, 다음에는 개즈힐에 가서는 샌드위치 하나를 샀지만 먹지는 않고, 커피만 한 잔 마셨다. 너무 지쳐 느릿느릿 걸었던지 개즈힐에 닿은 것은 정오가 지나서였다. 그런대로 여기까지는 어떻게 시간을 보냈는지 설명하기가 어렵지 않다. '약간 맛이 간 듯이 행동하는' 사람을 보았다는 아이들도 있고, 길가에서 이

상한 눈으로 사람들을 째려봤다고 말하는 운전기사들도 있었다.

그 뒤로 세 시간 동안 그는 자취를 감췄다. 미카엘리스에게 "알아내는 방법이 있어"라고 했던 말을 근거로, 경찰은 아마도 근처 정비소를 일일이 들러 노란 차의 행방을 찾아다녔을 거라고 추측하기도 했다. 그러나 정비소에서 윌슨을 본 사람은 한 명도 없었다. 어쩌면 윌슨에게는 알고 싶은 것을 더 쉽고 확실하게 알아낼 방법이 따로 있었는지도 모른다. 아무튼 윌슨은 두 시 삼십 분쯤 웨스트에그에 도착해 누군가에게 개츠비의 집으로 가는 길을 물었다. 그러니까 그때 이미 개츠비의 이름을 알고 있었던 것이다.

오후 두 시에 개츠비는 수영복으로 갈아입고 혹시 전화가 오면 수영장으로 알려 달라고 집사에게 일러두었다. 개츠비는 여름 내내 손님들을 즐겁게 했던 공기 매트리스를 가지러 차고에 들렀다. 매트리스에 공기를 넣는 것은 운전기사가 도와주었다. 그리고 무슨 일이 있더라도 절대로 오픈카를 밖으로 꺼내지 말라고 단단히 일렀다. 그런데 오른쪽 앞바퀴의 흙받이 부위가 찌그러져서 수리가 필요한 상태였기 때문에 운전기사는 좀 이상하다는 생각이 들었다.

개츠비는 어깨에 매트리스를 메고 수영장으로 갔다. 잠깐 걸음을 멈추고 다시 옮겨 메자, 운전기사가 "도와드릴까요?"라고 물었다. 그

러나 개츠비는 괜찮다고 고개를 저으며 이제 막 단풍이 들기 시작한 나무들 사이로 사라졌다.

결국 전화는 오지 않았지만 집사는 낮잠까지 참으며 네 시가 되도록 전화를 기다렸다. 비록 전화가 걸려 왔다 해도 받을 사람이 없어진 지 한참이나 지난 뒤였을 것이다.

어쩌면 개츠비도 전화가 올 거라고 기대하지 않았을 것이다. 아니면 전화가 오든 말든 이미 상관할 바가 아니었을 지도 모른다. 만일 이런 추측이 사실이라면, 그는 분명히 그 옛날의 따뜻한 세계를 잃었다고, 이룰 수 없는 단 하나의 꿈에 너무 오랫동안 값비싼 대가를 치렀다고 생각한 게 틀림없다.

그는 장미꽃이 얼마나 흉측한 것인지, 또 갓 돋아난 풀밭 위로 쏟아지는 햇살이 얼마나 가혹한지를 깨달았을 때, 나뭇잎 사이로 보이는 낯선 하늘을 올려다보며 몸서리를 쳤을 게 분명하다. 형체는 있으나 실재하지 않는 허상의 세계, 그곳에는 가엾은 영혼들이 공기처럼 꿈을 호흡하며 제멋대로 떠돌고, 잿빛 그림자의 환영은 어른거리는 나무들 사이로 소리 없이 그에게 다가왔다.

울프심의 부하였던 운전기사는 몇 발의 총성을 들었다. 나중에 그는 총소리를 대수롭게 여기지 않았다고 말했다. 나는 기차역에서 곧장 개츠비네 집으로 차를 몰았다. 걱정스러운 마음으로 저택 정면 계

단을 숨 가쁘게 뛰어 올라가자, 그제야 집 안 사람들이 처음으로 놀라기 시작했다. 그러나 사실은 이미 눈치를 채고 있었을 것이다. 운전기사, 집사, 정원사 그리고 나 이렇게 네 사람은 말없이 수영장을 향해 달려갔다.

수영장 한쪽 끝에서 맑은 물이 흘러나와 다른 쪽 배수구로 흐르는데, 물결의 흐름은 식별하기 어려울 정도로 잔잔히 출렁거렸다. 개츠비를 태운 매트리스가 불규칙한 파장을 일으키며 수영장 아래로 흘러가고 있었다.

수영장 수면에 물결 하나 만들지 못하는 아주 약한 미풍은 뜻밖에도 짐을 싣고 가는 매트리스의 흐름을 방해하기에 충분했다. 매트리스가 둥둥 떠 있던 나뭇잎 더미에 닿자 천천히 회전하면서 물 위에 붉은 동그라미를 그렸다.

우리는 개츠비의 시체를 들고 집으로 들어갔다. 정원사가 수영장에서 조금 떨어진 풀밭에서 조지 윌슨의 시체를 발견했고, 학살극은 그렇게 끝이 났다.

9

그 사건 이후 이 년이 지났다. 그날의 나머지 시간과 그 이튿날을 떠올리면 경찰과 사진사와 신문 기자들이 저택 정문을 주야장천 드나들었던 기억밖에 없다. 한 경찰관이 현관을 가로질러 밧줄을 두르고 구경꾼들을 들어오지 못하게 가로막았다. 그러나 아이들은 곧 우리 집 뜰을 통하면 개츠비의 집에 들어갈 수 있다는 것을 알아냈다. 그래서 수영장 주위에는 항상 아이들 몇 명이 입을 벌리고 모여 있었다. 그날 오후, 형사 하나가 머틀의 시체를 보고 '미치광이'라고 표현했다. 그의 말에 권위가 실리면서 다음 날 신문 기사에 그대로 보도되었다.

대부분의 신문 기사는 악몽이었다. 상황을 추측해서 써 내려간 기사는 괴상망측했고 진실과도 거리가 멀었다. 미가엘리스가 윌슨이 아내를 의심하고 있었다고 증언을 하는 바람에, 사건은 묘하게 싸구려 스캔들로 변질될 가능성이 보였다. 그러나 정작 캐서린은 아무 말도 하지 않았다. 오히려 그녀는 할 말이 많았을 텐데 의외로 조용했다. 이 사건에서 캐서린은 놀라운 태도를 보여 주었다. 눈썹을 뚜렷하게 새로 그려 단호한 눈초리로 검시관을 똑바로 쳐다보며 언니는 개츠비가

누군지도 모를뿐더러, 남편과도 문제없이 행복하게 살았다고 증언했다. 캐서린은 자기가 한 말에 스스로 설득당해서 항간에 나도는 추잡한 소문은 참을 수 없다는 듯 손수건에 얼굴을 파묻고 울부짖었다. 아내를 잃은 윌슨은 '감당할 수 없는 슬픔 때문에 돌아 버린 사람'으로 평가된 채 사건은 가장 단순한 사고로 남게 되었다. 그리고 지금까지도 사람들은 그렇게 알고 있다.

그러나 이러한 것들 모두 진실과는 거리가 멀고, 전체적인 맥락에서도 벗어나는 것이었다. 나는 개츠비를 믿는 사람이 나밖에 없다는 것을 깨달았다. 비극적인 사건을 웨스트에그 마을에 전화로 알린 순간부터 그를 둘러싼 억측과 현실적인 질문 전부 다 내게로 쏠렸다. 처음에는 나도 놀라고 당황스러웠다. 그러고 나서 개츠비가 집 안에 안치되어 움직이지도 않고, 숨도 쉬지 않고, 말도 하지 않는 것을 보자 내가 책임져야겠다는 생각이 들었다. 아무도 그의 일에 관심을 보이지 않았다.

어떤 인간이라도 누구나 마지막 순간에는 인간적인 관심을 받을 만한 권리가 있기 마련인데, 불행하게도 개츠비에게는 그런 사람이 없었다.

개츠비의 죽음을 발견한 뒤 삼십 분 후에, 나는 거의 본능적으로 데이지에게 전화를 걸었다. 그러나 그날 오후에 톰과 데이지는 가방을

챙겨 집을 나갔다고 했다.

"어디로 갔는데요?"

"몰라요."

"언제 돌아와요?"

"그런 말은 없었어요.

"어디로 갔는지 정말 모르나요? 어떻게 연락하죠?"

"모릅니다. 말할 수 없어요."

나는 개츠비를 위로하기 위해 누군가를 데려오고 싶었다. 개츠비가 누워 있는 방으로 들어가 그를 안심시키고 싶었다.

"개츠비, 당신을 위해 누구라도 데려오겠어. 걱정 마요. 나를 믿어요. 반드시 데려올 테니……."

전화번호부에 울프심의 이름이 없었다. 집사가 브로드웨이에 있는 그의 사무실 주소를 알려 주었고, 나는 전화 안내원에게 전화번호를 물었다. 그러나 번호를 알았을 때는 벌써 다섯 시가 훨씬 지난 시각이라 아무도 전화를 받지 않았다.

"한 번 더 걸어 주세요."

"벌써 세 번이나 했어요."

"아주 중요한 일입니다."

"아무도 없는 것 같아요."

나는 거실로 돌아갔다. 응접실에는 업무상 방문한 조문객이라 짐작되는 사람들이 있었다. 사람들이 시트를 걷고 충격에 휩싸인 눈빛으로 개츠비를 들여다보는 동안에도, 개츠비는 여전히 나에게 호소를 하는 것 같았다.

'어이, 닉, 누군가를 데려와야지. 도와줘. 나 혼자서는 감당하기 어려워.'

누군가 나에게 질문을 던졌지만 무시하고 위층으로 올라가, 책상 서랍들 중 잠겨 있지 않은 서랍을 뒤졌다. 그는 나에게 부모님이 돌아가셨다고 얘기한 적은 없었다. 그러나 서랍에는 아무런 흔적도 없었다. 댄 코디의 낡은 사진만이 벽에 걸린 채, 아래를 빤히 내려다보고 있었다.

다음 날 아침, 나는 울프심에게 편지를 전하려고 집사를 뉴욕으로 보냈다. 개츠비에 대한 신상 정보를 요청하면서 개츠비의 집에 와 달라는 부탁이었다.

편지를 쓰고 보니 괜히 쓸데없는 짓을 한 것 같았다. 정오가 되기 전에 데이지에게 전보가 올 것이라고 굳게 믿었던 것처럼, 울프심도 신문을 보자마자 곧장 달려올 거라고 믿었다. 그러나 데이지의 전화는 물론 울프심도 찾아오지 않았다. 오직 경찰과 사진사, 신문 기자들만 점점 더 몰려들었을 뿐이다.

집사가 울프심의 답장을 가지고 돌아왔을 때, 나는 좀 불쾌한 기분이 들었다. 그들 모두에 대항하는 적대심, 그러니까 개츠비와 나만이 한편이라는 서글픈 유대감을 느꼈다.

친애하는 캐러웨이 씨,

이번 일은 내 생애 가장 끔찍한 충격이오. 도저히 믿을 수 없소. 우리 다 같이 개츠비의 만행을 깊이 반성해야 하오. 나는 지금 사업상 몹시 중요한 일이 있어 당장은 갈 수 없고, 그 사건에 관계할 수도 없습니다.

만약 내가 도울 일이 있으면 에드가를 통해 편지로 알려 주기 바랍니다. 이런 충격적인 소식을 들은 지금, 내 자신도 내가 도대체 어디에 있는지 모를 정도로 정신이 없습니다.

마이어 울프심 드림

그리고 바로 아래에 서둘러 쓴 추신이 남아 있었다.

장례식 등에 대해 알려 주시오. 그리고 개츠비의 가족에 대해서는 전혀 모릅니다.

그날 오후에 전화벨이 울리고 시카고에서 장거리 전화가 왔다는 소식을 들었을 때, 나는 드디어 데이지가 전화를 했다고 생각했다. 그러나 수화기 너머로 몹시 가늘고 감이 먼 남자의 목소리가 들려왔다.

"슬레이글이오."

"네?"

처음 듣는 이름이었다.

"비상이오. 내 전보를 받았소?"

"아니오, 아무 연락도 없었는데요."

"파크 녀석이 사고를 냈소."

슬레이글은 빠르게 말했다.

"카운터 너머로 채권을 넘겨주다가 체포됐어요. 바로 오 분 전에 뉴욕에서 증권 번호를 알리는 바람에 회람장을 받았어요. 거기에 대해 좀 아는 거 없어요? 여기는 시골이라 통 알 수가 없어서……."

"여보세요!"

나는 급하게 상대의 말을 막았다.

"이봐요, 난 개츠비가 아니오. 개츠비는 죽었어요."

전화 반대편에서 오랫동안 침묵이 흘렀다. 그리고 뒤이어 짧은 비명이 들리더니 곧장 전화는 끊어졌다.

사흘째 되던 날, 미네소타주의 '헨리 C. 개츠'라고 서명된 전보 하나가 날아들었다. 발신인이 곧 출발할 테니 장례를 조금만 늦춰 달라는 내용이었다.

바로 개츠비의 아버지였다. 개츠비의 아버지는 근엄한 인상에 무기력해 보였고, 9월의 따뜻한 날씨에도 불구하고 싸구려 긴 외투를 입고 있었다. 감정이 격해진 그의 눈에서는 끊임없이 눈물이 흘렀다. 가방과 우산을 받아 주었지만 턱수염을 연신 쓰다듬는 바람에 외투를 벗기는 데 애를 먹었다. 금방이라도 쓰러질 것 같았기 때문에 음악실로 안내한 후에 사람을 시켜 먹을 것을 가져오게 했다. 그러나 그는 아무것도 먹으려 하지 않았고, 우유 한 잔도 손이 떨려 엎지르고 말았다.

"시카고 신문에서 기사를 봤어요."

그가 말했다.

"시카고에서 발행하는 신문에 다 나왔어요. 그래서 곧장 출발했지요."

"어떻게 연락을 드려야 할지 몰랐습니다."

개츠비의 아버지는 딱히 뭘 보는 것 같지는 않았지만 끊임없이 방안을 두리번거렸다.

"미친놈이야."

아버지가 말했다.

"진짜 미쳤던 거지."

"커피 좀 드시겠어요?"

내가 권했다.

"아무 생각도 없소. 근데 성함이……."

"닉, 캐러웨이라고 합니다."

"난, 괜찮아요. 우리 지미는 어디 있어요?"

나는 개츠비가 누워 있는 거실로 아버지를 안내하고 혼자 두고 나왔다. 몇몇 아이들이 계단을 올라와서 거실을 들여다보고 있었다. 방금 도착한 손님이 누구인지 말하자 아이들은 마지못해 자리를 떴다.

잠시 후 개츠비의 아버지가 문을 열고 나왔는데 입은 벌어지고, 얼굴은 불그레하게 상기되어 있었고, 눈에서는 눈물이 흘러내리고 있었다. 그는 이제 죽음의 공포에 두려워하지 않을 나이였다. 그제야 제대로 주위를 둘러보았다. 거실 천장이 훤하게 높고 화려한 것을 보았고, 다른 방과 연결되어 있는 커다란 방들이 눈에 들어오자 슬픈 와중에도 아들에 대한 뿌듯함이 밀려오는 것 같았다. 나는 그를 부축해서 위층 침실로 모셨다. 아버지가 외투와 조끼를 벗는 동안 모든 장례 절차를 미루었다고 말했다.

"어떻게 하실지 몰라서요. 개츠비 씨……."

"내 성은 개츠요."

"아, 개츠 씨. 아버님이 시신을 서부로 옮겨 갈지도 모른다는 생각이 들어서요."

그는 고개를 저었다.

"우리 지미는 동부를 좋아했어요. 동부에서 성공하기도 했고요. 댁은 우리 지미의 친구요?"

"네, 우리는 가까운 친구였습니다."

"뭐, 잘 알겠지만 우리 지미는 앞날이 창창한 아이였소. 나이는 어리지만 머리가 상당히 좋았지."

아버지는 인상적인 몸짓으로 자신의 머리를 만졌고 나는 고개를 끄덕였다.

"죽지 않았다면 큰 인물이 됐을 아이요. 제임스 J. 힐 같은 인물 말이오. 나라 발전에도 일조했을 거요."

"네, 그렇습니다."

나는 별로 내키지 않아 거북하게 대답했다.

그는 수놓은 침대보를 벗기려고 더듬거리다가 뻣뻣하게 드러누워 그대로 곯아떨어졌다.

그날 밤에 어떤 사람이 분명히 놀란 목소리로 전화를 걸어 자기 이름을 밝히기도 전에 대뜸 나에게 누구냐고 물었다.

"캐러웨이입니다."

내가 대답했다.

"아, 네!"

상대방이 안심하는 눈치였다.

"나는 클립스프링거입니다."

나도 마음이 놓였다. 개츠비의 장례식에 문상객이 하나 늘 것 같았기 때문이다. 나는 신문에 부고를 내서 괜한 구경꾼들이 모여드는 게 싫었기 때문에 몇몇 사람에게만 전화로 연락을 하던 중이었다. 그렇지만 올 만한 사람들을 찾기는 아주 힘들었다.

"장례는 내일입니다."

내가 말했다.

"오후 세 시에 집에서 시작합니다. 혹시 오실 만한 분이 있으면 전해 주시기 바랍니다."

"아, 그러죠."

그는 성급하게 내뱉었다.

"누구를 만날 것 같지는 않지만 만나게 되면 전하지요."

말투가 좀 수상쩍었다.

"물론 오실 거죠?"

"글쎄요, 가도록 노력은 하겠습니다. 저, 전화한 용건은……."

"잠깐만요."

나는 말을 막았다.

"그래서 확실히 온다는 겁니까?"

"저, 그게, 사실…… 난 지금 그리니치에서 지내고 있는데요. 여기 일행이 내일 함께 있기를 바라고 있어요. 야유회 같은 게 있어요. 물론 빠져나오려고 최선을 다하겠습니다."

나는 더 이상 참지 못하고 "허!" 하는 비웃는 소리를 내뱉고 말았다. 그도 들었는지 신경질적인 말투로 변했다.

"그 집에 신발 한 켤레를 두고 왔어요. 수고스럽겠지만 집사를 시켜서 좀 보내 주셨으면 합니다. 테니스 신발인데 그게 없으면 플레이를 못하거든요. 제 주소는 B. F……."

나는 다 듣지도 않고 전화를 끊어 버렸다.

그 후 나는 개츠비에게 미안한 마음이 들었다. 문상객을 찾느라 전화를 걸었던 사람 중에 개츠비의 죽음이 자업자득이라는 식으로 말했던 남자가 있었다. 순전히 내 잘못이었다. 그전에도 그는 개츠비의 술을 마시고 술김에 개츠비에게 신랄하게 욕하던 위인이었으니 말이다.

장례식 날 아침에 나는 뉴욕에 가서 울프심을 만났다. 달리 연락을 취할 방법이 없었다. 엘리베이터 안내원이 가르쳐 주는 문을 밀고 들어갔다. 그 문에는 '스와스티카 주식회사'라는 간판이 붙어 있었고, 처음에는 안에 아무도 없는 것 같았다. 내가 몇 번이나 "여보세요, 누구

없어요?" 하고 소리를 질렀건만 반응이 없었다. 칸막이 뒤에서 말다툼이 벌어지고 잠시 후에 예쁜 유태인 여자가 나타나 새까만 눈으로 나를 의심스럽게 훑어보았다.

"아무도 없어요."

여자가 말했다.

"울프심은 시카고에 가고 없어요."

여자의 말은 사실이 아니었다. 안에서 누군가가 맞지 않은 음정으로 '로사리'를 휘파람으로 부르기 시작했기 때문이다.

"캐러웨이가 왔다고 전해 주세요. 제발요."

"시카고에 있는 사람을 어떻게 데려와요?"

바로 그 순간, 문 건너편에서 울프심의 목소리가 "스텔라!" 하고 불렀다.

"책상에 명함을 놓고 가세요."

여자가 재빨리 말했디.

"돌아오시면 전해 드릴게요."

"지금 안에 계시잖아요."

여자는 한 걸음 앞으로 다가서더니, 기분 나쁘다는 듯이 두 손을 엉덩이에 대고 위아래로 문지르기 시작했다.

"젊은 사람들은 자기네 맘대로 여기를 드나들 수 있다고 생각하는

모양인데.”

그녀는 짜증을 부렸다.

“정말 지긋지긋해. 내가 시카고에 갔다고 하면 시카고에 있는 줄 알 것이지.”

나는 개츠비의 이름을 댔다.

“어머!” 하면서 여자는 나를 다시 훑어보았다.

“잠깐만요, 성함이 뭐라고 하셨죠?”

여자는 안으로 들어갔다. 곧이어 근엄한 태도로 울프심이 문간에 서서 손을 내밀었다. 그는 나를 사무실로 데리고 들어가서 점잔을 빼며 슬픈 일이라고 차분한 목소리로 말했다. 그리고 내게 담배를 권했다.

“개츠비를 처음 만났던 때가 생각나는군요.”

울프심이 말했다.

“막 군대를 제대한 소령이었소. 전쟁 때 수여받은 훈장을 잔뜩 달고 있더군요. 너무나 궁해서 군복을 입고 있었죠. 사복을 살 돈도 없었으니까요. 개츠비를 처음 본 건, 43번가 당구장에 들어와서 일자리가 없느냐고 물었을 때지요. 그는 꼬박 이틀 동안 아무것도 먹지 못했다고 했어요. 그래서 ‘나하고 점심이나 하죠’ 하고 말했지요. 그는 삼십 분 만에 4달러어치도 더 먹어 치웠어요.”

“당신이 사업 시작하는 걸 도와줬나요?”

내가 물었다.

"그럼요. 내가 키웠죠."

"아, 네."

"아무것도 없는 시궁창에서 그를 끌어올려 성공하게 만들었소. 나는 그가 신사의 자질을 갖고 있다는 걸 알아봤고, 옥스퍼드 출신이라고 했을 때는 더 쓸모가 있겠다고 생각했지요. 그래서 재향군인회에 가입을 시켰더니, 거기서 줄곧 간부 노릇을 하더군요. 그리고 얼마 안 돼서 올버니에 있는 내 의뢰인의 일을 하나 성사시켰어요. 우리는 무슨 일에서든 밀접한 관계였소."

울프심은 통통한 손가락 두 개를 들어 올렸다.

"언제나 함께였죠."

그 밀접한 관계라는 말이 1919년의 월드시리즈 매수 건도 포함하는 건지 궁금했다.

"헌데 개츠비는 이제 죽었습니다."

잠시 뒤에 내가 말했다.

"당신은 그 사람의 절친한 친구였으니까 오늘 오후의 장례식에 꼭 참석하시는 걸로 알겠습니다."

"물론, 나도 참석하고 싶습니다."

"그럼 오세요."

콧구멍 속의 털이 파르르 떨렸고, 머리를 좌우로 흔들자 그의 눈에는 눈물이 고였다.

"그럴 수가 없어요. 그 사건에 말려들고 싶지 않아요."

그가 말했다.

"말려들 건 아무것도 없습니다. 이젠 다 끝났어요."

"사람이 피살된 일에는 끼어들고 싶지 않습니다. 한발 물러서 있는 거지요. 물론 젊었을 적에는 이렇지 않았죠. 친구가 죽으면 무슨 일이 있어도 끝까지 함께했지요. 감상적으로 보일 수도 있겠지만 최후까지 함께했소."

결국은 장례식에 참석하지 않겠다는 뜻이었기 때문에 나는 그만 자리에서 일어났다.

"당신도 대학을 다녔소?"

그가 느닷없이 물었다.

순간 무슨 거래 얘기를 하려는 게 아닌가 생각했지만, 울프심은 그저 고개를 끄덕이며 악수만 청했다.

"친구가 살아 있을 때 우정을 보여 주도록 합시다. 죽은 뒤에 말고."

울프심이 말했다.

"죽은 다음에는 아무것도 상관하지 말고 그냥 내버려 두자는 것이 내 신조입니다."

그의 사무실에서 나왔을 때 하늘은 어두워져 거뭇한 구름이 깔려 있었다. 나는 가랑비를 맞으며 웨스트에그로 돌아왔다. 옷을 갈아입고 개츠비의 저택에 갔더니, 개츠 씨가 흥분해서 배회하고 있었다. 그는 개츠비의 재산에 대한 상당한 자부심이 있었고, 마침내 나에게 보여 줄 만한 것을 찾아낸 것이다.

그는 떨리는 손으로 지갑에서 사진을 한 장 꺼냈다.

"지미가 보내 준 거라오."

개츠비의 저택을 찍은 사진이었는데, 손때가 많이 타서 모서리는 갈라지고 지저분했다. 그는 사진 구석구석을 열심히 가리키면서 설명했다. "여길 좀 보게나" 이렇게 말하고는 나도 감탄해 주길 바라는 눈치였다. 그동안 만나는 사람마다 이 사진을 보여 주며, 아들 자랑을 했던 탓에 그에게는 실제 집보다 사진 속의 집이 더 큰 감동을 주는 것 같았다.

"지미가 이길 보냈어요. 근사한 사진이지. 참 잘 나왔어요."

"네, 아주 보기 좋습니다. 최근에 아드님을 만나셨어요?"

"이 년 전에 와서 지금 내가 살고 있는 집을 사 줬어요. 물론 지미가 가출했을 때에는 우리 집 꼴이 말이 아니었지. 생각해 보면 그럴 만한 이유가 있었어요. 그 애는 자기가 앞으로 크게 될 거라는 걸 알고 있었어요. 정말로 성공한 다음에는 나한테 아주 잘했지요."

아버지는 사진을 넣기가 아쉬운 듯이 한동안 머뭇거리다가 내 앞에 그대로 들고 있었다. 겨우 사진을 넣은 다음에는 호주머니에서 겉장에 《호펄롱 캐시디》라고 쓰여 있는 낡은 책 한 권을 꺼냈다.

"이건 지미가 어릴 때 갖고 있던 책입니다. 이걸 보면 지미를 알 수 있어요."

그는 뒤표지를 내가 볼 수 있도록 책을 돌렸다. 아무것도 인쇄되지 않은 마지막 페이지에는 '계획표'라는 단어가 있었다. 그리고 1906년 9월 12일이라는 날짜가 기록되어 있었다. 그 밑에는 다음과 같이 적혀 있었다.

기상	오전 6:00
아령 들기와 암벽 오르기	오전 6:15~6:30
전기학 등 공부	오전 7:15~8:15
일	오전 8:30~오후 4:30
야구와 운동	오후 4:30~5:00
웅변 연습, 자세와 성취 방법	오후 5:00~6:00
발명에 필요한 공부	오후 7:00~9:00

결심

새프터스나 …… (알아볼 수 없는)에서 시간을 낭비하지 않기

담배를 피우거나 껌을 씹지 않기

이틀에 한 번씩 목욕하기

매주 독서하기

매주 5달러(줄을 그어 지움) 3달러씩 저축하기

부모에게 더 잘해 드리기

"우연히 이 책을 발견했소."

그가 말했다.

"여기에 다 있어요. 지미가 어떻게 살았는지요."

"네, 그렇군요."

"지미는 정말 성공할 아이였어요. 이렇게 결단하고 열심히 사니 말이오. 마음도 몸도 늘 갈고닦으려고 노력했죠. 정말 애썼어요. 언젠가 같이 밥을 먹는데 나보고 게걸스럽게 먹는다고 핀잔을 주지 않겠소? 그때는 그만 화가 나서 한 대 치고 말았지요."

그는 책을 그냥 덮기 싫었는지 각 항목을 소리 높여 읽고는 진지한 눈길로 나를 쳐다보았다. 마치 나도 그 계획을 옮겨 적기라도 했으면 하고 기대한 것은 아닌가 싶다.

세 시가 다 되어서 플러싱에서 루터교 목사가 도착했다. 나도 모르게 다른 차들이 올까 하고 창밖을 내다보았다. 개츠비의 아버지도 그랬다. 시간이 흘러 고용인들이 들어와 장례식 진행을 기다리자, 노인의 눈은 불안하게 껌뻑거리기 시작했고, 걱정스럽게 자신 없는 목소리로 비 탓을 했다. 목사가 계속 손목시계를 들여다보고 있어서, 그를 옆으로 데리고 가 삼십 분만 더 기다려 달려고 부탁했다. 하지만 사실은 다 부질없는 짓이었다. 결국은 아무도 오지 않았으니 말이다.

오후 다섯 시쯤 세 대의 장의차가 가랑비를 맞으며 묘지에 도착해 입구에 멈췄다. 맨 앞에 비에 젖은 검은 영구차를 선두로, 개츠 씨와 목사 그리고 내가 탄 리무진이, 그리고 그 뒤에는 네댓 명의 하인들과 웨스트에그에서 온 우편배달부 한 명이 개츠비의 스테이션왜건을 타고 비에 젖은 채 도착했다.

우리가 정문을 통과해 묘지 안으로 들어갈 때, 차 한 대가 멈추더니 축축한 땅에 고여 있는 물을 튀기면서 우리 뒤를 따라오는 소리가 들렸다. 나는 주위를 둘러보았다. 그는 삼 개월 전 어느 날 밤에, 개츠비의 서재에서 만났던 올빼미 눈 안경을 낀 사람이었다.

그날 이후 그 남자를 만난 적이 없었다. 나는 그의 이름도 몰랐고, 어떻게 알고 장례식에 왔는지는 더 알 수 없었다. 그 남자의 두꺼운

안경 위로 굵은 빗줄기가 흘러내렸다. 그는 개츠비의 묘를 가린 장막이 벗겨지는 것을 보기 위해 안경을 벗어 물기를 닦았다.

그때 나는 개츠비를 떠올리려고 애써 보았지만, 이제 그는 너무 멀리 있다는 생각이 들었다. 끝내 데이지에게서는 아무런 연락이 오지 않았다는 사실이 생각났지만 화도 나지 않았다. 누군가 "죽은 자에게 비가 내리는 복이 있도다"라고 나직이 중얼거리자 올빼미 눈이 힘찬 목소리로 "아멘!" 하고 맞장구를 쳤다.

우리는 비를 맞으며 서둘러 내려갔다. 입구에 이르렀을 때 올빼미 눈 안경의 남자가 나에게 말을 걸었다.

"개츠비의 집에는 갈 수가 없었어요."

그 남자가 말했다.

"아무도 찾아오지 않았습니다."

"저런!"

그는 놀라며 말했다.

"오, 맙소사! 수백 명이나 그 집에 몰려가고는 했었는데……."

그 남자는 다시 안경을 벗어서 깨끗이 닦았다.

"가엾은 사람."

그가 말했다.

내가 아직도 생생하게 기억하고 있는 추억들 중 하나는, 크리스마스 시즌이 되면 서부로 돌아가던 일이다. 대학 예비 학교 시절에도 그랬고 대학에 간 후에도 마찬가지였다. 12월의 저녁이면 집이 시카고이거나 또는 그보다 더 먼 친구들은 허름한 기차역에 모여 휴가 계획을 세우느라 재잘거리며 즐거워하곤 했다. 여러 학교에서 돌아오는 여학생들의 털 코트, 하얀 입김을 뿜어내며 떨었던 수다, 낯익은 친구가 눈에 띄면 손을 흔들었던 일 역시 기억하고 있다. "오드웨이네는 갈 거니? 허시네는? 슐츠네는?" 하면서 서로 초대하던 모습도 떠오른다. 또한 장갑 사이로 보이는 기다란 초록색 기차표도 잊을 수 없다. 그리고 마지막으로 출입구 옆 선로 위에 크리스마스 분위기를 한층 더해 가며 즐거움을 주었던 '시카고, 밀워키와 세인트폴' 철도 회사의 노란색 객차들까지 전부 다 기억하고 있다.

기차가 겨울밤 어둠 속으로 달리기 시작하면 창밖으로 하얗게 흩뿌려지는 눈은 반짝이기 시작했고, 조그만 위스콘신역의 흐린 불빛들이 멀어지면서 공기 중에는 예리하고 야생적인 힘이 느껴졌다. 우리는 식당에서 밥을 먹고 싸늘한 통로를 지나 걸어오면서 그런 분위기를 마음껏 들이마셨다. 그러고 나면 형언할 수 없는 지역과의 일체감을 절실히 느낄 수 있었다.

이게 바로 나의 고향, 중서부의 모습이었다. 밀밭이나 대평원 또는

스웨덴의 잃어버린 마을이 아니라, 어린 시절을 생각하면 가슴 벅찬 감동이 밀려오는 곳이었다. 눈이 내리면 하얀 밤거리의 가로등이 창문을 환히 비추고, 썰매는 방울 소리를 내면서 힘차게 달리고, 불빛이 만들어 내는 그림자는 자못 진중한 분위기를 풍기기도 하는 곳 말이다.

그 중서부의 일부인 나는, 지금도 겨울이 오면 조금 엄숙한 기분이 든다. 또한 수십 년 동안 우리 가문의 이름이 마을 주소를 대신하고 있다는 사실에 약간의 우쭐함과 자부심을 느끼기도 한다. 이제 생각해 보면 이것은 결국 서부의 이야기였다. 톰과 개츠비, 데이지와 조던과 나는 모두 서부 사람이었고, 아마도 우리는 동부에서는 결코 잘 살지 못했을 공통점을 지니고 있었던 것 같다.

내가 동부를 좋아했던 순간조차도, 지루하고 활기도 없이 부풀어 오른 곳, 아이들과 노인을 제외한 모두가 꼬치꼬치 캐묻기를 좋아하는 오하이오주 너머의 서쪽 도시보다 동부가 우월하다고 느꼈음에도 불구하고 나에게 동부는 언제나 늘 왜곡된 것만 같았다. 특히 웨스트에그는 아직도 내 꿈에 환상적인 모습으로 나타나곤 한다.

마치 '엘 그레코'의 그림에 나타나는 밤 풍경처럼 말이다. 음산한 하늘 아래 희미한 달빛을 받으며 평범하면서도 우울한 집들이 웅크리고 있는 모습, 바로 그런 풍경이다. 그 앞에는 흰 야회복을 입은 네 명의 남자들이 엄숙한 표정으로 하얀 이브닝드레스를 입고 술에 취한

여자를 들것에 실어 가고 있었다.

술에 취해 축 늘어진 여자의 손에서는 보석들이 차갑게 빛나고 있었다. 남자들은 어떤 집으로 들어가지만 집을 잘못 찾은 모양이다. 아무도 여자의 이름을 모르고 또 알려고 하지도 않았다.

개츠비가 죽은 뒤에 동부에 대한 나의 인상은 삐딱하게 변했고, 어찌해도 바로잡을 수 없는 병든 곳이라는 생각이 들었다. 결국 나는 귀향을 결심했다. 바삭바삭한 낙엽을 태우는 연기가 하늘로 파랗게 피어오르고, 빨랫줄의 빨래가 바람에 날려서 마르는 가을 무렵이었다.

고향으로 떠나기 전에 할 일이 하나 있었다. 아마 그대로 두는 게 더 나을지도 모르는 불쾌한 일이었다. 그러나 나는 제대로 일을 정리하고 싶었고, 친절하고 무심한 바다가 내 쓰레기까지 쓸어 갔으면 하는 기대로 내버려 두고 싶지 않았다. 내가 만든 일은 내 손으로 직접 정리하는 편이 좋을 것 같았다.

나는 조던 베이커를 만났다. 우리 둘의 이야기도 있었지만 그동안에 벌어졌던 일들을 이야기했다. 그녀는 커다란 의자에 조용히 기대앉아 꼼짝도 하지 않고 듣기만 했다.

그녀는 골프복을 입고 있었다. 살짝 경쾌하게 턱을 치켜든 자세, 낙엽 빛깔로 물들인 머리카락, 무릎에 놓은 골프 장갑과 그와 같은 색깔의 햇볕에 그을린 얼굴이 떠오른다. 마치 그녀의 모습은 어떤 작품의

삽화 같았다. 내 이야기가 끝나자 베이커는 별 반응 없이 다른 남자와 약혼했다고 말했다. 물론 그녀가 고개를 끄덕이기만 해도 결혼하겠다는 남자들은 늘 있었지만, 나는 그 말을 선뜻 믿을 수 없었다. 그러나 겉으로는 놀라는 척 굴었다. 지금 내가 실수하는 건 아닌지 생각도 들었지만, 마음을 가다듬고 자리에서 일어나 작별을 고했다.

"당신이 나를 찬 거예요."

베이커가 불쑥 말했다.

"전화 걸었던 그날, 나를 버린 거예요. 물론 지금은 미련도 없지만 그때는 처음 당하는 일이라 한동안 힘들었어요."

우리는 악수를 나누었다.

"아, 생각나세요?"

베이커가 덧붙였다.

"언젠가 운전 얘기를 했던 거 말이에요."

"글쎄, 정확하지는 않지만……."

"부주의한 운전자는 더 심한 부주의한 운전자를 만나기 전까지만 안전하다고 당신이 그랬잖아요. 그러고 보니 내가 바로 그 나쁜 운전자를 만났던 거예요. 내 말이 맞죠? 나 혼자 경솔하게 어리석은 착각을 하고 있었던 거예요. 난 당신이 정직하고 반듯한 사람이라고 생각했어요. 그리고 당신도 은밀하게 자부하고 있다고 생각했죠."

“난 서른이에요.”

내가 말했다.

“스스로에게 거짓말을 하고 정직이라고 믿을 만큼 어리석은 나이는 아니지요.”

베이커는 아무런 대꾸도 하지 않았다. 나는 화가 나기도 했지만 아직 그녀에게 애정을 느끼고 있었다. 그리고 몹시 후회하면서 서글픈 심정으로 돌아섰다.

10월도 저물어 가는 어느 늦은 오후, 나는 톰을 만났다. 톰은 5번가에서 날렵하고 공격적인 걸음으로 내 앞을 지나갔다. 어떤 방해물도 물리칠 수 있다는 듯이 힘차게 손을 휘저으면서 걷고 있었다. 눈빛은 초조하게 주변을 두리번거렸고, 머리도 빨리빨리 움직이고 있었다. 나는 톰을 앞서지 않으려고 속도를 늦추었고, 톰은 인상을 쓰며 보석상의 진열장을 들여다보았다. 그러더니 별안간 나를 보고 걸어와서 손을 내밀었다.

“뭐야, 닉? 나와 악수도 하기 싫다는 거야?”

“응, 내가 너를 어떻게 생각하는지 너도 잘 알잖아.”

“돌았군, 닉.”

톰이 재빨리 말했다.

"정말 미쳤군. 자네가 왜 그러는지 도대체 알 수가 없어."

"톰."

내가 따지듯 물었다.

"그날 오후에 윌슨한테 무슨 말을 했어?"

톰은 한동안 말없이 나를 뚫어져라 쳐다보았다. 윌슨의 행방이 묘연했던 그 세 시간에 대한 나의 추측이 옳았던 것이다. 내가 돌아서서 가려고 하자, 톰이 따라와 내 팔을 잡았다.

"나는 그에게 사실을 말했을 뿐이야."

그가 말했다.

"데이지와 외출 준비를 하고 있는데 윌슨이 나타났어. 하인들한테 없다고 말하라고 시켰지만, 막무가내 위층으로 올라오겠다고 우겼어. 제정신이 아니었지. 그 차의 주인을 대지 않으면 나를 죽일 기세였다고. 집에 들어와서는 주머니 안의 권총을 계속 만지작거렸어."

톰은 딩당하게 말했다. 그러다가 도전적인 태도로 말을 바꿨다.

"그게 어쨌다는 거야? 그건 당연해. 그 인간은 당해도 싸. 자업자득이잖아. 데이지의 눈을 멀게 하더니 자네도 속인 거야. 지독한 놈이야. 사람을 개처럼 죽여 놓고 차를 세우지도 않다니 말이야."

그게 사실이 아니라는 것 말고는 할 말이 없었기 때문에 결국 나는 아무 말도 하지 못했다.

"나는 멀쩡한 것 같아? 내가 일말의 고통도 느끼지 못한다고 생각하는 모양인데, 참 기가 막혀서. 뉴욕의 아파트를 처분하려고 갔더니, 그놈의 개 사료 상자가 찬장 위에 있지 뭐야. 그걸 보고는 마냥 주저앉아 애처럼 엉엉 울어 버렸다고. 얼마나 끔찍했는지 알아?"

나는 톰을 용서할 수도 없었지만 그렇다고 좋아할 수도 없었다. 적어도 톰의 입장에서는 자기가 한 일이 정당한 것이었다. 모든 것이 뒤죽박죽으로 뒤섞여 혼란스러웠다. 데이지와 톰은 정말 무책임한 사람들이었다. 물건이든 사람이든 망가뜨려 놓고는 엄청난 돈이나 철저한 무관심 속으로 사라지면 그뿐이었다. 그러고는 자기들이 만든 지저분한 잔해들을 다른 사람이 치우도록 하는 그런 족속들이었다.

나는 톰과 악수를 했다. 내키지 않았지만 그나마도 하지 않으면 유치해질 것 같았다. 문득 어린아이와 얘기하고 있는 것처럼 느껴졌기 때문이다. 그리고 톰은 진주 목걸이 혹은 커프스 버튼을 사러 보석상으로 들어가면서, 나의 촌스러운 고지식한 성향과는 전혀 상관없는 인간이 되어 버렸다.

내가 떠날 때까지도 개츠비의 집은 비어 있었다. 정원의 잔디도 우리 집 잔디만큼이나 손질을 못 받아 무성히 자라 있었다. 마을의 어떤 택시 기사 한 사람은 개츠비의 집을 지날 때마다, 차를 잠시 세우고

집 안을 가리키곤 했다. 그러고 나서야 손님의 요금을 받고 출발했다. 어쩌면 사고가 있던 날, 이스트에그로 데이지와 개츠비를 태우고 갔던 바로 그 택시 기사일지도 모른다. 그래서 그날 일을 나름대로 꾸미고 있는지도 모른다. 어쨌든 나는 별로 듣고 싶지 않아서 기차에서 내리면 일부러 그 택시는 피했다.

토요일은 주로 뉴욕에서 보냈다. 왜냐하면 개츠비의 저택에서 즐겼던 찬란하고 눈부시던 파티의 기억이 너무나 생생하게 남아 있었다. 음악 소리와 웃음소리, 저택 진입로를 오르내리던 자동차 소리가 그의 정원에서 희미하지만 끊임없이 들려왔기 때문이다.

그런 어느 날 저녁에는 진짜 자동차 소리가 들렸고, 헤드라이트 불빛이 현관 계단을 비추고 있는 것을 보았다. 하지만 나는 나가지 않았다. 아마도 그는 먼 곳에 떠나 있다가 이제는 파티가 영원히 끝난 줄도 모르고 우연히 찾아온 손님일 게 뻔했다.

마지막 날 밤 짐을 챙기고 자동차도 식료품 가게에 팔고 나서, 나는 개츠비의 저택으로 건너가 다시 한 번 그 집의 엄청난 몰락을 목격했다. 하얀 계단에 벽돌 조각으로 써 갈긴 상스러운 낙서들이 달빛에 선명하게 드러났고, 나는 구둣발로 비벼 가며 그 낙서를 지워 버렸다. 그러고는 천천히 바닷가로 내려가 모래밭에 드러누웠다.

바닷가의 큰 집들은 대부분 문을 닫았고, 해협을 가로지르는 연락선

에서 희미하게 움직이는 불빛 말고는 그 어떤 불빛도 찾기 어려웠다. 이윽고 달이 떠오르자 하찮은 집들의 모습은 사라졌다. 마침내 그 옛날 네덜란드 선원들의 눈에 꽃처럼 빛났던 이 섬의 의미를 깨닫게 되었다. 신세계의 싱그러운 초록색 젖가슴과도 같은 섬이었다. 이 섬에서 사라진 나무, 개츠비의 저택으로 이어지는 길을 내느라 자취를 감춘 나무, 한때는 인간의 가장 위대한 꿈을 속삭이며 유혹했던 것이다. 인간이라면 이 대륙의 존재 앞에서 넋을 잃고 숨죽였을 순간도 있었으리라. 감히 바랄 수도 없을 만큼 놀라운 광경을 보게 되면서, 이해할 수도 없고 가질 수도 없는 황홀한 명상에 자기도 모르게 빠져들었을 것이다. 그것은 인간의 능력으로는 어찌 할 수 없는 불가항력이었다.

나는 한동안 그곳에 앉아 미지의 옛날을 상상하다, 개츠비가 부두 끝에 있는 데이지의 집에서 처음으로 초록색 불빛을 발견했을 때 느꼈을 그 신기함과 경이로움을 생각해 보았다. 그는 먼 길을 돌아 이 푸른 잔디에 이르렀다.

이제 그 꿈은 너무 가까이 있어 정말로 손만 뻗으면 닿는 곳에 있었다. 그러나 자신의 꿈이 어느새 그의 뒤쪽으로 지나쳐 버린 것을 느끼지 못했다. 대륙의 어두운 들판이 밤하늘 아래 끝없이 펼쳐진 도시 너머 광대하고 아득한 어둠 속으로 영원히 사라져 버렸다는 사실을 알지 못했다.

개츠비는 해가 갈수록 멀어지는 그 초록 불빛의 황홀한 미래를 믿었다. 그때의 초록색 불빛은 우리를 피해 갔지만 문제가 될 것은 없었다. 내일이 되면 우리는 더 빨리 뛸 것이고, 그럴수록 두 팔은 더 멀리 뻗어 갈 것이다. 그리고 언젠가 화창한 날 아침…….

그러므로 우리는 물결을 거스르는 배처럼 끊임없이 과거로 떠밀려 가면서도 끝내 앞으로 나아가는 것이다.

1. Midas, 손만 대면 모든 것이 황금으로 변하는 그리스 신화에 나오는 소아시아의 프리기아 왕이다.

2. J. P. Morgan, 미국의 금융 재벌이다.

3. Maecenas, 로마 아우구스투스 황제의 조언자 역할을 했던 정치가이자 외교관이다.

4. 럭비의 스크럼 양 끝의 선수를 말한다.

5. 스탠더드 석유 회사를 세운 재벌이다.

6. 전쟁 중에 공문서를 급송하거나 짐승 사냥을 하는 등 경찰견과 경비견으로도 이용한다.

7. 여러 가지 색실로 그림을 짜 넣은 직물이다.

8. 미국의 코미디언이자 유명한 댄서이다.

9. 자정이 되면 또 한 번의 식사가 나온다.

10. 1897년부터 미국의 저술가 스토다드가 낸 15권의 전집이다.

11. 브로드웨이 연극 연출자로, 사실주의식 무대 장식가로 유명하다.

12. 예일 대학 교수와 졸업생들의 클럽이다.

13. 1919년부터 1933년까지 금주령이 시행되었는데, 불법으로 밀주를 판매하여 큰돈을 번 사람이 많았다.

14. 제1차 세계대전 당시 독일의 참모 총장을 역임하고 후에 대통령이 되었다.

15. 제1차 세계대전을 일으킨 독일 황제 빌헬름 2세를 일컫는다.

16. 프랑스 동북부에 위치한 제1차 세계대전 당시 유명한 격전지를 말한다.

17. 위스키나 브랜디에 소다수나 물을 타고 얼음을 넣은 음료이다.

18. 아일랜드 소설가 마리아 에지워스가 쓴 동명의 소설로 대답을 회피할 때 쓰는 말이다.

19. 금주법 기간 동안 지하 파이프를 통해 캐나다로부터 술을 밀수한다는 소문이 있었다.

20. 프랑스 루이 14세의 애첩으로 막강한 영향력을 행사했다.

21. 고대 로마의 작가 페트로니우스의 작품에 등장하며 노예에서 벼락부자가 된 인물이다.

22. 하와이의 오아후섬 호놀룰루에 있는 공원이다.

23. 하와이 호놀룰루 북쪽 분지이다.

24. 잿더미 계곡과 웨스트에그 사이의 지역이다.

World Classic Writing Book **16**

필사의 힘

스콧 피츠제럴드처럼【위대한 개츠비】따라 쓰기

1판1쇄 2021년 7월 30일

원 작 스콧 피츠제럴드
펴낸이 장영재
펴낸곳 (주)미르북컴퍼니
전 화 02)3141-4421
팩 스 0505-333-4428
등 록 2012년 3월 16일(제313-2012-81호)
주 소 서울시 마포구 성미산로32길 12, 2층 (우 03983)
이메일 sanhonjinju@naver.com
카 페 cafe.naver.com/mirbookcompany

• (주)미르북컴퍼니는 독자 여러분의 의견에 항상 귀 기울이고 있습니다.

• 파본은 책을 구입하신 서점에서 교환해 드립니다.
• 책값은 뒤표지에 있습니다.